W0274219

Fleur Hana

Ma romance de Noël (presque) parfaite

Pour lire dans l'ambiance de Noël, scanne ce code avec
l'appareil photo de ton portable !

Conception graphique et mise en page : QueenBee Éditions
Corrections : Sonia Bonald, Francette Bonald & Isabelle Louis
Première édition : octobre 2020
Présente édition : novembre 2022
ISBN : 978-2-491212-27-8
Texte ©Fleur Hana
Tous droits de reproduction, d'adaptation et de traduction, intégrale ou partielle, réservés pour tous pays. L'autrice est seule propriétaire des droits et responsable du contenu de ce livre.

CHAPITRE 1

Cette poule cherche un moyen de m'éliminer. Je le sais à sa manière insistante de me fixer. Déjà, les yeux d'un gallinacé ne sont pas hyper rassurants, de base. Mais quand ils sont braqués sur moi comme les siens, je rêve d'une broche qui tourne et d'un jus bien grésillant.

– Salut, Nina, t'as encore oublié tes clefs dedans ?

Liam remonte la bretelle de son sac sur son épaule et me sourit depuis le bas des escaliers.

Je suis installée à l'extérieur, sur le côté de la villa où il vit avec son père. Quand on arrive, l'allée se sépare en deux pour permettre de se rendre chez eux ou chez moi, à l'étage de leur garage accessible par dehors.

Qu'est-ce que je disais : sa poule n'a pas bougé à son approche, c'est bien que quelque chose cloche. Ces bestioles ne sont pas censées se précipiter à la rencontre de celui qui les nourrit ? Y a un truc pas net avec elle, et je l'ai senti dès la visite de l'appartement que je loue à mon patron depuis presque un an. Je me rappelle encore l'annonce qui précisait que les chiens et les chats n'étaient pas autorisés, à cause de l'animal de compagnie du propriétaire. Vu le loyer demandé, je ne me suis pas méfiée, et j'ai naïvement trouvé ça sympa d'avoir une cocotte à domicile. Tu parles, *sympa* ! Dès que ses maîtres ont le dos tourné, elle recommence ses manigances et imagine ma mort de mille façons. Avec ses griffes acérées et son bec pointu, je suis sûre qu'elle a déjà sélectionné quelques attaques...

Je réponds au fils de mon boss :

– Cette fois, ce n'est pas de ma faute. Il y a eu un courant d'air et la porte a claqué pendant que je venais en aide à Poulette.

Il sourit et je sais qu'il ne me croit pas, pourtant, il entre dans mon jeu.

– Elle était en danger ?

– T'as pas idée ! J'ai vu un renard se faufiler sous la clôture. Je n'ai écouté que mon courage et je suis sortie pour le chasser, sans penser un seul instant à ma propre sécurité. C'est dire si je suis dévouée à cet animal...

– T'es sortie pour aider ma poule, à 7 heures du matin, avec tes chaussures à talons et... C'est pas la robe que tu portais hier avant de voir tes sœurs ?

Ce gamin est trop fin observateur pour son bien.

– C'est important de s'apprêter, y compris pour aller faire trois courses, ou sauver le monde, je réplique sans masquer mon sourire.

Le sien ne dure pas longtemps, il a l'air préoccupé.

– Raconte, je l'encourage à se confier au lieu de lui demander le double de chez moi.

Car il a raison, bien sûr : ça fait une heure que je me gèle les fesses sur les marches de l'escalier. Il était trop tôt pour appeler Madden. Le fait est que j'étais pressée de retrouver les filles pour ma soirée de repos. Surtout que pour une fois, on sortait au lieu de squatter chez moi. Et, oui, un courant d'air a claqué la porte. Celui provoqué par le mouvement de mon bras la refermant, mais c'est un détail.

– C'est Lily...

Liam évite mon regard. Je descends à son niveau et l'invite à s'installer à côté de moi.

– Elle a tenu la main de Bastian et il raconte partout que c'est sa petite amie.

Je passe un bras autour de ses épaules.

– J'ai loupé un épisode. Je croyais que c'était officiel, vous deux. Vous aviez même un nom de *ship* – que je trouve super cool, au passage.

C'est lui qui m'a appris ce qu'est un nom de *ship*, qu'on connaît aussi sous le terme « brangeliner », en référence à Brad Pitt et Angelina Jolie. Il s'agit de contracter les deux prénoms pour en former un nouveau, souvent bizarre, mais accrocheur. Lilyam : ils étaient faits pour se mettre en couple, non ? On n'ignore pas ce genre de signes du destin, ça porte malheur.

– Ouais, ben, je sais pas... En plus, il pue de la bouche,

comment elle peut avoir envie de l'embrasser ?

– Ils se sont déjà embrassés ?

Ça m'étonne. Je sais que les jeunes sont de plus en plus précoces, mais 11 ans... Tu fais quoi de concret, à cet âge ? Un smack, tout au plus. Enfin je crois, maintenant, plus rien ne me surprend. Et pourquoi je pense comme une ancêtre ? *Allez-y, les jeunes, roulez-vous des pelles !* Pardon, j'ai perdu le fil. Heureusement, Liam suit et soupire avant de lâcher :

– Non, mais j'suis sûr qu'il va essayer.

– Tu veux qu'on établisse un plan pour casser son délire ?

– Tu ferais ça ?

Il me le demande avec tellement d'espoir que je me dois de me rallier à sa cause.

– Bien sûr. Pour commencer, on pourrait l'inviter après l'école et lui présenter Poulette. Avec un peu de chance, le démon qui la possède décidera que Bastian mérite un bon picotage. Elle pourrait lui épiler les poils des jambes un par un, à coups de bec, tu en dis quoi ?

Il éclate de rire : mission accomplie. Mais quand il redevient soucieux, j'insiste :

– Non, sérieusement, je suis sûre qu'en plus de puer, il a d'autres tares.

– Ouais, mais si Lily l'aime bien...

– Tu sais quoi ? Si elle n'est pas capable de voir que tu es tellement mieux que cette boule puante ambulante de Bastian, y a pas photo : cette fille n'est pas pour toi !

Il n'est pas convaincu par ma tirade, et pour cause : je me souviens à quel point j'étais entêtée à cet âge. Peu importait si mon objectif était à ma portée ou non, je ne voulais rien entendre. Il fallait que je me casse la figure seule pour enfin admettre que je n'étais pas sur la bonne voie. Et encore, je devais parfois me vautrer à plusieurs reprises pour comprendre. La rumeur raconte que je n'ai pas changé. C'est fou ce que les gens sont médisants...

Je tente autre chose :

– Il a un vélo ?

– Un super VTT, il se la pète avec.

– On peut lui crever les pneus !

– Ou pas.

Pris en faute, Liam et moi nous redressons, comme deux gamins, alors que j'ai 26 ans et que Madden n'est pas mon père. Pourtant, à la manière dont il me regarde et au ton sans appel de son intervention, je suis clairement dans la panade. Je ne compte pas le nombre de fois où nous entrons en conflit, lui et moi. D'ordinaire, ça se produit dans son bar et il y est plutôt cool sur les conséquences. Là, en revanche, il s'agit de son fils et je suis dans le coin depuis assez longtemps pour savoir que j'ai dépassé les bornes. Selon ses critères, bien sûr, car selon les miens, quand on dédramatise une situation pour aider un collégien à se sentir mieux, y a pas mort d'homme.

– Va m'attendre, il lance à Liam en lui tendant ses clefs.

Il attend que nous soyons seuls et passe à côté de moi sans un mot et en laissant un bon espace entre nous. Il fait toujours ça. Holly pense qu'en tant que patron, il se protège contre les plaintes de harcèlement. Moi, je suis persuadée qu'il me tolère par professionnalisme, car il ne m'apprécie pas beaucoup. Il monte jusqu'à la porte qu'il déverrouille. Au moment où j'imagine m'en tirer facilement (la fatigue me fait baisser la garde) et entre chez moi en marmonnant un discret merci, il m'interpelle.

– Ne fourre pas des idées de ce genre dans la tête de mon fils.

Je me retourne pour lui expliquer que je plaisantais et que je n'aurais jamais mis cette menace à exécution, mais il n'a visiblement pas fini et ne me laisse pas en placer une. Il enchaîne :

– N'interviens pas dans son éducation.

Pour le coup, il me blesse et il le sait. J'adore passer du temps avec Liam. Dès qu'il termine les cours, il rejoint son père au bar : on se voit souvent, ça crée des liens. Sans parler de toutes les fois où on discute dans les escaliers, quand on se croise.

– J'ai encore le droit de lui adresser la parole ou tu vas demander une ordonnance au juge pour me tenir éloignée ? je l'interroge en serrant les dents

Il m'observe quelques secondes en silence. Le problème avec mon patron, c'est qu'il a un physique distrayant. Alors que je devrais conserver une attitude belliqueuse pour manifester mon désaccord, je note tous les détails qui font de lui un homme sexy, et donc, dangereux.

Il y a cinq ans, Madden McCarty était le mannequin vedette de la marque de luxe Dandy'O, spécialité sous-vêtements. Pour faire simple : il pourrait toujours l'être s'il le souhaitait. Il a cependant préféré raccrocher ses boxers pour monter l'entreprise qui me permet de payer mes factures et d'avoir un toit au-dessus de la tête. Malgré l'arrêt de son activité pour laquelle son corps était parfait, il a maintenu ses réseaux sociaux, en particulier Instagram où il est suivi par près de sept cent mille abonnés. Moi y compris. Il utilise ce compte pour la promo de son bar et de la bière qu'il brasse lui-même. Il a capté que plus il montrait ses abdos, plus il attirait de clients. En d'autres termes, à 32 ans, il est bien foutu, il le sait, et j'en oublierais presque notre dispute si *lui* n'avait pas une bien meilleure capacité d'attention que moi.

– Ne t'enferme plus à l'extérieur, Loreena, et réfléchis quand tu t'adresses à un gamin de l'âge de Liam. Tu penses qu'il a saisi l'humour ? Qui va devoir rattraper ça, d'après toi ?

Il avance d'un pas vers moi, et si je ne le connaissais pas, je pourrais le trouver menaçant, tant cette proximité est rare. Après tout, quand on plafonne comme moi à moins d'un mètre soixante et qu'on a un type de plus d'un mètre quatre-vingts en face de soi, être intimidé serait un réflexe logique et sain. Pourtant je sais qu'il veut seulement s'assurer que j'ai bien compris le message, pas se la jouer mafieux. Cet échange n'est pas isolé : Madden est pire qu'une maman louve avec son fils, il passe son temps à le surveiller comme du lait sur le feu. Honnêtement, étant moi-même sans enfant et pas près d'en avoir, je ne me permettrais pas de condamner la manière dont il éduque le sien. Mais il devrait se détendre un peu : je suis sûre que les potes de Liam au collège ont des suggestions bien moins fun et plus risquées que mon idée de crever les pneus d'un vélo.

– Je veillerai à ne plus te déranger, merci de m'avoir ouvert.

– Ne sois pas en retard.

Je rétorque, piquée au vif :

– Je ne suis *jamais* en retard !

Il laisse traîner ses yeux clairs sur ma tenue et je résiste à l'envie de me dandiner sous ses yeux. Le pouvoir lui monte vite à la tête quand il me regarde avec son air réprobateur de *pater familias*. Il est à peine plus âgé que moi, faudrait voir à pas oublier ce détail. Certes, il a déjà à son actif une entreprise qui cartonne, une carrière de mannequin et un gamin. Mais ça ne fait pas de lui un grand sage, ni de moi une jeune écervelée à qui il faut faire la morale. Enfin, dans son esprit, il semblerait que oui. Me retrouver à la porte de chez moi pour la quatrième fois depuis que je vis ici n'aide pas, question crédibilité.

Je ne sais plus de quoi on parlait, j'ai bugué sur ses yeux. Quitte à me faire réprimander comme si j'avais 10 ans, autant que ça en vaille la peine et profiter de la vue. Même si je déteste son attitude condescendante. Il s'en va enfin, me permettant de mieux respirer, et Poulette le suit de son regard flippant. Je souffle :

– Attaque ! Attaque le méchant monsieur, cocotte !

– Quoi ?

Je sursaute en réalisant ne pas avoir été assez discrète.

– Non, rien, je disais juste : « À l'attaque d'une nouvelle journée, mon pote ! »

Madden plisse les yeux et je lui offre mon sourire d'ange. Celui qui m'a valu tellement de cadeaux dans les boutiques de mon village, petite. Le marchand de bonbons ? Cadeaux. La fleuriste ? Cadeaux. Ma mère prenait toujours soin de m'amener avec elle lorsqu'elle faisait ses courses. Même chez l'esthéticienne, je papillonnais de mes longs cils fournis et souriais avec une candeur totalement feinte, et je repartais avec des cadeaux que ma mère s'empressait de récupérer en prétendant qu'on les avait durement gagnés à deux.

Mon arme secrète n'a aucun effet sur mon propriétaire. Je le devine à son grognement d'ours, ainsi qu'à sa démarche déterminée lorsqu'il s'éloigne. Moi, en revanche, je suis loin d'être insensible, car ses cuisses et son petit derrière moulés dans ce jean ne me laissent pas du tout indifférente.

Ah oui, l'autre problème avec mon patron ? Je suis amoureuse de lui, et ma vie ressemble à un mauvais scénario de téléfilm à petit budget. Bah ouais, pas les moyens pour les effets spéciaux quand on économise pour monter son entreprise !

CHAPITRE 2

– T'as la tête de celle qui a passé une nuit blanche !

Je souris à Holly et range mon sac dans le vestiaire à mon nom, à côté du sien. La brasserie McCarty's est un immense bâtiment à trois niveaux. Au rez-de-chaussée se trouve le bar classique, au premier étage un restaurant dont la spécialité est le burger dans toutes ses déclinaisons, et tout en haut, une salle que Madden loue pour des événements privés. La déco est un mélange de rustique et d'éléments industriels ; sobre et efficace. Holly et moi travaillons au bar, elle est arrivée quelques mois avant que je postule. L'offre était tentante pour le virage que je souhaitais prendre dans ma vie : un emploi de barmaid et le logement fourni avec : le combo parfait, le temps de me retourner. À une heure et demie de chez mes parents, et donc de chez mon ex, ça m'éloigne assez de lui sans me priver de rendre visite à ma famille dès que l'envie m'en prend. Ma collègue est la cerise sur le gâteau de cette situation presque trop belle pour être vraie. C'est comme si, à un moment, l'Univers s'était posé et avait dit : « La petite Nina en a assez bavé, filons-lui un job, un appart' et une nouvelle amie. On a bien bossé, les gars, passons à l'apéro ! » Je ne suis pas naïve, je sais qu'un revers peut se planquer à chaque coin de rue, mais ça ne me fait pas peur. J'ai appris à gérer, depuis.

Car Holly a des activités totalement raccord avec son prénom[1] : elle pratique la pensée positive et lit chaque bouquin de développement personnel qui lui passe sous la main. Je n'irais pas jusqu'à dire que j'adhère à tout, parce que parfois, tu as beau envoyer une équipe spéléo, impossible de trouver le bon côté d'une situation, même en creusant. Alors je m'arrange avec moi-même et prends ce qui m'intéresse dans les philosophies qu'elle me résume. J'avoue avoir la flemme de me taper ces lectures, je préfère bouquiner les romances historiques que je consomme assidûment. Grâce à quelques mantras bien formulés, je parviens donc à relativiser les catastrophes. Même si Holly n'a pas perdu l'espoir de m'entendre souhaiter tout le bonheur du monde à cette enflure d'ex-petit ami. J'ai mes limites et ne serai jamais une parfaite disciple. D'ailleurs, elle me sait coutumière des nuits à picoler et papoter avec mes sœurs, alors que son hygiène de vie frôle celle des moines tibétains…

1*Holy* signifie « saint » en anglais.

– J'ai dormi quelques heures, ce matin, après m'être pris une soufflante par le boss, je réponds en enfilant mon t-shirt réglementaire. Noir, uni, sage col rond, il comporte uniquement le logo épuré et blanc de la brasserie. On peut porter ce qu'on veut en bas ; j'opte toujours pour un jean confortable et mes Doc que je ne me fatigue plus à lacer depuis des lustres.

– Avant même de travailler ? Tu bats des records, non ?

Elle remonte ses cheveux blonds presque platine en queue-de-cheval et vérifie son maquillage. Pour ma part, j'ai déjà du mal à garder les yeux ouverts, je préfère éviter de m'énucléer en tentant de mettre de l'anticerne. Et puis soyons réalistes : personne n'a encore inventé de produit assez couvrant pour masquer les valises noires post-biture. Je parle d'un truc tellement efficace que des millions de personnes se jetteraient dessus pour avoir l'air photoshopées à chaque instant de leur journée. Je sens que je tiens un concept, mais je suis encore trop HS pour approfondir l'idée.

– J'ai osé discuter avec Liam, ce matin, j'explique en nouant le demi-tablier noir autour de ma taille.

J'y conserve la minitablette électronique sur laquelle nous prenons les commandes, un miroir de poche pour vérifier que je n'ai rien entre les dents (un pourboire peut si vite nous passer sous le nez), et un crayon qui finit dans mes cheveux quand j'ai trop chaud et qu'un chignon s'impose. Je n'essaie plus les élastiques qui cassent systématiquement à cause de l'épaisseur de ma tignasse brune. Rien à voir avec la longueur, qu'ils m'arrivent dans le bas du dos ou au menton n'y change pas grand-chose… Et j'ai promis à mes frangines de ne plus jamais tester de coupe courte : à l'unanimité, je ressemble à, je cite :

un mouton mexicain qui se serait pris le jus au milieu d'un orage sans pluie. Je les porte sous les seins, sans frange, ils font leur vie et un bandeau suffit à les retenir pour éviter de semer des cheveux dans les verres des clients. Pour ça, je reconnais que Madden n'est pas embêtant comme patron : tant qu'on respecte les règles et que la propreté est irréprochable, le reste lui importe peu. Si seulement il était aussi cool dans d'autres domaines… comme l'amabilité, au hasard.

– On se bouge ! lance-t-il justement en passant devant les vestiaires.

À croire qu'il a un sixième sens. Je lève les yeux au ciel, Holly hausse les sourcils sans se départir de sa bonne humeur, et on se dépêche de rejoindre notre poste. Comme je suis responsable des plannings, nos services sont synchronisés et le boss n'y voit pas d'inconvénient, du moment que le boulot est fait. Nous prenons donc place toutes les deux derrière le comptoir, libérant Mary et Mason. Ils s'en vont en se tenant la main et je ne suis pas peu fière du rôle que j'ai joué dans leur idylle. Tout est parti de cette histoire de *ship* : Mason est déjà le *ship* de leurs prénoms, alors pour moi, c'était un signe. J'ai organisé leurs plages horaires de manière qu'ils passent le plus de temps possible ensemble. Et BAM ! J'ai bon espoir d'être marraine de leur premier enfant et qu'ils l'appellent Loreena si c'est une fille, Laurent si c'est un garçon, pour me rendre hommage. Un faire-part sera déjà apprécié, s'ils ne poussent pas leur gratitude jusque-là.

– J'aurais dû parier, murmure Holly en se glissant derrière moi pour rincer un verre.

– Quoi ?

– Le beau gosse… Il s'assoit dans ta section.

J'incline discrètement la tête, et en effet, ChaudCommeLaBraise s'installe sur un des tabourets de mon côté du comptoir. Nous l'avons baptisé ainsi, car il est pompier. Je sais : aucune originalité. On connaît son prénom en plus, depuis le temps qu'il vient déjeuner plusieurs fois par semaine… On refuse juste de l'utiliser, trop habituées à son surnom qui lui va comme un gant. Déjà, il est toujours en uniforme, et j'ai envie de dire : le thermostat est en panne ou c'est moi ? Ensuite, il est canon, mais *vraiment*. Du genre, si tu imagines un calendrier de pompiers sexy, il ferait la couverture *et* les douze mois de l'année sans qu'on se lasse. Donc oui, je le trouve *hot muy caliente baby*, mais il ne me fait rien dans le bide. Que dalle. Et je sais que je ne suis pas en panne, car quelqu'un d'autre déclenche régulièrement une rave party dans mon estomac. Les choses sont bien faites, car le pompier drague Holly. Je le rejoins en souriant, c'est rare qu'il ne squatte pas le côté de ma collègue.

Lorsque j'ai postulé, je n'avais aucune expérience dans ce travail. J'ai menti sur mon CV, bien entendu, tout le monde fait ça. C'est comme les négociations de prix dans les vide-greniers : une institution. L'autre est déçu si tu ne joues pas le jeu. Mais je m'adapte facilement et Holly m'a vite montré les ficelles. Je suis douée en bluff, aussi. Elle m'assure que Madden n'a pas cru un instant à mon mensonge : en attendant, il m'a embauchée. Et notre patron n'est pas du genre altruiste à filer un job à une incompétente. Je suis sûre qu'il n'y a vu que du feu. Et en parlant de ça, je m'arrête devant notre fidèle pompier.

– Bonjour, comme d'habitude ?

– Oui, merci, Nina. Vous avez fait quelque chose à vos cheveux ?

Oh, il est adorable ! Je ne peux décemment pas lui répondre que je n'ai pas pris le temps de les démêler et qu'une famille de gerbilles a élu domicile dans les nœuds sur ma nuque, cousins au troisième degré inclus.

– Non, mais j'y songeais, justement.

– Ils sont bien comme ça.

– Merci, je vous apporte tout de suite votre soda.

Il est toujours si poli, avec un mot agréable pour chacun. Holly n'a pas encore répondu à ses avances, je crois que pour elle, il est un poil trop traditionnel dans son approche. C'est mignon, désuet, mais délicat. J'ai envie de lui pincer la joue et de lui dire : « Allez, mon gars, passe à l'action ou tu vas perdre ta place ! » Ceci dit, je reste en retrait car mon amie me l'a demandé. D'après elle, mes méthodes d'entremetteuse sont trop bulldozer, encore une citation. Je considère qu'on n'a pas de temps à gaspiller, que si on peut filer un coup de pouce et accélérer une union, pourquoi s'en priver ? Mary et Mason ne s'en plaignent pas, ma technique a fait ses preuves. Je suis une incomprise. Et une hypocrite, car je rêve de trouver le courage de faire le premier pas avec un certain Écossais grognon depuis des mois !

Pendant les déjeuners, le restaurant et le bar sont surbookés, quel que soit le jour de la semaine, et je n'ai plus le temps de me préoccuper de notre pompier. Jusqu'à ce qu'il m'interpelle pour demander l'addition. Pendant qu'il signe son reçu, il marmonne :

– Vous pensez que j'ai une chance ?

Comment peut-on être aussi séduisant et avoir la confiance en soi d'un modem 56k ? Je prends appui sur le comptoir et me rapproche de ChaudCommeLaBraise pour lui transmettre la sagesse de mon conseil sans que sa dulcinée m'entende.

– Demandez-lui directement, je lui réponds en souriant.

Et voilà, même quand j'essaie de rester en retrait, on me colle l'arc de Cupidon dans les mains, qu'y puis-je ?

Il relève la tête et l'espoir dans son regard me confirme que j'œuvre pour le bien.

– Loreena, mon bureau !

La douce et mélodieuse voix de mon cher employeur... qui m'observe bizarrement. Il se détourne et repart sans attendre d'être sûr que j'ai entendu. OK, je pense qu'il y a de l'écho jusqu'aux Galápagos, mais il pourrait s'assurer que je suis disponible. Ce n'est pas comme si je bossais pour lui, hein. Je confie ma tablette à Holly au cas où elle ait des encaissements à faire pour moi, et réponds à sa grimace par une autre plus expressive encore. Je traverse la salle, salue quelques habitués et tape à la porte entrouverte. Je prends ce détail pour un encouragement sur le degré de gravité de ma situation. Porte fermée : grosse panade. Porte ouverte : tout va bien. Porte entrouverte... hé, on peut encore sauver les meubles !

– Patron ?

– Tu dragues les clients, maintenant ?

– Quoi ?

– Le pompier.

Si j'étais naïve, je dirais qu'il me tape une crise de jalousie. Malheureusement, c'est dans sa nature de râler dès que nous sommes sur notre lieu de travail. Même combat que pour son fils : la mégalomanie fait des ravages. Je cherche quoi répondre tout en restant polie, il enchaîne sans transition, me donnant le tournis :

– C'est quoi, ça ?

Il agite une feuille vert pâle et je m'approche en prenant mon air le plus innocent, pratiqué de longues minutes devant mon miroir en prévision de cette scène. J'aurais dû me douter de la raison de cette convocation, je suis trop facilement distraite par… lui. Je sais, excuse minable.

– Oh, ça ?

Je feins l'étonnement sans tromper personne. Il lève un sourcil et je m'assois sans cesser de sourire.

– Tu m'expliques ?

– On discutait l'autre jour avec les filles et…

– Je t'arrête de suite : garde ton histoire à dormir debout.

– Attention, Madden, tu commences à parler comme un vieux.

– Loreena…

Je lui ai si souvent demandé de m'appeler Nina que je le soupçonne de faire exprès de prononcer bien distinctement les trois syllabes de mon prénom. J'abandonne, car ce n'est pas la première fois que je me retrouve à défendre ma cause. On pourrait croire que je m'amuse à le provoquer pour passer un peu plus de temps en tête-à-tête en sa charmante compagnie. On pourrait.

Bref.

– J'adore Noël, tout le monde adore Noël ! Mais Holly m'a dit que tu n'as pas voulu mettre une seule guirlande, l'an dernier. Et je m'occuperai de tout, promis !

– Tu te souviens, ce que j'ai dit ce matin ?

– Euh... non. Je n'écoute pas toujours quand tu me parles, comme c'est pour m'engueuler et que je ne suis pas masochiste, je lâche sans réfléchir.

Je m'en rappelle, évidemment. Mais c'est tellement tentant de le pousser à bout. Lui toujours impassible, le roc écossais à l'accent chantant qui lui échappe parfois et dont il ne me fait pas assez profiter... Si on analyse objectivement la situation, tout est de sa faute : il m'oblige à entrer en conflit avec lui pour l'entendre légèrement rouler les « r ». Comme s'il avait tenté toute sa vie d'effacer ses racines sans jamais totalement y parvenir. Oui, j'ai consacré une bonne partie de mon temps à réfléchir à la question, et oui, ça en dit long sur mon état mental.

Il se passe une main sur le visage et marmonne :

– C'est pas un ado, mais *deux* que je gère...

– Tu disais ?

– Je vais t'expliquer un concept basique. Prête ?

Je hoche la tête en sachant que la suite ne va pas me plaire. On ne peut pas dire que Madden soit du genre subtil, tout le contraire de moi, en fait.

– Je suis ton patron, cette entreprise m'appartient. Nous ne sommes pas dans une démocratie. Ta pétition, ajoute-t-il avant de la déchirer en deux, n'a aucune valeur.

– Tu viens de réduire mon travail en confettis devant mes yeux, sans aucune considération pour mes efforts ?

– Retourne à ton poste et oublie cette histoire de déco de Noël.

– Pourquoi ? *Tout le monde* aime cette fête ! je répète dans une ultime tentative que je sais déjà vaine.

– Pas moi.

– Mais…

– Fin de la discussion, et ne me fais plus perdre mon temps avec ces conneries.

Il plonge le nez dans ses factures et bons de commande, me congédiant comme s'il était le maître du monde, et moi, une elfe de maison. Je me lève en soupirant et fais traîner la chaise pour la remettre en place. Je tape un peu des pieds avant de fermer la porte. Il veut une ado ? J'ai des années d'expérience pas si lointaines : je vais lui en donner, de l'ado ! Je récupère mon matériel en me concentrant pour que ma contrariété ne se voie pas. Loupé.

– C'est pour Noël ? devine Holly.

Elle connaît ma passion pour cette fête, j'en parle toute l'année. Dès que l'été s'éclipse, je sors mon classeur dédié, qui n'est de toute façon jamais rangé, et me projette en hiver. Le potentiel de McCarty's est énorme pour une décoration démentielle, je fourmille d'idées et mon tyran de patron vient de me couper l'herbe sous le pied. En plus, je me mets à utiliser des expressions de vieux, comme lui. Il a vraiment foutu ma journée en l'air. J'aurais dû m'en douter, vu qu'il a démarré les hostilités tôt ce matin. Il ne peut pas m'empêcher de célébrer les fêtes de fin d'année, même ici, et je commence déjà à réfléchir à la contre-attaque.

– T'es un peu flippante, remarque Holly d'une petite voix.

Je souris sans retenue :

– Je viens d'avoir une idée de génie.

– Oh non…, soupire-t-elle.

CHAPITRE 3

– Ton plan pue, déclare Bea en saisissant son verre.

– Je confirme, pense à la loi du triple retour, ajoute Hailey.

– Tu perdras ton job et ton appart', renchérit Mag.

– Votre confiance en moi me fait tellement chaud au cœur que je pourrais pleurer et mourir heureuse, là maintenant, sans aucun remords, je réplique avant de prendre une gorgée de ma Margarita.

Une fois par mois, mes parents organisent un déjeuner dominical. Fort heureusement, ce n'est pas toutes les semaines, et en tant que responsable des emplois du temps, je m'arrange sans défavoriser mes collègues. Je travaille les autres dimanches du mois sans sourciller, et je reprends d'ailleurs mon service ce soir. Malgré tout, parfois, j'aimerais que quelqu'un se coltine les plannings à ma place pour avoir une excuse et éviter de venir. Car la solidarité, c'est un concept visiblement surfait. Mes trois sœurs ne me soutiennent absolument pas. Alors que sans me vanter, mon plan est parfait.

– Tu sais quel est ton problème ? enchaîne Bea.

Comme si sa question n'était pas rhétorique. Je nous épargne d'y répondre.

Nous sommes installées dans la véranda chauffée de la maison où nous avons grandi. Ma mère nous a virées du milieu il y a une demi-heure. Nous débarrasserons et ferons la vaisselle, pour compenser notre incapacité à cuisiner. J'avoue faire l'oie blanche : je prétends juste ne pas savoir. Égoïstement, j'ai envie de me la couler douce. Nos moitiés ne sont pas là, c'est un repas juste pour nous, ce qui arrange tout le monde. Après, quand je dis « nos moitiés », il est évident qu'en ce qui me concerne, je n'ai personne à qui expliquer l'importance du traditionnel déjeuner mensuel chez les Bell. Si c'était le cas, je ne m'apprêterais pas à subir une nouvelle leçon de morale.

Bea pose son verre, place les avant-bras sur ses cuisses et braque sur moi son regard noisette similaire au mien. Aucun doute quant à notre filiation : nous nous ressemblons toutes trop. Brunes, pas très grandes, courbes généreuses (chez nous on dit « bourrelets » ou « bouée ventrale de survie »), cheveux épais et indomptables, nez légèrement en trompette et caractère bien trempé. Je ne sais pas comment mon père a pu supporter de vivre avec cinq exemplaires tels que nous et ma mère à domicile. Le brave homme mérite une médaille, surtout qu'il joue le commis de cuisine pour son épouse pendant qu'on glande. On se voit pourtant régulièrement : nous habitons toutes les quatre en ville, je n'ai pas choisi la destination de mon exil par hasard. Ma nuit blanche de cette semaine, c'est d'ailleurs à elles que je la dois. Bref, étant faite du même bois que Beatriz, j'anticipe à peu près ce qu'elle s'apprête à dire.

– Tu es trop têtue. Cette histoire de Noël parfait, ça frise l'obsession, assène-t-elle.

Qu'est-ce que je disais ? J'aurais pu écrire les dialogues... Car bien sûr, les autres ne sont pas timides quant à leur opinion.

– Lapalissade, intervient Mag en faisant semblant de tousser.

Je leur rafraîchis la mémoire :

– Je rappelle que pour vous faire plaisir, j'ai retiré un élément essentiel de l'idée que je me faisais d'un Noël *vraiment* parfait : le mec !

– Merci à toi, Seigneur ! hurle Hailey en levant les bras au ciel dans une parodie grotesque.

Nous sursautons, on ne s'habitue pas à sa théâtralité. Elle coince la paille en inox de son mojito entre ses lèvres et sourit d'un air innocent.

– Si Noah et toi aviez toujours été en couple au moment des fêtes, l'an dernier, tu l'aurais embarqué dans ton délire, fait remarquer Bea qui ne lâche jamais l'affaire. Attention, tu recommences ! Le petit copain en moins ne rend pas le fantasme plus sain.

Elles m'agacent. Sûrement parce que je sais qu'elles ont raison. J'adore Noël, j'en suis dingue au point de vouloir vivre un mois de décembre à l'image des clichés que les comédies romantiques véhiculent pendant les fêtes. Ce n'est tout de même pas ma faute si on a été bercées aux films de Noël depuis notre plus tendre enfance ! Encore une chance que je n'aie pas jeté mon dévolu sur les rediffusions de *Sissi impératrice*, bonjour la galère pour choper les bonnes tenues… Sans parler du prince ! Parce qu'on ne le mentionne pas assez : il y a pénurie d'héritiers royaux depuis qu'on s'est amusé à couper la tête d'un paquet de fournisseurs de cette espèce. J'aimerais donc qu'il soit noté quelque part que malgré ma lubie, je suis réaliste.

Initialement, je n'en demandais pas beaucoup : être en couple au moment de Noël et profiter de tout ce que les amoureux font à deux à cette période. Se rendre à la patinoire érigée en plein air pour l'occasion, boire un chocolat chaud devant la cheminée sous un plaid, faire un bonhomme de neige, décorer le sapin et choisir les cadeaux ensemble. Est-ce trop espérer ? A priori oui, puisque deux semaines avant le 1° décembre, l'an dernier, Noah m'expliquait qu'il se sentait prisonnier de notre relation et qu'il avait besoin de plus de liberté. Moins de vingt-quatre heures après son largage express, j'apprenais grâce à une connaissance commune qu'il se tapait depuis un moment une fille à peine sortie du lycée. Sérieusement ? Rien que d'y penser, j'ai les veines qui palpitent sur mes tempes.

– Il aurait pu attendre quinze jours, franchement, je marmonne en me renfonçant dans mon fauteuil.

– Tu vois, rien que ça, c'est hallucinant ! jubile Mag. Tu es plus attristée par le timing que par la rupture elle-même !

– Oui, ben c'est réglé, puisque j'ai éliminé l'option « mec » de mon fantasme de Noël !

Je m'impatiente, ne comprenant toujours pas le rapport avec mon plan pour décorer McCarty's.

Comme si elle lisait dans mes pensées, Hailey soupire et se lève.

– Tu veux un projecteur, ou c'est bon ? lui propose Bea.

– Ça ira pour cette fois. Nina, je vais résumer simplement, car tu ne veux pas comprendre. On ne force pas ce genre de choses. Tu ne peux pas déclarer vouloir un Noël millimétré et t'attendre à ce que ça se déroule comme tu l'as prévu. De la même façon que tu ne peux pas obliger ton patron à décorer son bar s'il ne le souhaite pas. Parfois, Boulette, il faut apprécier le voyage sans faire une fixation sur la destination.

– T'as lu ça dans un *fortune cookie* ? demande Mag pendant que Bea applaudit et que Hailey exécute une révérence.

– Non, c'était sur la coque de téléphone d'une cliente, à la boutique. J'ai trouvé ça inspirant. Puis je l'ai relookée de la tête aux pieds. Elle portait un jean coupe carotte qui datait des années quatre-vingt. J'en ai encore des frissons. Et je n'ai pas terminé, ajoute-t-elle en s'assurant d'avoir mon attention. Inciter Madden à t'éliminer ne le fera pas tomber amoureux de toi.

Elle se rassoit et j'observe mes sœurs, un peu désespérée. Pourquoi suis-je systématiquement le centre de nos discussions ? *Nina Bell, sujet d'étude sociologique intarissable, à votre service.* Certains donnent leur corps à la science, pour moi, c'est pré-mortem.

Pour changer de sujet, je lâche :

– La dernière fois que j'ai ouvert un *fortune cookie*, il était noté que je devais penser à acheter du papier toilette.

Un silence s'installe.

– Je vous jure, je l'ai gardé !

Je récupère mon sac et en sors le ruban de papier que j'ai religieusement conservé dans mon portefeuille, car j'étais sûre qu'elles ne me croiraient pas. Il fait le tour et revient à moi sans qu'un mot soit prononcé. Puis nous éclatons de rire toutes les quatre, et enfin, nous passons à autre chose. J'adore discuter avec mes sœurs, vraiment, et leur opinion compte beaucoup pour moi. Mais elles ne comprennent pas pourquoi je tiens tant à ce que cette période de l'année soit magique. Quand elles rentrent chez elles, après le déjeuner, elles retrouvent leur famille. Bea se couche auprès de son mari James, leurs jumelles Téa et Nelly chacune dans leur chambre. Magali est mariée à une ancienne infirmière reconvertie en mère au foyer qui s'occupe de leur bébé Dylan (je sais, j'étais contre ce prénom, mais il paraît que ma voix ne compte pas). Et Hailey vit avec son mec depuis presque deux ans. Marshall est totalement fou d'elle et je ne serais pas surprise qu'ils nous annoncent bientôt un mariage. Alors oui, je comprends, pour elles, ça s'est fait naturellement et elles n'ont pas à se demander si elles ont l'air misérables, seules au restaurant ou devant leur télé. En tout cas, elles peuvent me faire la morale tant qu'elles veulent, j'ai fini par capituler. Pas pour leur faire plaisir. Enfin, pas seulement. Surtout parce que j'ai réalisé que l'amour parfait, ça n'existe pas. Le mec qui m'aimera au point de supporter toutes mes lubies, y compris celles présentes sur la liste plastifiée dans mon classeur, est un *bookboyfriend*. Un personnage de fiction que je ne croiserai jamais. C'est comme le prince, quoi, une denrée rare pour laquelle il y a plus de demande que d'offre.

Mon cœur est bien à l'abri, vu le carnage la dernière fois que je l'ai confié.

Quant à l'allusion à l'amour à sens unique entre Madden et moi (enfin entre moi et lui, du coup…), je préfère l'ignorer. Elles m'ont chacune déjà donné leur avis sur la question et la seule raison pour laquelle elles ne me trouvent pas pathétique est que nous partageons une partie de notre ADN. Ça oblige à une certaine loyauté qui bannit ce sentiment au profit de la compassion.

Quoi qu'il en soit, je ne leur fais pas remarquer que faute d'un Noël en amoureux comme j'en rêve depuis des années, je mise tout sur la fête et les opportunités de la mettre en avant. Y compris sur mon lieu de travail, que ça plaise à ce rabat-joie de Madden ou non. S'il était moins inaccessible, il pourrait avoir un rôle à jouer. Je sais, je sais… il n'est pas au courant de ce que je ressens pour lui et je ne lui donne pas le choix et *bla-bla-bla*, merci, j'ai déjà entendu ce discours à m'en faire saigner l'oreille interne. Fort heureusement, aujourd'hui, mes sœurs m'épargnent enfin et elles papotent éducation et boulot au lieu de remodeler mon existence. Il ne faut pas bouder les petits plaisirs de la vie !

Je laisse ainsi le repas se dérouler sans revenir sur mes projets, et je vois mes frangines s'en aller ensemble, puisque de mon côté, je suis venue en train, comme toujours. Je ne monte plus avec Hailey : elle conduit comme si elle auditionnait pour le prochain *Fast & Furious* tout en écoutant le mouvement de l'été des *Quatre Saisons* de Vivaldi. Je grille dix ans d'espérance de vie chaque fois que je suis contrainte de faire un trajet dans sa voiture. J'ai perdu le compte, mais à mon avis, je suis en négatif donc en sursis.

Quand le silence revient dans la maison et que je range la dernière assiette, ma mère passe tout de suite à l'offensive. Après la discussion avec mes sœurs et les réflexions qu'elle a engendrées, j'avoue ne pas afficher un enthousiasme débordant à l'approche de cette nouvelle bataille.

– Alors, ma chérie, un petit ami à nous présenter ?

Je ne réponds pas assez vite, ce qui suffit à l'encourager à poursuivre :

– Ou *une* petite amie ? Tu sais qu'on n'a aucun souci avec ça, n'est-ce pas ?

– Oui, maman, j'ai eu le mémo quand vous n'avez pas sorti le crucifix et l'eau bénite la première fois que Mag est venue avec Brittany.

– Je m'inquiète pour toi... Tu es tellement plus épanouie avec un homme dans ta vie.

– Olympe de Gouge vient de se retourner trois fois dans sa tombe.

– La révolutionnaire féministe qui a été guillotinée ?

C'est moi, ou il y a une thématique décapitation, aujourd'hui ?

– J'ai vu un reportage sur elle, il y a quelque temps, reprend ma mère. Elle a fini dans les catacombes. Tu imagines le souk si elle doit s'y retourner ? C'est un coup à ce que tout s'effondre.

– Tu t'égares, Maman. Ce que je veux dire... je ne sais plus ce que je voulais dire.

Je soupire, vaincue. *Abby Bell : la reine de la digression.*

– Je te disais qu'un homme te rendrait plus heureuse et...

– Ah, voilà ! Eh bien non, sache qu'on n'a nullement besoin

d'un mâle pour exister.

– Ce n'est pas ce que je dis, tu transformes toujours mes propos. Matt, explique à ta fille !

– Ta mère a raison ! crie mon père depuis le salon où il regarde un match de je ne sais quoi.

Je lui réponds sur le même ton, sans quitter la cuisine :

– Tu ne sais même pas de quoi elle parle !

– Mais elle a raison ! insiste-t-il.

– Tu vois ? jubile ma mère.

– Ce n'est pas le propos, tu voulais juste qu'on chante tes louanges, c'est moche, ça. Bel exemple pour la génération à venir !

– La prochaine génération ne va pas se faire toute seule, Boulette. Ça me tient éveillée la nuit et je pense à ça : tu es la dernière, ensuite je pourrai dormir en paix.

Est-ce qu'elle joue sur la corde sensible ? Totalement. Hailey a-t-elle hérité de notre génitrice sa propension à dramatiser ? Sans aucun doute, en partie. Mamina, notre grand-mère maternelle, lui a transmis le reste. Le savoir m'aide-t-il à moins culpabiliser ? Pas du tout. Je sais que ça la préoccupe. Je n'approuve pas son raisonnement, mais elle ne pense pas à mal. *J'ai vu*, chaque fois qu'une de mes sœurs a présenté l'amour de sa vie à mes parents. J'ai vu la joie sur les traits de maman. J'ai vu à quel point ça la rendait, *elle*, heureuse.

Je suppose que l'espace d'un instant, le monde s'est mis sur pause, ou que j'ai été happée dans un trou noir... Ce sont les seules explications à ma déclaration face à son air plein d'espoir :

– Bon, je ne le dis qu'à toi, parce que les filles vont me

prendre la tête : oui, je suis avec quelqu'un.

– Je le savais ! J'ai remarqué qu'il y avait quelque chose de différent chez toi, je connais mes enfants ! Raconte !

Elle s'assoit à table et je reste debout près de l'évier à tripoter le torchon.

– Oh, ne dis rien, j'ai deviné ! Tu as enfin compris que Madden était plus que ton employeur ? Matt ! J'avais raison ! La petite et son patron sont amoureux !

C'est quoi déjà, ce que Holly m'a dit, il y a quelques jours, quand j'ai déclaré avoir une idée de génie ? Ah oui, je me souviens.

Oh non…

Parce que je me contente bêtement de sourire sans détromper ma mère. Après tout, quelles sont les probabilités qu'elle le croise ? Et elle est si heureuse !

CHAPITRE 4

Je grogne en roulant sur le lit *king size* occupant presque tout l'espace dans ma chambre. Un caprice où je dors plus souvent qu'autre chose, mais que je suis bien contente d'avoir assouvi. Sans ça, je finirais souvent au sol : je bouge beaucoup, la nuit. Sauf qu'il fait déjà jour et que je suis réveillée. Ça ne va pas. Le temps de sortir de mon brouillard ensommeillé, je réalise qu'un rire familier m'a tirée de mon repos bien mérité. J'ai fini mon service à presque 2 heures, on n'a pas idée de… *Un instant !* Un nouvel éclat de voix me fait réagir et je me redresse trop vite. Une légère chute de tension s'empare de moi et il me faut quelques secondes pour chasser les taches noires de ma vision.

Inutile de me chausser, je suis déjà équipée de grosses chaussettes doudou en plus de mon pyjama pilou-pilou à imprimé flocons : ça suffira. Je fonce à la porte, attrape les clefs pour ne pas me faire engueuler par Madden, et dévale les marches pour tomber sur mon pire cauchemar. Je ne dors plus : est-ce que quelqu'un pourrait consigner l'information et me réveiller ?

– Maman ?

Je fixe ma génitrice en tentant de décoller mes paupières récalcitrantes. Tout mon corps est en *jetlag* avec la situation et n'a pas réussi à se connecter à ce que mon cerveau analyse.

Ma mère, et Madden avec un plat dans les mains... Je rectifie : LE plat. Les célèbres macaronis au fromage dont la recette secrète se transmet de génération en génération, chez les Bell. Et si ma mère a dégainé cette arme, je devine la gravité de la scène. *Code rouge, les gars !*

Pour commencer, elle ne vient jamais me voir. Facile, c'est seulement la seconde fois qu'elle me rend visite ici, et la première était pour mon emménagement. Tout de suite, c'est louche. Ensuite, elle a mis sa tenue élégante-sans-trop-en-faire, comme elle l'appelle : signe d'un rendez-vous important dans la journée. Et s'il me restait un doute, elle est maquillée. Ma mère ne se maquille que sous la menace.

Conclusion : elle m'a piégée pour se présenter officiellement à Madden en tant que future belle-mère (dans sa tête, nous sommes déjà mariés et parents de trois enfants) et vérifier s'il me traite bien. Enfin, surtout s'assurer qu'il ne s'échappe pas. Dommage qu'il ne soit pas au courant de notre relation, car je sens que mon pieux mensonge va être éventé dans quelques secondes.

– Coucou, ma chérie ! Ton petit ami et moi faisions plus ample connaissance, je ne voulais pas te réveiller.

Ben tiens, je la connais : elle préfère frapper quand je ne suis pas dans les parages, ça lui laisse les coudées franches pour ce qu'elle a prévu. Ça peut être tout et n'importe quoi. De l'invitation à déjeuner à la publication des bans : rien ne m'étonne, avec elle.

– Oui, *ma chérie*, pourquoi tu ne te joins pas à nous ?

La voix de Madden est chargée de sarcasme, ce qui échappe totalement à ma mère. Dès qu'elle à un objectif en vue, elle devient sourde et aveugle à tout le reste, surtout à la subtilité. Je m'approche lentement et ouvre la bouche pour avouer, quand l'intruse tape dans ses mains en souriant :

– Bon, je vous laisse en amoureux ! Ton père m'attend dans la voiture, on doit ouvrir la boutique. Et n'oubliez pas, Madden, on vous invite à la maison dès que vous pouvez vous libérer !

Elle repart sans même m'embrasser, la fourbe. Je suis sûre qu'elle ne voit en moi qu'un utérus bon à lui refiler une descendance. J'entends la portière de leur Chrysler se refermer avant même d'avoir eu le temps de trouver une explication à fournir à mon propriétaire.

– Loreena ?

Je me disais aussi qu'il était bien silencieux… Je soupire et baisse la tête dans une attitude qui se veut honteuse. Pour tout dire, j'espère me rendormir et ne pas avoir à me justifier. Un raclement de gorge me confirme que je dois oublier mes envies utopiques et je lâche :

– Elle voulait des petits-enfants, elle ne dort pas la nuit en me sachant célibataire, alors j'ai dit que j'avais un mec. Elle a décidé toute seule que c'était toi, et je n'ai pas nié. Je peux nous avoir des faux passeports et organiser notre passage au Mexique en quarante-huit heures !

Je reprends mon souffle et attends que le couperet tombe. Quand je disais que cette histoire de décapitation était récurrente, ça commence à m'inquiéter. Surtout que Madden ne s'énerve pas. Et *ça*, c'est louche.

À la place, je l'entends me proposer :

– Tu déjeunes avec nous ?

Je me redresse et découvre qu'il a soulevé un coin de l'aluminium pour sentir le contenu du plat.

– C'est l'heure du p'tit déj, je lui fais remarquer.

– Pas pour le commun des mortels.

En même temps, j'adore ce plat : non seulement il pourrait résoudre le conflit israélo-palestinien, mais en plus, c'est un de mes préférés. En bonus : plus de temps près de Madden à nourrir mes sentiments unilatéraux : comment refuser ?

– On passe à table dans une heure.

Il retourne chez lui en me plantant là. Peut-être qu'en réalité je suis encore dans mon lit et que l'intégralité de cette scène est un mirage ?

Une présence me fait sursauter. Poulette s'est furtivement approchée et se poste sereinement à quelques pas de moi, son regard démoniaque braqué sur le portillon, là où se tenait ma mère il y a cinq minutes seulement.

– Elle cuisine hyper bien le poulet rôti, tu sais...

Pas de réaction. Cette poule n'a aucun instinct. Je m'éloigne à reculons et lui fais signe que je l'ai à l'œil avant de remonter chez moi.

Quand je descends une heure et trois minutes plus tard, je m'attends à ce que Madden me reproche mon retard. Je ne suis décidément pas à l'aise avec son absence de réaction à l'attitude de ma mère. Il m'a habituée à démarrer au quart de tour et à me remettre à ma place pour moins que ça. Donc, je m'inquiète. Peut-être a-t-il une maladie incurable qui a provoqué une épiphanie sur le sens de la vie et ses priorités ? Le genre de scénario dont on pourrait tirer un film. Oh ! un long métrage de Noël avec le miracle final de sa rémission...

Je m'arrête soudain et inspire profondément. L'air est froid, sec, et chargé de... Je rejette la tête en arrière et observe le ciel. Les nuages blancs compacts forment une couverture qui ne laisse filtrer aucun bleu, la lumière est presque tamisée, comme si elle se faisait discrète afin de céder la place alors qu'il est à peine midi. Je sens un picotement à l'extrémité de mes doigts... Et en plus, mon patron ne me passe pas de savon pour l'avoir mis dans une situation délicate. Plus aucun doute ! Je me précipite à la porte d'entrée du dessous et sonne en sautillant sur place. Liam m'ouvre.

– Il va neiger ! je l'informe fièrement en l'entraînant à l'extérieur pour qu'il se rende compte par lui-même de cette ambiance que j'adore.

On dirait que tout est sur pause et attend le bon moment pour déclarer officiellement ouverte la saison des fêtes ! Peu importe que nous ne soyons pas encore en décembre, de toute façon, c'est Noël dans ma tête depuis janvier dernier, plus ou moins ! Non, ce qu'il faut retenir de l'instant est l'atmosphère annonciatrice de ce qui suivra. Mais durant une seconde, j'ai oublié que j'avais affaire à un ado.

– Ben ouais : ils l'ont dit à la météo. Je me gèle, viens, on rentre.

Sans lâcher ma main, il m'entraîne à sa suite et je ne proteste même pas, frappée de plein fouet par son manque d'entrain. Je savais bien que Madden exerçait une mauvaise influence : à cause de lui et de son aversion pour tout ce qui est lié à Noël, Liam souffre d'une terrible carence en magie !

– À table ! appelle justement le père du gosse le plus blasé de ma connaissance.

– Pourquoi ta mère nous fait à manger ? me demande Liam en s'installant à sa place.

Je n'ai pas souvent partagé de repas avec eux, alors je décide de me glisser sur la chaise en face de lui et de laisser le bout de table au chef de famille. Je plaisante, bien sûr que je m'assois là, juste pour contrarier Madden et le pousser à enfin me servir la morale qu'il réserve certainement pour me surprendre quand je ne m'y attendrai plus. Je déteste cette épée de Damoclès qu'il suspend au-dessus de moi ! Ça lui donne trop de pouvoir. Je sais que j'ai abusé en le faisant passer pour mon mec, qu'on en finisse : ce suspense me tue à petit feu et je ne peux pas mourir avant d'avoir profité de toutes les activités planifiées pour le mois à venir !

– Bouge ! lance l'intéressé en me découvrant sur son territoire.

Je me décale, j'ai d'autres options pour lui taper sur les nerfs.

– Ma mère vous...

– Parce que Loreena lui a dit que nous étions en couple, m'interrompt Madden.

– Précisément ce que j'allais répondre.

Je m'empare des couverts. Je fais comme s'il ne me lançait pas son regard sceptique, alors que son attention sur moi ne m'échappe jamais. Je sers une portion double à l'adolescent en pleine croissance, la même pour son père chez qui elle ne s'est jamais arrêtée, et une part équivalente pour moi parce que j'aime trop ce plat.

– Tu allais surtout essayer d'embrouiller Liam avec des explications alambiquées, note Madden, un début de sourire au coin des lèvres.

– N'empêche, grâce à moi, on a un super repas !

Je tends mon poing et l'ado y cogne le sien. J'entends un grognement sur le côté, signe que mon plan fonctionne. Ou pas, puisque le reste du déjeuner se déroule sans que Madden me sermonne. J'aide à débarrasser avec Liam et entame une discrète esquive après les avoir remerciés pour l'invitation.

– Loreena, je t'accompagne. Liam, papy arrive dans un quart d'heure, ferme derrière moi !

Loupé ! Si près du but, quel dommage ! Car maintenant qu'il m'a teasée pendant des heures, je ne veux plus me faire réprimander. Résignée, je monte chercher mes affaires et le retrouve devant le portail. Il me fait régulièrement profiter de sa voiture, dès que ses horaires correspondent à peu près aux miens, en tout cas. Il se calque sur ceux de son fils et n'est pas toujours sur place avec nous. Et bien sûr, aujourd'hui, il l'est. J'aurais pu lui rappeler que je ne prends mon service que dans une heure, mais j'en profiterai pour vérifier les plannings et me la couler douce en salle de repos. Dès que je m'assois, je ne lui laisse pas le temps de passer à l'offensive, je fonce.

– Je suis désolée, d'accord ? Je ne le ferai plus et je vais arranger ça.

Silence.

Je le regarde en me demandant si des aliens ne l'ont pas enlevé, la nuit dernière, pour lui faire subir des tas d'expériences bizarres, ainsi qu'une lobotomie. C'est la seule explication à sa surprise qui semble sincère.

– Tu étais là, ce matin, quand ma mère t'a pris pour mon mec, ou c'était ton jumeau maléfique ?

Coup d'œil amusé.

Je crois que je suis tombée dans un épisode de *Doctor Who*. Je l'observe attentivement : non, il n'est pas plus contrarié que d'habitude...

– Ne me dis pas que tu trouves ça normal ? Genre, des femmes se font souvent passer pour ta copine et c'est tellement la routine que tu le vis bien ?

Il hausse une épaule en s'engageant sur le boulevard.

– Non, c'est la première fois, mais je comprends.

– Tu *comprends* ?

– Tu n'as pas résisté. C'est humain.

Je crois que j'ai la bouche ouverte. Oui, un coup d'œil dans le rétro me confirme que j'ai l'air d'une carpe hors de l'eau. J'ouvre la vitre et il s'agace aussitôt, rétablissant un peu l'équilibre cosmique rassurant auquel je suis habituée.

– Ferme.

– Je... ne... peux... plus... respirer..., je surjoue.

Il fronce les sourcils et j'ajoute :

– Ton… ego… prend… toute… la… place…

Il sourit franchement, je prends ma dose : ce sourire a vendu des tas de caleçons, il faut me comprendre. Et je referme, parce qu'on se gèle.

Il se gare devant McCarty's et s'apprête à sortir sans rien ajouter. Alors bien sûr, étant donné que j'ai des tendances masochistes, je m'empresse de l'arrêter :

– C'est tout ?

Il pivote le buste vers moi, une main toujours sur la poignée, et place l'autre sur le dossier de mon siège. Finalement, je trouve qu'il fait un peu trop chaud. Saletés de vitres électriques, une fois le moteur coupé, c'est marche ou crève !

– L'engueulade se consomme avec modération si tu veux ménager son impact, Loreena.

– Attends, tu veux dire que mentir à mes parents en les laissant croire qu'on sort ensemble, sur ton échelle des délits méritant une soufflante, c'est tout en bas ?

Il sort sans me répondre et je le suis en insistant :

– Du coup, tu es d'assez bonne humeur pour que je revienne à l'assaut avec les décorations de Noël ?

Il s'enferme dans son bureau et je cligne des yeux en fixant sa porte. Ça valait la peine de demander. Par contre, c'est très étrange qu'il ne se soit pas plus énervé que ça… Il faudra que Liam surveille que son père ne couve rien, je n'ai pas totalement écarté cette hypothèse. Ce serait bête qu'on passe à côté d'une maladie, même si ça expliquerait pas mal de choses. Parfois, la fièvre fait des ravages.

Je ne vais jamais m'en remettre : mon patron ne m'en veut pas. Je souris en me dirigeant vers les vestiaires. Pourquoi briser le cœur de mes parents en avouant un mensonge qui ne dérange pas Madden ? Il sera toujours temps pour lui de m'engueuler en réalisant que j'ai un peu laissé traîner la situation. Et dans mon échelle des fantasmes innocents, être la petite amie de Madden au moment de Noël est tout en haut. Autant en profiter puisque ça lui est égal !

Oui, on frise un nouveau record : plus pathétique que pathétique... Mais c'est tellement plus prudent que de l'inviter à boire un verre. Dans la réalité, il dirait non. Dans ma vie alternative, il n'a pas le choix.

CQFD.

CHAPITRE 5

– Tu vas te faire virer…

Devant le miroir des vestiaires, j'ajuste le chapeau vert au bout duquel un grelot tinte au moindre mouvement.

– Ma tenue n'est pas une raison suffisante pour me renvoyer, je réplique en souriant, satisfaite du résultat.

– Nina, tu cherches les ennuis et tu vas les trouver. Mad est peut-être plus cool avec toi de manière générale, mais…

Je me retourne d'un coup et la coupe :

– Plus cool ? Tu as l'impression qu'il est plus cool, vraiment ? En fait, depuis qu'on se connaît, tu es sous acide, c'est ça ? Tes lectures te montent au cerveau, Holly.

Elle secoue doucement la tête et sa queue-de-cheval balaye son dos alors qu'elle plante les mains sur ses hanches.

– Il te passe presque tout, et tu ne t'en rends même pas compte. C'est inquiétant, à ce stade : *tu* es sous acide. Il est bourru, d'accord, comme avec tout le monde. N'empêche que tu as obtenu beaucoup plus de lui que le reste du personnel réuni.

– Exemple ?

Elle plane totalement. Il ne me tolère que pour mon excellent travail. Et il ne me « passe » rien, je dois batailler pour chaque petite dérogation !

– Tu fais les plannings comme ça t'arrange, elle commence à énumérer en levant le pouce.

– Non, ça lui rend service, c'est différent.

– Tu n'as jamais eu de service au restaurant alors qu'on s'y est tous collés, et je me souviens quand tu lui as confié que tu préférais de loin gérer le bar, continue-t-elle comme si je n'avais rien dit en ajoutant son index.

– Il sait que ce serait une catastrophe : je ne fais presque jamais de salle quand je suis au bar, non plus ! Je suis maladroite, tout le monde est au courant ! Et je suis plus efficace au comptoir.

– Il t'a autorisée à mettre un cocktail de ton invention à la carte et à le baptiser Nina, en toute humilité, poursuit Holly en levant le majeur.

– Mon cocktail est populaire ! C'est dans son intérêt pour gagner plus d'argent ! Rien à voir avec moi !

Elle baisse les bras et soupire.

– Parfois, tu es bête à manger du foin.

Elle sort et je la suis pour prendre notre poste. Les regards dirigés sur nous, sur *moi*, me confirment que j'ai été bien inspirée : je provoque des sourires et ça me suffit pour savoir que mon idée est géniale. Ce soir, je passe en mode rébellion et je montre à mon patron que même dans son bar, on fête Noël dignement et on se met dans l'ambiance. Quelques clients demandent à être pris en photos avec moi et Holly attrape le Polaroïd qu'on garde toujours à portée de main. Des clichés sont ajoutés à l'immense tableau en liège qui recouvre un mur de la salle. La soirée est bien avancée lorsque Madden se pointe. Quand Liam est chez son grand-père et que le patron n'est pas de service, il passe malgré tout en coup de vent pour vérifier que tout se déroule bien.

Dès qu'il tourne la tête vers nous en se dirigeant vers son bureau, je commence à avoir des doutes. Nos regards s'accrochent et le sien me donne envie de me ratatiner derrière le comptoir. Je pose la bière et la fais glisser jusqu'au client en lui servant mon sourire commercial. La manœuvre agile m'a demandé des heures d'entraînement et défie mes tares en matière d'équilibre, mais elle est d'une efficacité redoutable pour inciter aux pourboires. Pas le temps de récolter le fruit de mes efforts, mon instinct de survie prend le dessus. Je me faufile sur le côté et fais signe à Holly que je prends ma pause.

J'ai à peine poussé la porte de la salle de repos qu'elle est vivement rouverte et je manque de m'étaler, puisque je tenais toujours la poignée. Je parviens à ne pas perdre ma dignité et plaque sur mon visage un sourire confiant qui ne reflète pas du tout ce que je ressens. Car j'ai rarement vu mon patron aussi fermé. Et ce n'est pas peu dire car il n'est pas l'homme le plus avenant au monde, loin de là. Il entre en trombe et se plante devant moi en silence. *Finalement, l'instinct a un petit souci de parallélisme, faudra penser à faire la révision...*

Je tourne sur moi-même et tente :

– J'ai quand même le t-shirt.

Je remonte la chemise verte sur mon ventre pour qu'il voie mon uniforme réglementaire.

– Tu te fous de ma gueule ?

– Absolument pas, Madden. Je n'oserais pas.

– J'ai dit : pas de décorations de Noël !

Il crie, je ne sais pas s'il se souvient que les clients nous entendent probablement, mais il me hurle dessus et je fais appel à toute ma détermination pour ne pas reculer d'un pas et lui céder du terrain. Peut-être que je ne dissimule pas si bien ma réaction, car il semble sortir d'une transe et c'est lui qui s'éloigne en passant une main dans ses cheveux.

– Merde, Nina, tu ne peux pas toujours faire ce qui te chante !

Il ne m'appelle jamais « Nina », je le trouve de plus en plus bizarre...

– Mais j'aime Noël et je passe la majorité de mon temps à travailler : bien sûr que j'ai envie de bosser dans une ambiance festive ! je me défends faiblement.

– Change-toi, tranche-t-il sans relever ma supplique.

– Non. Rien dans le règlement ne m'oblige à...

– Tu m'emmerdes ! Je suis ton patron, je te dis de te changer : tu te changes !

Est-ce qu'il me fait un peu peur, malgré tout ? Oui. Je crois que cette fois, j'ai poussé le bouchon beaucoup trop loin, Maurice. Je lâche d'une petite voix :

– Et si je refuse ?

– Ne me cherche pas, Loreena.

Il m'offre son dos, comme si la discussion était close.

– Madden ! Et si je refuse ? j'insiste en tenant mes positions.

Je sais que c'est puéril. Je fais un caprice, OK. Mais j'aimerais, pour une fois, profiter de Noël, de la saison et de tout ce qu'elle représente ! Je n'ai déjà pas de petit copain pour partager ces moments avec moi, et il veut m'enlever ce à quoi je me raccroche pour ne pas déprimer ? Les larmes me montent aux yeux. De colère ? De frustration ? Ou simplement de solitude ? Je les retiens, il est hors de question que je craque et lui donne la satisfaction de m'avoir blessée. Plus tu montres le pouvoir que les autres ont sur toi, plus ils en abusent.

Il se retourne et ouvre la bouche, sûrement pour m'envoyer balader, quand son expression change d'un coup. Il fronce les sourcils et ses yeux voient trop bien ce que je cherche à lui cacher. Je relève le menton, me sentant un peu stupide de m'engueuler avec mon boss dans ma tenue de lutine de Noël.

– Tu vas pleurer ?

Il me demande ça avec un zeste d'inquiétude dans la voix, et je décide de la jouer à la déloyale.

– T'es sérieux ? Tu crois que j'ai un bouclier indestructible pour me protéger de tes colères ? Oui, j'ai envie de pleurer !

Il écarquille les yeux et je sens que je suis sur le bon chemin : il fait partie de ces hommes qui ne savent pas gérer les larmes. Je ne suis pas si fourbe, non plus, parce que je suis vraiment sur le point de partir en gros chagrin : je me contente d'utiliser les armes à ma disposition.

– Je n'espère pas que tu comprennes pourquoi je veux à tout prix instaurer une ambiance de fête sur mon lieu de travail, Madden, mais je ne mérite pas de me faire incendier pour avoir porté un costume totalement décent pendant mes heures d'embauche.

Un silence s'installe pendant que j'attends son verdict. Malgré moi, promis, une larme s'échappe. Je l'essuie rapidement du revers de la main, mais elle ne passe pas inaperçue. Un grognement fataliste remonte dans la gorge de mon patron et il tend vaguement la main. Il ne doit avoir aucune idée sur la manière de réconforter quelqu'un, aussi il ne termine pas son geste. Ça vaut mieux, parce que s'il manifestait trop de compassion, je serais capable de me jeter dans ses bras et d'oublier mes convictions. Le mettre mal à l'aise m'amuse, d'ordinaire, car j'aime le faire sortir de sa zone de confort. Là, c'est différent, il lutte vraiment et ça n'est pas ce que je cherchais.

C'est difficile de savoir sur quel pied danser, avec lui. Il y a Mad le top model reconverti qui sourit sans retenue à sa communauté virtuelle, et il y a le véritable Madden McCarty, avec tout ce qu'il conserve bien à l'abri derrière une façade plus austère, très pro, parfois trop froide. Je voudrais lui dire qu'il peut abandonner ses défenses avec moi, que je n'en abuserai pas... Je voudrais qu'il se sente assez en confiance pour baisser la garde.

– Je ne fête pas Noël, je ne veux pas le fêter et je n'ai pas envie que ma brasserie soit...

Ma lèvre inférieure tremble. Que ce soit clair : je ne fais pas exprès. Je gère très mal le « non » de manière générale, encore plus quand ça touche à ma fête préférée. Davantage lorsque je sais que mon patron a envie de m'en dire plus. Il se retient, c'est évident, et quand il soupire en détournant le regard, je comprends que ce n'est pas ce soir qu'il me laissera jeter un coup d'œil derrière la muraille dont il s'entoure. Mon expression l'interrompt à nouveau et il s'approche de moi d'un pas agacé. Il pose les mains sur mes épaules et puisque je fixe le sol en attendant sa décision finale, il glisse le doigt sous mon menton pour m'inciter à relever la tête et le regarder. Un frisson parcourt tout mon corps. Pour un index à peine en contact avec ma mâchoire, mon être entier est ébranlé.

– Tu ne me lâcheras pas avec ça tant que je n'aurai pas dit oui, hein ?

Il murmure si bas que je n'aurais pas entendu sans la proximité entre nous.

– Pourquoi *toi*, tu n'aimes pas Noël ?

En lui demandant ça, je réalise que ça me travaille plus que le droit de conserver ma tenue festive.

Il laisse passer quelques instants durant lesquels ses yeux pâles ne me quittent pas, et je plisse les miens en découvrant qu'il est mal à l'aise. C'est bien la première fois que je suis témoin de son embarras, je le croyais immunisé. Il est tellement sûr de lui, parfois même arrogant, que c'est étrange de le voir déstabilisé.

– OK, mais rien de plus, c'est clair ?

Il capitule ? Non, ça ne lui ressemble pas. Contrairement à ce que prétend Holly, je n'obtiens rien de Madden si ça ne l'arrange pas. Que ce soit pour le cocktail, la gestion des plannings ou toute autre chose, s'il accepte, c'est qu'il en tire quelque chose. Et là, je ne parviens pas à savoir quoi. Ça ne devrait pas entrer en ligne de compte, j'ai son accord pour porter mon costume de lutine, le reste ne devrait pas m'intéresser. Pourtant, je me surprends à ne pas considérer cette conclusion comme une victoire. Il s'en va et referme la porte sans bruit, ce qui ne me rassure pas non plus. Il préfère céder plutôt que répondre à ma question...

Pourquoi ai-je la sensation de n'avoir rien gagné ?

– Tu t'es encore enfermée ?

Je réplique à Liam par une grimace. Je sais qu'on ne me voit pas souvent debout si je ne travaille pas, et je ne suis jamais du matin, puisque je ne suis pas au planning avant 11 heures. Mais ce gamin est trop sarcastique pour son âge.

– Je vais au centre commercial, si tu veux tout savoir.

– Faire quoi ?

– Liam...

Son père verrouille leur porte d'entrée et nous rejoint.

– Désolé, Nina.

– Ne t'excuse pas de t'intéresser à moi.

Je le rassure en lançant un regard noir à Madden. Regard que celui-ci ne capte pas puisqu'il l'évite. C'est comme ça depuis hier matin. L'altercation dans la salle de repos a engendré une pseudo-guerre du silence, voire de l'ignorance, entre nous.

Ce que mon patron ne sait pas, c'est que je déteste que quelqu'un soit fâché contre moi. Vraiment, ça me rend malade. Et je suis déjà arrivée au bout de ce que je peux supporter de son attitude.

Au lieu de balancer le fond de ma pensée à son père, je demande à Liam :

– Tu vas chez ton grand-père ?

Contrairement à ce qu'il croit, je suis capable de bien me tenir devant son fils. Mieux que lui qui ne fait pas l'effort d'avoir l'air normal. Bien sûr, ça n'échappe pas à l'ado. C'est une race qui peut ne pas voir l'évidence, comme le fait d'assortir telles baskets avec telle couleur de pantalon, mais qui capte direct ce qu'on voudrait lui cacher.

– T'as encore coincé la pompe à pression ? m'interroge le gamin en réalisant qu'on ne se parle pas Mad et moi.

– Non, je n'ai plus le droit d'y toucher, aucun risque.

Un petit incident de rien du tout au cours duquel j'ai mal branché un fût de bière. Bien sûr, Madden en a fait tout un plat et a décrété que j'en étais interdite jusqu'à nouvel ordre. Je trouve ça parfaitement injuste, autant pour moi que pour Holly qui se coltine tous les changements de fût, mais il est tellement têtu que j'ai lâché l'affaire. Il faut choisir ses batailles, et argumenter devant Liam n'en est pas une que je souhaite mener.

Je réponds à sa précédente question pour faire diversion :

– Je vais acheter des décorations pour mon appartement. C'est mon premier Noël chez moi et j'ai envie que ce soit magique !

Je m'emballe, impossible de rester contrariée quand je

pense à ce que j'ai prévu ! Même Madden et sa tronche en biais ne me gâcheront pas ça !

– Oh ! J'peux venir ?

– Tu vas chez Papy, lui rappelle le contrôleur de la bonne humeur et des festivités.

– Ça ne me dérange pas, je propose en souriant.

Sourire qui se fane aussitôt que je vois l'effet que ma suggestion a sur Madden. On dirait que je viens d'offrir un rail de cocaïne à son gamin.

– On y va.

Je regarde Liam traîner les pieds en suivant son père, penaud et les épaules supportant toute l'injustice du monde. Mais quelle tête de lard, ce mec, quand il s'y met ! Qu'est-ce que ça peut lui faire que son fils m'accompagne ? Il est déjà venu en ville avec moi et je le lui ai toujours rendu entier, que je sache ! On dit que le cœur a ses raisons que la raison ignore, mais j'aimerais bien un petit livret explicatif sur le fonctionnement du mien, à l'occasion.

J'ajuste mon sac en bandoulière, le bonnet rouge sur ma tête et l'écharpe autour de mon cou, prête à attraper le prochain bus, mais Liam revient en courant.

– Papa dit qu'on te dépose !

J'hésite, consciente des tensions entre Madden et moi.

– Dépêche ! Comme ça, t'essaies de le convaincre de me laisser t'accompagner !

Ce n'est pas moi qui obtiens tout ce que je veux de mon patron, c'est son fils à qui je ne peux rien refuser !

Si seulement le géniteur était aussi avenant et facile à vivre que son ado...

CHAPITRE 6

– Rudolf a dégueulé dans ton appartement ?

Vautrée sur le canapé, je souris au milieu de ce que j'ai ramené de mon shopping solitaire, ce matin. Impossible de convaincre Madden de laisser Liam venir avec moi. J'ai un peu compensé sur les décos. Je n'avais pas imaginé qu'en plus de mes achats, les gens seraient si nombreux à répondre à la petite annonce que j'ai affichée au McCarty's.

« Débarrassez-vous de vos anciennes décorations de Noël, rendez-vous mercredi 2 décembre chez moi : je récupère tout ! »

Bea a raison, il y en a absolument partout, et si on n'est pas autant accro à Noël que moi, ça peut vite devenir angoissant. En ce qui me concerne, je suis morte et montée direct au paradis, celui à l'image de mes rêves les plus fous. Ne me réanimez pas, débranchez-moi, merci.

– Quand tu m'as parlé de t'aider à les installer, j'imaginais *quelques* décos. Pas une délocalisation de l'usine du pôle Nord. Tu les planques où, les lutins livrés avec l'entreprise du vieux barbu ?

Pour arriver jusqu'à moi, ma sœur zigzague entre un Père Noël gonflé à l'hélium, un traîneau traditionnel et un carton de guirlandes lumineuses. Elle se laisse tomber à ma droite et sursaute avant d'extraire de sous ses fesses une suspension en mousse. Elle me la jette dessus et observe mon salon.

– Je ne pensais pas avoir autant de succès.

– J'ai arrêté de t'écouter à « je ne pensais pas », car clairement, c'est la seule explication. Nina, tu ne crois pas que tu t'emballes ?

– J'ai assez attendu pour avoir mon Noël parfait et...

– ... et tu en as marre de te retenir chaque année, et cette fois, tu n'as besoin de personne, et ils verront que c'est ta fête préférée, et tu refuses d'attendre un mec pour réaliser ton rêve, et *bla-bla-bla*...

– Je te rappelle que quand on en a parlé au moment de ma rupture avec Noah, tu as sorti des tas de slogans féministes, tu as essayé de brûler un de tes soutifs pour marquer le coup et tu m'as félicitée pour, je cite, « m'être enfin sortie la tête du cul ».

– J'avais picolé ! proteste-t-elle en levant les mains.

– On boit tout le temps, en soirée ! En quoi c'est différent ? Maintenant, jeune fille, tu vas te réjouir de ma décision, parce que je suis à ça (j'écarte à peine le pouce et l'index pour illustrer mes propos) de retourner me goinfrer de pâte à cookies crue au fond de mon lit devant la sélection de Noël de Netflix, OK ?

– N'oublie pas, *jeune fille*, que j'ai changé tes couches !

Je grimace. Elle a raison, elle a vraiment essuyé mes fesses. Elle a douze ans de plus que moi, j'ai en quelque sorte pourri son adolescence chaque fois que mes parents lui demandaient de faire mon baby-sitting. Ça doit être un juste retour des choses qu'elle rende ma vie compliquée en passant son temps à avoir raison et à casser mes délires.

– Rappelle-moi pourquoi tu as besoin de tout ça ? reprend-elle en désignant la pièce de la main.

– C'est important pour se mettre dans le bon état d'esprit ! Aucun doute sur la thématique du mois, Bea, regarde : on a...

– ... le renne préféré du Père Noël qui s'est payé une gastro chez toi, finit-elle en souriant.

On éclate de rire au moment où la sonnette retentit. Elles entrent sans attendre et je vais rassembler tout ce dont on a besoin dans la cuisine. Depuis le comptoir donnant sur le salon, je vois (et surtout j'entends) Mag et Hailey débarquer.

– Oh, putain ! s'exclame Hailey. Vous saviez que le Père Noël avait délocalisé son usine dans l'appart' de Boulette ?

On ne pourra pas dire que nous ne sommes pas de la même famille... Elle retire son écharpe et son bonnet qu'elle jette sur le guéridon croulant déjà sous un tas de trucs dont j'ai oublié l'existence. Il se peut que je sois légèrement désordonnée. Il paraît que c'est logique : quand on a une qualité professionnelle, on relâche la pression à la maison. Mon objectif étant de lancer ma boîte d'événementiels, je suis hyper rigoureuse pour l'organisation de tout, sauf le rangement chez moi.

– C'est une poupée gonflable de la mère Noël ? grimace Mag.

Je ne leur réponds même pas : personne ne me gâchera le plaisir de fêter Noël comme je l'entends ! Avec ou sans mec, cette année sera mémorable !

– Tu es désespérante, Bea en profite pour recommencer à râler. Et c'est quoi ce bonhomme de neige pervers ? Tu as vraiment laissé les gens te refiler n'importe quoi !

– Pervers ? Comment peux-tu... Ah oui, j'avoue, il a un regard lubrique, je termine en observant plus attentivement la décoration en question.

– On le tourne face au mur ? propose Mag sans le quitter des yeux.

– Je ne suis pas sûre, est-ce que ce n'est pas pire qu'il fasse je ne sais quoi devant ton tableau d'Audrey Hepburn ? remarque Hailey.

On se paie un nouveau fou rire, cette fois à quatre, et elles s'installent comme elles peuvent. Je finis de préparer les cocktails sur un plateau et les rejoins. Beatriz retire des guirlandes de la table basse où je pose nos boissons, puis je m'assois sur un coussin au sol, en face d'elles. Chacune prend son verre. Mag ne jure que par les cosmos, Hailey a une passion sans bornes pour les mojitos, Bea est accro aux mimosas, et moi je trinque avec une margarita.

Je dégaine mon super classeur. Je l'aime d'amour et d'organisation, j'ai passé des heures à le préparer et à trier le contenu pour me faciliter les choses, le moment venu. Le mois de décembre a déjà commencé, et je refuse de perdre plus de temps. Tant pis si mon patron est trop buté pour me laisser profiter de son magnifique bar : je donnerai libre cours à ma passion ailleurs. Quelque part, j'ai la satisfaction de décorer l'appartement qu'il me loue. Indirectement, il y a une ambiance de Noël chez lui. C'est une petite victoire, mais je m'en contenterai. Pour l'instant. Car je l'ai trouvé trop bizarre et je sais quand arrêter de repousser les limites.

– C'est..., démarre Hailey.

– ... flippant, termine Bea.

– Heureusement, c'est lié à tes ambitions pros, continue Mag, sinon j'envisagerais sérieusement de te faire interner.

– Si tu pars en institut, je peux récupérer ton petit blouson en jean vintage ? se précipite Hailey.

– Et moi, ta télé incurvée ! renchérit Bea.

– Sinon, prenez des Post-it, chacune une couleur, et collez-les sur votre héritage. Ce sera plus simple, puis si on retrouve de l'arsenic dans le contenu de mon estomac après l'autopsie demandée par papa et maman, on n'aura pas à chercher les coupables trop loin.

– Tu vois, même pour ça, tu es super logique et organisée, remarque Hailey. Tu le quittes quand, ce job ?

Je préfère ne pas répondre. Avec mes sœurs, il y a deux sujets qui me tapent sur les nerfs et que j'esquive dès que possible : ma vie sentimentale (ou plutôt son absence) et ma carrière (ou plutôt son absence... aussi). Mais elles sont plus acharnées que ces petits chiens qui s'accrochent à votre jambe et ne vous lâchent plus. On a beau se dandiner, faire des bonds sur place et les menacer, rien n'y fait. Ayant expérimenté à la fois l'animal pot de colle et mes aînées, j'affirme que la comparaison est adéquate.

Et si elles pensent que j'ai perdu de vue mon objectif, elles se trompent. Je n'ai tout simplement pas encore eu le temps de... Enfin, il se trouve que je...

En bref, j'ai la trouille.

J'ai économisé de quoi démarrer sans inquiétude, mon étude de marché est assez récente pour être toujours valable, mon business plan tient la route et s'avère réaliste... Pourtant, je n'ai pas encore trouvé le courage de faire ce premier pas. Quitter mon emploi, sauter à pieds joints, sans filet ou presque, et devenir adulte. Honnêtement, chaque fois que j'envisage de le faire, je prie pour que Peter Pan se plante de fenêtre et m'embarque au pays imaginaire. Je resterais une enfant toute ma vie. Le fait que je ne sois plus une gamine depuis un paquet d'années est accessoire.

Je pose les yeux sur mes documents dans leurs pochettes plastique. J'ai peut-être abusé, je le reconnais. D'accord, j'ai sûrement de quoi occuper tous mes mois de décembre pendant dix ans sans avoir à refaire deux fois la même chose.

– C'est pour les imprévus, j'explique en indiquant les pastilles représentant la météo.

Le petit soleil, le nuage souriant et les autres pictos sont peut-être un poil abusé, j'avoue.

– Elle est barge, murmure Bea.

– J'ai besoin d'un autre verre pour écouter tout ce que tu as planifié, enchaîne Hailey.

– Et moi donc ! soupire Mag.

– OK, stop, je ne tiens plus ! C'est évident qu'elle ne nous dira rien, lâche Bea en se levant.

Je savais que c'était trop beau pour être vrai. Depuis l'arrivée de Beatriz, je suis dans l'expectative. J'ai cru, un instant, que ma mère avait respecté mon vœu et l'avait bouclé. Pff... Non, mais des fois, je me mettrais des baffes tant ma naïveté est grotesque. Erreur de débutante alors que je les connais depuis toujours, c'est impardonnable. Et c'est parti...

– On sait que tu te tapes le canon qui te sert de patron et sur qui tu craques depuis un an ! poursuit ma sœur. Maintenant, on a des questions. Déjà, pourquoi tu ne nous as rien dit ? Tu rêves de te le faire et tu n'estimes pas l'information assez importante pour convoquer une réunion en urgence ? C'est louche ! Ensuite (elle extirpe son portable de son sac à main et le tend vers moi comme une preuve irréfutable) pourquoi il n'en parle pas sur son compte Instagram ? Et enfin : comment, où, quand, avec quoi ?

Elle se rassoit et avale une bonne gorgée de sa boisson, à l'image d'un sprinteur qui s'hydrate après un 400 mètres. À la différence près qu'elle picole et qu'elle déteste le sport.

– *Avec quoi ?* T'es pas bien ? Et j'ai dit à maman que c'était secret.

Je soupire en posant mon classeur dont tout le monde se fiche à présent qu'on aborde l'autre aspect de ma vie que j'aimerais éviter.

– Tu devrais avoir honte de nous tenir à l'écart. Comme si nous ne pouvions pas garder un secret ! s'offusque Mag.

Je me redresse et les regarde une après l'autre avant de demander :

– Vous me confirmez donc que vous n'en avez pas parlé à vos moitiés ?

Un silence explicite suit ma question. Elle était de toute façon rhétorique : bien sûr qu'elles en ont discuté ! À croire que leurs existences sont si misérables qu'elles n'ont pas d'autre sujet de conversation que ma vie amoureuse !

– Voilà pourquoi je n'ai rien dit. Un secret partagé avec une personne n'en est déjà plus un ! je déclare fermement.

– C'est ta faute, tu t'es confiée à maman : tu es la première à avoir éventé l'information, Hailey ne se démonte pas.

– Je suis avec Hale, marmonne Mag.

– Ben tiens, quelle surprise que vous vous planquiez derrière des arguments vaseux…

– Réponds aux questions, arrête de dévier de ce qui nous intéresse toutes.

Sauvée par le gong, on sonne à la porte. Je m'y précipite, trop heureuse de laisser mes sœurs mijoter au salon. Le souci est que Madden se tient sur mon palier, le plat propre de ma mère dans les mains.

– Merci, je serais passée le récupérer, bonne soirée !

J'essaie de fermer la porte, mais bien sûr, je ne vais pas m'en tirer aussi facilement.

– Attends, pour cette histoire de déguisement…

Je me faufile à l'extérieur, au risque de choper une pneumonie. C'est toujours mieux que laisser sa voix porter jusqu'au salon. Je ne lui mâche pas le travail non plus, j'estime avoir été un peu insistante, oui, mais je n'ai fait de mal à personne. C'est lui qui me bat froid sans raison valable.

Il passe une main sur sa nuque et évite à nouveau de croiser mon regard. Je crois que mon patron essaie de me présenter des excuses. Il aboie à la brasserie, et si, en dehors, il n'est pas l'être humain le plus chaleureux qui soit, on peut coexister sans passer en reconstitution de *Gladiator*.

– Répète après moi, je lance pour accélérer le processus.

Je ne suis pas à l'abri qu'une des trois commères vienne vérifier pourquoi je ne suis pas encore revenue.

– *Loreena, je suis désolé de m'être comporté comme le dernier des trous du cul pour une très jolie tenue de lutine de Noël qui te va à ravir*, je récite d'une voix grave avec un grand sourire.

– Non. Juste… non.

– C'est dommage, tu y étais presque ! je me désole exagérément.

– Sans rancune ? marmonne-t-il en se retournant comme s'il allait pouvoir se barrer.

– Je suis sûre qu'en cherchant bien, on doit pouvoir trouver le terme dont la définition serait « peur terrible de présenter des excuses correctes à quelqu'un quand on a tort ». Pardonnophobie, ça sonne bien !

– Boulette, j'ai fini mon cosmo : ravitaillement !

En même temps que Mag réclame à boire, elle ouvre et j'ai deux options : pousser Madden en espérant qu'il ne se tue pas dans les escaliers, ou assumer mes conneries et avouer à mes sœurs que j'ai menti et que non, je ne sors pas avec le canon populaire dont l'activité a longtemps été de se faire photographier en boxer.

J'hésite sincèrement.

– Madden ! Viens boire un verre avec nous, on a plein de choses à te demander !

Je m'apprête à confesser mes péchés lorsque je sens un bras

entourer ma taille et m'attirer contre un torse que je connais par cœur pour l'avoir reluqué dans de petites photos carrées sur l'écran de mon téléphone.

Réflexion faite, ne me débranchez pas tout de suite, merci.

CHAPITRE 7

Je n'écoute pas un mot de ce qui se dit, ce qui est complètement inconscient puisque mes sœurs cuisinent Madden. Tout est possible avec elles, et je crains le pire. Le souci, c'est que mes capacités cognitives se sont mises en grève dès que mon patron s'est assis sur le canapé et, faute de place, m'a attirée sur ses genoux.

Je répète : je suis installée sur les cuisses de Madden McCarty.

On pourrait penser que c'est le rêve d'une année qui se concrétise, et que je devrais en profiter. Je dois être bête à manger du foin, comme le prétend Holly, car ça ne me satisfait pas le moins du monde : je sais que rien dans son attitude n'est vrai. C'est dommage. Si on oublie un instant la mise en scène, je ne me suis jamais autant sentie à ma place.

Je me laisse subtilement glisser sur le côté, dans l'espoir de m'esquiver et de caler mon postérieur entre l'accoudoir et mon propriétaire. Il resserre ses doigts sur mes poignées d'amour dans un geste autoritaire auquel je suis réceptive, sans aucune surprise. Je ne suis pas du genre à obéir instantanément à qui que ce soit, encore moins à Madden. Et pourtant, je m'immobilise et interromps ma fuite.

– T'as mangé un truc pas frais ? me demande Hailey en fronçant les sourcils.

– Hein ?

– C'est vrai que tu as le teint verdâtre, enchaîne Bea.

– J'ai chaud, je vais…

Je ne termine pas ma phrase, faute d'une excuse crédible, et je m'éclipse dans la cuisine. Sauf qu'elle donne directement sur le salon et mon isolement est limité. Je ne regarde même pas Madden, de crainte de saboter ses efforts pour donner le change devant les trois vautours. Quand je pense que j'étais prête à avouer et repousser le moment où Satan m'accueillerait dans son royaume, j'allais dire la vérité à mes sœurs… Mais non ! Il a fallu qu'il se la joue chevalier servant et m'oblige à poursuivre cette comédie. Il n'a aucune idée de ce à quoi il s'expose : elles sentent la peur et la supercherie ! Elles sont pires que des requins et si elles flairent la moindre goutte de sang (ou la moindre entourloupe, pour baisser d'un cran le contexte dramatique), elles n'hésiteront pas à nous torturer jusqu'à ce qu'on craque ! Être dans la même pièce qu'elles, c'est les supplier de passer à l'offensive !

– Tu vois, ma Boulette, ce n'était pas normal que tu sois seule. On t'avait dit d'être patiente ! Du coup, ça a commencé comment, vous deux ? demande Mag d'un ton trop détaché pour être inoffensif.

Je fourre une poignée de biscuits apéritifs dans ma bouche et me retourne en affichant un air penaud : impossible de parler quand je mange. Je sais, c'est moche de refiler le bébé à Madden. Mais je tiens à signaler que j'ai tenté à plusieurs reprises d'arrêter de mentir, et que les deux fois, *il* a entretenu mon délire. Ce n'est que justice s'il doit gérer seul l'interrogatoire des sœurs Bell.

– Honnêtement ? Dès son entretien d'embauche. J'ai eu le coup de foudre.

Retraite ! On arrête de mâcher et on évite de s'étouffer ! Il ment trop bien et le regard dégoulinant de bons sentiments qu'il m'a jeté en parlant met ma vie en danger. Les crackers pendant cette conversation, c'était une idée suicidaire ! Je me sers un verre d'eau en priant pour ne pas bloquer mes voies respiratoires, en l'écoutant continuer comme si je n'étais pas sur le point de mourir à cause de lui.

– Je voulais être sûr par rapport à Liam, j'ai pris le temps, mais je *savais* depuis le début.

– C'est mignon, intervient Hailey en le scrutant attentivement.

Elle se doute de quelque chose. Un détail lui a mis la puce à l'oreille, même si je ne vois pas lequel. Je la connais trop bien pour ne pas m'inquiéter de son air suspicieux. Ou alors, je vire parano ? En même temps, elles rendraient parano n'importe quel maître zen.

– Y a pas conflit d'intérêts, du fait que tu es son patron ? reprend Bea.

Il hausse les épaules et réplique :

– Si ça venait à poser souci, je la virerais et ce serait réglé.

Non mais, il est sérieux avec sa solution à deux balles ? Il pourrait aussi refiler la gérance de la brasserie et retourner à ses caleçons ! Pourquoi ce serait à moi de dégager du tableau ? En plus, ça serait passible d'une plainte…

Pourquoi je m'enflamme alors que nous ne sortons pas ensemble ?

Si même moi je commence à y croire, on est mal barrés ! Il faut admettre que le gars est super convaincant, encore un peu et il me ferait oublier la vérité.

Fier de lui, il se tourne vers moi et me sourit comme il ne l'a jamais fait. Je trouve ça de plus en plus bizarre. D'un côté, ça illumine son visage souvent trop sérieux, et de l'autre… Non, ce n'est pas sincère et c'est bien là le souci. Cette expression est celle qu'il arbore sur les selfies qu'il poste sur son compte Instagram. Je reconnais lorsqu'il est vraiment heureux, je l'ai vu avec Liam. Jamais avec moi, bien sûr, je passe mon temps à lui taper sur les nerfs, comme il me le fait remarquer. Alors cette expression, il peut se la garder, ce que je lui fais comprendre en fronçant les sourcils. Il m'imite et, pendant un instant, nous nous affrontons du regard dans un silence finalement rompu par un toussotement. Je reporte mon attention sur Bea qui n'a rien loupé de cet échange. Je devine les points d'interrogation dans ses pupilles et pressens qu'elle n'en a pas terminé avec mon faux petit ami. Elle lève de nouveau son portable, mais cette fois, c'est à Madden qu'elle s'adresse.

– Pourquoi tu n'as jamais parlé de Nina sur ton compte Instagram ?

S'il est surpris par la question, mon patron ne le montre pas et répond sans ciller :

– Je n'étale pas ma vie privée sur les réseaux.

– Tu exposes Liam et tu parles de lui, lui fait-elle remarquer en ouvrant l'application en guise de preuve.

Il est temps que je revienne dans la conversation.

– Beatriz, laisse-le tranquille. C'est moi qui ne voulais pas qu'il me mentionne.

– Toi qui adores les projecteurs, tu as refusé l'opportunité d'avoir ta minute de gloire sur Internet ? s'étonne Hailey.

– Tu nous confonds, Hale, je rétorque sans me démonter. La *drama queen*, c'est toi.

– Liam m'attend, j'y retourne, déclare d'un coup Madden.

Je ne le crois pas un instant : il ne serait pas monté me voir si son fils avait été chez lui. Il m'offre une porte de sortie à cette torture familiale. Il se lève et s'approche du comptoir derrière lequel je suis toujours réfugiée : courageuse, mais pas téméraire !

– Tu m'accompagnes, puce ?

Puce ? Qui êtes-vous et qu'avez-vous fait de mon patron ?

Je le suis en serrant les dents. J'en veux autant à mes sœurs pour leur indiscrétion qu'à lui pour nous avoir tous les deux plongés dans une situation encore plus inconfortable. Ce n'est pas compliqué, tout le monde le sait : moins on s'enfonce dans les mensonges, meilleures sont les chances de s'en sortir. Et là, je patauge dans le péché.

J'avance jusque chez lui où je ne suis pas sereine à l'idée de pouvoir discuter librement. Je suis convaincue que Mag a une audition bionique, aussi j'ouvre sans attendre d'invitation et précède Madden dans son hall. Je lui fais face, les mains sur les hanches et mon air le plus déterminé sur le visage.

– C'était quoi ça ? je chuchote, au cas où.

– J'ai improvisé.

Il cale une épaule contre le mur et je retiens un soupir d'exaspération. Ou d'admiration, je ne sais pas trop. Parce qu'il n'a pas le droit d'utiliser ses poses de mannequin quand j'essaie de l'engueuler. Il a l'air content de lui et je me demande bien pourquoi.

Quand il est évident qu'il va rester planté là à étaler sa sexytude, j'insiste :

– Tu joues à quoi ?

Je ne suis pas aussi faible, pour qui me prend-il ?

Je suis carrément aussi faible.

– En te rendant service, tu deviens redevable, finit-il par répondre en se redressant.

Il croise les bras et j'aimerais dire que je ne remarque pas le tissu de son t-shirt se tendre et…

– Dis donc, Madden, t'es en train de contracter des biceps dans le but de créer une diversion ?

– Ça fonctionne ?

Je remonte les yeux au niveau de son visage que je découvre amusé.

– Sérieusement, patron, tu me fais quoi ? J'allais déballer la vérité à mes sœurs et tu as tout saboté avec ton numéro du parfait petit ami.

– J'ai suivi l'inspiration du moment. C'était marrant, non ?

– Tu as cru que mon objectif dans la vie était de distraire ?

À mon tour de croiser les bras, je tapote même du pied pour être encore moins subtile sur mon impatience grandissante.

– OK, soupire-t-il, j'ai besoin d'un service.

Ah ! Comme quoi, il m'arrive de ne pas me tromper quand je sens que ça pue ! Je savais bien qu'il était bizarre et que ça ne lui ressemblait pas de rentrer dans une mascarade dont il n'a rien à tirer. Il se passe nerveusement la main sur la nuque et je réalise avoir l'ascendant.

– Mon père s'en va quelques jours pêcher avec des amis, j'ai besoin de quelqu'un pour s'occuper de Liam.

– Tu veux que je garde ton fils alors que tu n'étais même pas d'accord pour qu'il vienne au centre commercial avec moi ? je m'étonne sincèrement.

– Ça n'avait rien à voir avec la confiance.

D'un coup, je comprends la raison de sa réticence à laisser son fils faire du shopping en ma compagnie.

– Tu voulais le tenir éloigné de ma mauvaise influence de Noël ?

La culpabilité s'affiche aussitôt dans sa manière d'éviter mon regard et je ne sais pas si je dois rire du ridicule de la situation ou me désespérer.

– Tu réalises que ce n'est pas contagieux ? Tu t'es aussi rendu compte que partout, depuis des semaines, on voit des publicités pour Noël, des décorations dans les rues et des vitrines chargées de guirlandes ? Tu penses sincèrement que je suis le plus grand danger pour Liam ? À moins d'aménager une cave pour l'y enfermer, et de risquer la prison par la même occasion, tu vas difficilement éviter que Noël et ton fils se croisent.

– Il t'adore, toi, et *ça,* c'est dangereux…

Je recule d'un pas. Je trouve ça tellement insultant que je n'ai même plus envie d'argumenter.

– Comment ça, *dangereux* ? je murmure presque pour moi-même.

Il fixe le sol en fronçant les sourcils. Il cherche une façon diplomate de me dire que son fils mérite mieux comme modèle ? Ce n'est pas la première fois que je m'interroge à ce sujet, mais il ne pouvait pas être plus clair.

– Tu sais quoi ? Laisse tomber cette histoire de te faire passer pour mon mec, je n'ai pas besoin de ton aide. Je resterai avec Liam, pour lui. Pas pour toi. Et après ça, on reprendra notre relation, à savoir, tu es mon patron et mon propriétaire, et on évite de se rendre service. On ne sait jamais, je pourrais te contaminer, ou pire, pervertir Liam !

Je le contourne et claque la porte derrière moi. Remonter les escaliers jusqu'à mon appartement au pas de course a le mérite de me calmer, et j'arrive un peu essoufflée dans mon salon.

– Oh, les joues rosies, les yeux brillants et le souffle court…, observe Mag.

Bea fait mine de regarder la montre qu'elle ne porte pas au poignet et sourit :

– Non, trop juste. Je suis sûre que Madden a plus d'endurance que ça.

– Vous savez quoi ? Bonne nuit !

Je n'attends pas qu'elles réagissent et m'enferme dans ma chambre. J'ai toujours trouvé bizarre qu'il y ait un verrou à cette pièce et ne m'en suis jamais servi. Ce soir, j'apprécie la possibilité de m'isoler et ne pas être obligée de supporter les nouvelles questions de mes sœurs. Quelque part dans mon esprit, une petite voix me dit que j'exagère. Que ce n'est pas si grave. Mais je ne peux m'empêcher de réaliser que Madden n'a pas confiance en moi. Je sais qu'on ne se connaît pas depuis si longtemps que ça, lui et moi, et que son fils est l'être le plus précieux pour lui... Enfin tout de même, je pensais avoir fait mes preuves. Je suis une employée fiable, j'ai souvent discuté avec Liam sans déclencher de dégâts irréversibles pour son équilibre, je ne suis pas nocive !

Je suis terriblement vexée, et un peu blessée, aussi. Je voudrais ne pas l'être, et qu'il n'ait pas ce pouvoir sur moi. J'ai travaillé des mois sur mon mental pour éviter de donner des armes aux gens. Si on n'en attend rien, on ne peut pas être déçu. Alors pourquoi, ce soir, en me répétant cette phrase, j'ai l'impression qu'on me plante un truc rouillé et émoussé dans le cœur ?

« Il t'adore, toi, et ça, *c'est dangereux... »*

Je pensais m'être suffisamment blindée, comment Madden McCarty s'est débrouillé, en moins d'un an, pour réduire mes efforts à néant et me faire à nouveau douter de moi ? Me donner la sensation de ne pas être assez bien ? Comment a-t-il fait pour éteindre en un souffle mon envie de lui ?

« J'ai besoin de plus, Nina, tu le comprends ? »

Dans ma tête, les mots de Noah se mêlent à ceux de Mad. Je sais, bon sang ! Je sais que les situations n'ont rien à voir. Elles me font pourtant aussi mal l'une que l'autre...

CHAPITRE 8

– J'aime pas quand papa et toi, vous êtes en guerre.

Liam soupire, lâche sa console portable à côté de lui sur mon canapé, et jette un nouveau coup d'œil circulaire dans mon salon toujours aussi encombré. Mad n'est pas assez fier pour avoir refusé que je surveille son fils pendant qu'il bosse, faute d'une meilleure option. Du coup, c'est moi qui suis en congés forcés.

– Nous ne sommes pas en guerre, qu'est-ce qui te fait dire ça ?

Même à mes oreilles, je ne suis pas convaincante. C'est mal barré pour jouer le rôle de la parfaite nounou à l'image de ce que mon patron attend de moi. Et de n'importe qui d'autre approchant sa progéniture à moins de dix mètres. Ce mec vit dans une fiction dont il a écrit le scénario et qu'il met en scène. Son et lumière, il voudrait tout maîtriser et finit par me rendre parano sur chaque mot prononcé. Si je contrariais vraiment Madden, je pourrais perdre mon job et mon appartement. Autant dire que ce qui me semblait très pratique en prenant ce poste avec le logement fourni m'apparaît aujourd'hui comme un piège. Je n'ai jamais été douée au poker, mais je m'imagine faire tapis avec un jeu pourri. C'est une métaphore adéquate pour avoir accepté de garder Liam alors que Mad venait d'être très clair sur ce qu'il pense de mon influence.

Depuis hier soir, j'ai eu le temps de laisser la blessure de côté afin de me concentrer sur la colère. Vachement plus efficace pour passer ses nerfs. Même si j'étais persuadée de tromper mon monde et que Liam n'est pas si facile à berner. Je préfère les tout-petits, on peut leur faire croire n'importe quoi, comme quand j'ai raconté à Téa que les montagnes avaient déménagé pendant la nuit, alors qu'il y avait seulement de la brume. Oui, je sais, l'enfer, tout ça... N'empêche, c'est plus pratique à 4 ans qu'à 11...

– Vous vous êtes rien dit. Même pas un truc rigolo. Quand t'as cassé la pompe à bière, il se moquait tout le temps de toi.

Le gamin hausse les épaules et je réfléchis à son analyse. C'est vrai, maintenant que j'y pense, que Madden a tendance à ne pas se murer dans le silence quand je déconne. Au contraire, il exprime parfaitement son ressenti et ça passe en effet par beaucoup de sarcasme et de vannes bien placées. Tout comme lui, je n'hésite pas à le mettre en boîte. D'habitude, on se prend la tête pour des bêtises. Peut-être que notre nouvelle réaction est à l'image de la dispute : on monte dans la cour des grands et on s'engueule vraiment. Sans crier, sans s'énerver : en se balançant des vérités qui font mal. En tout cas, c'est ma supposition. Car il était sincère lorsqu'il m'a dit ce qu'il pense réellement de mon rapport avec Liam. Ça se voyait, je l'observe trop pour que ça m'échappe... OK, ça fait un poil psychopathe, dit comme ça.

Et c'est à moi qu'il confie son gosse... À se demander s'il est à ce point désespéré. C'est sûr, j'habite sur place et je peux superviser les routines de son fils. En plus, il ne me paie pas plus que d'ordinaire, puisqu'on a bidouillé un accord : il gère mes heures au bar et je ne change rien à mon planning. Je peux comprendre que ce soit logique pour lui d'opter pour la locataire du dessus malgré ses immenses tares et le *danger* qu'elle représente. Je suis rancunière. C'est en totale contradiction avec mon aversion des conflits, il y a eu un souci à l'assemblage. Ma mère m'a souvent répété que la garantie était périmée depuis belle lurette. Je fais donc avec...

– Nina ?

– Hein ?

– Tu m'écoutes plus.

– Mais si, répète.

– Pourquoi tu aimes tellement Noël ?

La véritable question, mon petit, est pourquoi ton père déteste autant Noël ? Mais contrairement à ce que ce dernier s'est mis en tête, je suis tout à fait capable de tenir ma langue. Au lieu de lui faire remarquer que seul Madden McCarty voue une haine farouche pour cette fête (et le Grinch, mais il ne compte pas), je pose mon ordinateur sur un coin de la table basse et me tourne vers Liam.

– Toute l'année, on a des trucs sérieux à penser, à gérer, des responsabilités... La vraie vie, c'est tout le temps. Mais dès le 1° décembre, ça devient magique et tu peux t'autoriser à rêver.

– Tu veux dire que pendant un mois, tu fais plus ce qui est sérieux ? il s'étonne avec beaucoup trop d'espoir dans la voix.

Je sens que je suis sur une pente glissante, et son paternel sera trop heureux de me reprocher l'issue de cette discussion si je ne rattrape pas le coup. Je visualise des résultats scolaires en chute libre, une hygiène douteuse et une chambre à la déco *Beyrouth post-bombardements*. Changement de cap !

– Non, tu as toujours des obligations. La différence est que tu les accomplis sur fond de guirlandes lumineuses, de vin chaud et d'odeur de cannelle.

– Je comprends pas.

– Tu as vu les décorations, en ville ?

– Ben je vois surtout celles-là, fait-il remarquer avec autant de cynisme que son père.

C'est pas gagné pour l'initier à ma passion. Je saisis la balle au bond et tente :

– Justement, quand elles sont bien disposées et pas entassées, ça t'offre un cadre qui permet de t'évader en pensée. Regarde, je bosse sur mon projet depuis une heure, mais quand je relève la tête, je vois...

... un bonhomme de neige vicelard que je dois absolument dégager. Je lance à la place :

– ... une boîte de suspensions qui n'attendent que d'être accrochées à un sapin !

– Et il est où ton sapin ?

– Je le récupère dimanche, je décore toujours l'arbre le premier dimanche de décembre.

– OK, mais le reste des trucs, là, ça me fait pas rêver.

– C'est normal, je n'ai pas pris le temps de faire ça bien. Les gens m'ont donné en vrac tout ce dont ils ne voulaient plus.

– T'as de quoi décorer tout le jardin en plus de ton appartement, me fait remarquer Liam sans réaliser qu'il a eu une idée de génie.

Jusqu'à ce que son regard termine de parcourir la pièce, se pose sur moi… et qu'il réponde à mon sourire avec autant d'enthousiasme. Je savais qu'il y avait de l'espoir pour lui !

Il est 15 heures quand je tends un mug de chocolat chaud rempli de mini marshmallows à mon complice. Mon salon est redevenu agréable, Liam m'a même motivée à ranger le bordel qui y règne en temps normal. Selon lui, ça met en valeur la déco si on distingue les meubles et le sol. Je reconnais qu'il n'a pas tort, sans nourrir aucune illusion quant à la durée de vie de l'état ordonné de mon appartement.

Je suis fière de notre travail car chaque élément, donné ou acheté, a trouvé une place. Que ce soit chez moi ou, comme l'a suggéré Liam, au jardin. J'ai d'abord bien discuté avec lui pour m'assurer que c'était ce qu'il voulait, qu'il connaissait les risques encourus, et éviter que ça ne me retombe dessus. Oui, j'ai fourni les armes, non, je n'ai pas appuyé sur la gâchette. En d'autres termes, je me protège en amont de ce que son père pourrait me reprocher. Le gosse avait envie d'une touche d'ambiance noëlienne chez lui, Madden ne veut pas une paillette dans sa maison : nous avons donc opté pour un compromis équitable. La déco reste dehors, Liam en profite quand il veut, sans l'imposer au handicapé des fêtes de fin d'année qui lui sert de responsable légal. Ils y trouvent leur compte, et en bonus, moi aussi ! Que demander de plus ?

Un léger cliquetis attire mon attention. Je baisse les yeux sur Poulette : elle s'avance dans notre direction sans me quitter du regard. Je me rapproche instinctivement de Liam, sur la marche au bas des escaliers d'où nous observons notre œuvre commune, emmitouflés comme pour une expédition en Alaska. Parce que je le connais, McCarty, et si son fils éternue ne serait-ce qu'une fois, il ne cherchera pas à comprendre si c'est à cause du poivre ou du soleil : il m'accusera d'avoir rendu malade la chair de sa chair. Quelque chose me dit que si ça devait arriver, il ne serait pas aussi silencieux que dernièrement et que j'en entendrais parler un moment.

– Pourquoi t'as peur de Poulette ?

– Elle est diabolique, je réponds en la surveillant.

Elle cherche à bouffer dans le carré d'herbe qui sépare l'accès à mon appartement de la maison et qu'on ne distingue presque plus, puisqu'il neige régulièrement maintenant, et qu'on ne dégage que les allées.

– T'es sûr qu'elle a le droit de sortir ? Elle ne va pas se geler les pattes ? je demande dans l'espoir qu'il l'enferme dans son poulailler.

– Elle est vieille, tu sais. Même si elle voulait t'attaquer, elle ne te ferait pas mal.

– Les poules attaquent ? Je le savais ! Personne ne me croit quand je dis qu'elle veut m'éliminer !

– Non, mais elle a jamais attaqué, hein, c'est juste pour t'expliquer, reprend Liam en me regardant bizarrement.

– Je ne comprends même pas l'intérêt d'avoir une poule chez soi. Si encore elle pondait...

– Ben non, elle peut plus, je t'ai dit : elle est trop vieille. Papa l'a adoptée, sinon il fallait la tuer. Le vieux Roger l'avait dans son jardin avant ma naissance. Maintenant Roger est parti en maison de retraite et nous, on a récupéré Poulette.

– Qui ne sert à rien.

– T'as remarqué que ton surnom et son nom sont presque pareils ?

– Ouais..., je soupire avant de pêcher une petite guimauve dans ma boisson. M'en parle pas, ça me déprime.

– Nous, ça nous fait rire, déclare-t-il sans masquer l'amusement dans sa voix. Même que papa m'a demandé de dessiner Poulette avec ta coiffure, pour se marrer.

– Sérieusement ?

Oui, je suis offusquée : ils savent à quel point je déteste cet animal ! Et surtout, depuis quand Madden est aussi fun ? Il me donne parfois l'impression d'avoir des troubles de la personnalité. Ou alors, il a *vraiment* un jumeau maléfique ? Ce serait un twist génial dans cette histoire, non ?

– Je te montrerai, j'ai gardé la feuille dans mon bureau.

– Non, merci.

– Oh, oh...

Je redresse la tête au ton inquiet de Liam et c'est là que je réalise l'ampleur de notre initiative et le fait que, malgré toutes les précautions prises, ça va me revenir dans la face, puissance maximale. Si le jumeau angélique voulait bien se pointer, histoire d'atténuer le scud qui arrive dans notre direction… je ne dirais pas non.

– C'est quoi ce bordel ? s'écrie Madden dès qu'il a passé le portillon.

– Il ne devait pas rentrer ce soir très tard ? je murmure à l'attention de Liam.

– Ben si.

– Tu crois qu'on devrait s'enfuir, partir en cavale et vivre en braquant des stations essence ? je lui suggère en voyant le visage de Madden se crisper au fur et à mesure de ses découvertes.

Un peu plus, et il va se fracturer un os. C'est dangereux, la contrariété, je devrais peut-être l'en avertir. Puis courir m'enfermer chez moi sans me retourner et laisser le gosse en pâture à son père. Après tout, je suis convaincue qu'il ne lui fera jamais de mal. Alors qu'en ce qui me concerne, mes certitudes sont bien moindres. Enfin, je mens : *j'ai* la certitude de passer un mauvais quart d'heure.

– Liam, va chercher tes affaires.

– Mais pourquoi ? T'avais dit que je pouvais rester avec Nina !

Je dois admettre qu'il m'impressionne, vu le ton employé par Madden, même moi j'aurais tendance à la boucler. Et pourtant, je recule rarement devant une occasion de défendre mon honneur.

– J'ai changé le planning, lui répond son père en posant

enfin les yeux sur moi, me défiant silencieusement de râler, parce que je suis encore le patron.

À choisir, je préférais l'animosité de Poulette. Bien sûr, le gallinacé s'est fait la malle : courage, tirons-nous dans notre poulailler aménagé ! J'hésite en évaluant les distances et je décide qu'il serait plus rapide de viser l'appartement que l'antre du démon. Qui a perdu de son impact diabolique lorsque nous y avons installé une flopée de petits personnages traditionnels en bois rouge et vert.

Liam se lève pesamment, comme savent le faire les jeunes de 11 ans : en donnant l'impression qu'une injustice digne d'une biofiction sur Keanu Reeves lui tombe dessus. Il récupère ma tasse quand je l'imite, toujours bien élevé ce petit, contre toute attente quand on voit le modèle qu'il a et qui fulmine en se plantant devant moi. Il attend que son fils soit hors de portée pour lancer l'offensive :

– Y a un truc que t'as pas compris, je crois.

– Liam voulait qu'on décore ta maison, on est tombés sur un compromis en ne nous occupant que du jardin, alors mince, Madden ! Tu es ridicule !

– Et toi, têtue et fourbe !

– Fourbe ?

Je veux bien qu'on m'accuse d'être bornée, entêtée et même super lourde. Mais fourbe ? Jamais !

– Non seulement tu désobéis, mais en plus, tu veux rejeter ça sur mon gosse ?

Il est en colère, je veux dire *vraiment*. Je ne l'ai jamais vu à ce point contrarié. Cette fois, je suis dans une impasse et si je m'arrêtais un instant, je suis sûre que je verrais les signes annonciateurs du dénouement. Spoiler alert : Bruce Willis n'est pas au casting pour me sauver les miches. Mais une seconde... moi aussi, je suis contrariée !

– Attends, « désobéir » ? Tu m'as prise pour un chien, Madden ?

– Je suis ton patron et...

– Pas ici, non.

– Ton propriétaire !

– Depuis quand les propriétaires donnent des ordres à leurs locataires ? je rétorque sans me démonter.

– Tu m'emmerdes avec Noël !

– *Tu* m'emmerdes avec tellement de choses qu'on n'aura pas assez de tout le mois de décembre pour en parler !

Après ma contre-attaque, j'opère un demi-tour dans l'intention de rentrer chez moi.

Je soupçonne Liam d'attendre que l'orage passe pour redescendre, et j'approuve sa prudence.

– Et tu t'étonnes d'être seule et d'avoir besoin de t'inventer un mec ?

Je m'immobilise et pivote lentement, ma surprise impossible à masquer. Il recule d'un pas et s'apprête à présenter des excuses, je le vois direct. C'est pour ça que je le coupe :

– Je savais que tu pouvais être injuste et caractériel, Madden. Mais mauvais ? Même de ta part, c'est un coup bas. Ne crois pas tout ce que mes sœurs ont pu raconter hier soir : je *sais* pourquoi je suis seule. Toi, en revanche, tu sais pourquoi tu l'es, seul ?

Sur cette dernière pique, je remonte en vitesse et souhaite une bonne fin de journée à un Liam contrit qui me présente ses excuses. C'est marrant : les siennes ne sont pas justifiées et je les accepte, alors que celles de Madden ne pourraient pas effacer cette nouvelle attaque personnelle.

CHAPITRE 9

– J'ai l'impression d'avoir à nouveau 9 ans, quand ma mère a découvert que mon père avait une liaison, et qu'ils ont dû cohabiter jusqu'à ce qu'il se trouve un appartement.

Je dévisage Holly sans répondre.

– Quoi ?! Je déteste que mes nouveaux parents se disputent, continue-t-elle en levant les bras.

On dirait Liam lorsqu'il a une contrariété.

– Je ne suis pas ta mère, Holly, et si tu vois Madden comme ton père, c'est inquiétant, puisque tu me répètes à longueur de temps que notre patron est sexy.

– Une fille a le droit de trouver son père sexy tant qu'elle ne passe pas à l'action, non ?

– Non. Aucune dérogation, je conclus en retournant à mes rondelles de citron.

Je fais ma mise en place, elle, la sienne. Normalement, on n'entre pas aussi tôt dans ces considérations. Elle est arrivée au bout de sa patience. Les deux derniers jours à supporter le froid polaire dès que Mad et moi sommes dans la même pièce ont épuisé sa résistance. Et un paquet de mantras positifs.

– Tu ne veux toujours pas me dire pourquoi vous êtes passés au niveau supérieur de votre guerre ?

– Pourquoi tout le monde pense qu'il s'agit d'une guerre ? je m'exaspère et manque de peu mon doigt avec le couteau.

Je le repose le temps de terminer cette conversation que je ne peux plus éviter. Quand je m'apprête à tout balancer à Holly, y compris cette histoire de faux petit ami, l'acteur principal de mes fantasmes meurtriers et sanglants se plante de l'autre côté du zinc.

– Loreena, mon bureau, maintenant.

Toujours aussi aimable. Malheureusement pour moi, si je peux l'ignorer en dehors du bar, je ne veux pas perdre mon emploi tout de suite. Tant qu'il ne me fout pas à la porte, je m'accroche au peu de stabilité présente dans ma vie. Que ça me plaise ou non, bosser pour lui est ce qui me permet de manger et, à terme, de lancer mon entreprise. Je pose mon torchon et fais mine de ne pas remarquer la pitié de mon amie et collègue.

La porte est ouverte, je suppose que ça pourrait être pire et qu'il aurait pu la fermer, m'obliger à taper et suivre un protocole débile. Mais il doit certainement vouloir que cette entrevue se termine le plus vite possible, pour abréger nos souffrances. J'entre et reste debout, les mains nouées devant moi et les yeux posés sur le cadre photo derrière lui. On y voit Liam bébé dans un pyjama bleu canard recouvert d'étoiles dorées. Ce subterfuge me permet de contrôler la colère qui ne m'a pas quittée depuis que Madden s'est comporté comme le dernier des trous du cul. Je ne baisse pas le regard, sans pour autant le voir, parfait compromis.

– Assieds-toi.

– Non, merci.

– S'il te plaît.

Là, il retient mon attention. Je n'arrive pas à me rappeler la dernière fois qu'il a prononcé ces mots à mon intention. Le léger sourire, très léger, que je devine sur ses lèvres me fait mentalement jurer. Il m'a eue par surprise et je ne me ferai plus arnaquer par une de ses techniques malhonnêtes. Je reste debout et retourne à la photo sur bande-son de soupir. Exaspéré ou défaitiste ? Aucune idée et ça ne m'intéresse pas. En tout cas, je ne veux pas que ça m'intéresse.

Il a gagné : j'ai renoncé à fêter Noël dignement sur mon lieu de travail. Il a réussi à m'en couper l'envie, pourtant elle était tenace. C'est un talent. Pousser les autres à lâcher prise, même quand il s'agit de leur passion, demande un très haut degré dans l'art de rabattre la joie. Madden s'en sort admirablement. Si je n'avais pas peur de me provoquer des ampoules, j'applaudirais à tout rompre.

– J'ai déconné, d'accord ? il lâche d'une voix enrobée de regrets.

Je savais qu'on courait un risque en décorant le jardin, mais il ne fallait pas non plus que ça prenne de telles proportions. Il n'y a pas mort d'homme et rien n'est gravé dans le marbre ! J'aurais même cru que les objets de l'ultime offense auraient disparu à mon réveil, hier matin. Tout est encore en place, ce ne doit pas être aussi douloureux qu'il le craignait. Je me doute qu'il ne le reconnaîtra pour rien au monde, bien sûr.

– OK, je me contente de répondre. Je peux retourner travailler ?

– Non, je m'y prends mal... Regarde-moi, Nina.

Encore un piège dans lequel je tombe : il m'appelle si rarement par mon diminutif que je tourne la tête au moment où il se lève. Impossible de l'esquiver, il me fixe avec une détermination nouvelle et je découvre à quel point il est négligé. Il y a une différence entre la barbe naissante tendance qui lui donne un air de pseudo mauvais garçon sur les photos, et cet aspect de laisser-aller qui ferait passer Monsieur Vargas, notre voisin en procès avec toutes les marques de lames de rasoir, pour un gentleman. Tout de suite, sur Madden, ça me choque, car je l'ai toujours vu soigné. C'est là que je réalise qu'il n'a pas dû mieux dormir que moi, ces dernières nuits : il a un début de cernes. Un début, hein, n'oublions pas qu'il fait partie de cette race à part que sont les mannequins et qu'il possède l'immunité diplomatique pour tous les fléaux que le commun des mortels subit : les cernes, donc, et les yeux gonflés, les boutons, même les traces de draps au réveil... En bref, tout ce qui nous rend humains. Ça les positionne d'autorité dans cette stratosphère au-dessus de nous. Ai-je accordé beaucoup de temps à observer le physique parfait de celui récemment promu au rang de mon connard de patron ? C'est possible, mais je ne l'avouerai jamais, même sous la torture. Car Holly et Liam ont raison : c'est la guerre. Je ne céderai pas un millimètre de terrain.

– Je suis désolé. Ce n'est pas une excuse, mais je suis stressé et ça ne devrait pas te retomber dessus. Tu fais de l'excellent boulot, Loreena, et j'apprécie de pouvoir compter sur toi pour Liam.

Il doit voir que ses mots n'ont pas l'impact prévu : l'inquiétude remplace les regrets. Quant à moi, je hoche la tête et sors sans attendre son accord. S'il voulait parler boutique, il l'aurait fait. Et je refuse que notre dispute ait des conséquences sur mon boulot. Plus graves que l'ère glaciaire qui s'installe chaque fois que nous nous croisons, s'entend.

Le souci quand on ment à tout le monde ou presque, c'est qu'on ne peut se plaindre à personne de la tournure des événements. Je ne vais pas expliquer à mes sœurs la raison de cette dispute, puisqu'elle impliquerait de mentionner la réplique désagréable de Madden, elle-même faisant référence à ma solitude. C.Q.F.D. : pourquoi mentir est une très mauvaise idée.

Je lui en veux aussi d'avoir joué le jeu et alimenté la fable autour de notre relation. Mes parents ont lancé l'invitation pour le dîner chez eux et mes sœurs me demandent pourquoi je n'apparais toujours pas sur le compte Instagram de Madden. Ça me complique plus la vie alors que ça devait la simplifier. J'ai beau leur expliquer qu'une chose n'a rien à voir avec l'autre, elles ne sont pas convaincues. J'avoue que Mad est très ouvert sur ses réseaux, il est transparent et on le voit souvent avec Liam, contrairement à ce qu'il a voulu nous faire gober l'autre soir. Il a dû croire que mes frangines étaient trop occupées pour le suivre et s'en rendre compte par elles-mêmes. Il n'a pas réalisé que même si on n'a pas une minute à perdre dans sa journée, on la trouve pour vérifier s'il a posté une nouvelle photo ou une story. Le gars est talentueux, on ne peut pas lui retirer cette qualité : son caractère de merde ne transparaît nullement sur l'image qu'il renvoie au reste du monde.

Je fais d'ailleurs défiler les photos sur mon écran en pestant depuis mon lit où je me suis réfugiée dès mon retour. En temps normal, quand il travaille, comme ce soir, il me raccompagne. Holly s'en est chargée et il nous a suivies en voiture, tel un tueur en série en chasse de sa prochaine victime, puis il a attendu que je sois chez moi. C'est bien la peine de jouer au protecteur après m'avoir balancé que je mérite de mourir seule, au milieu de mes décorations de Noël, bouffée par une bande de lutins syndiqués se mutinant contre l'autorité en place… Bon, j'ai un peu digressé, mais en substance, l'idée est là.

Je ne suis pas surprise d'entendre frapper à la porte, je n'attends personne, mais je sais qui se trouve sur le palier. C'est le milieu de la nuit et Liam est de nouveau chez son grand-père, revenu de son excursion chasse et pêche. Je ne prends pas la peine de répondre. Madden pensera que je dors déjà.

Ou alors, il insistera et me tapera sur les nerfs : on n'a pas idée de déranger les honnêtes citoyens à une heure aussi indécente ! Je me lève, ajuste mon pyjama blanc représentant un bonhomme de neige, et ouvre d'un coup. Il était en train de renoncer : j'aurais dû faire preuve de plus de patience. Je referme lentement pour qu'il ne m'entende pas : loupé.

– Hé...

– Qu'est-ce que tu veux ?

Vais-je résister à son air de chien battu ? Non seulement je déteste être brouillée avec qui que ce soit, mais en plus, je culpabilise de refouler ses excuses.

– Tu veux quoi, *toi* ? réplique-t-il en revenant sur ses pas.

Trop près, on frôle le désastre synaptique quand mes neurones se mettent à griller à la chaîne. Je les comprends, ils s'écrasent devant les hormones trop longtemps délaissées et sous le nez de qui on agite un corps de rêve que je n'ai même pas besoin d'imaginer. Si ça se limitait à ça... Je ne suis pas une faible femme à la merci de son instinct primaire de reproduction, non. Il est tout penaud et cherche sincèrement à faire la paix, ça se voit. Du coup, je passe pour la garce de service en le fouettant avec la branche d'olivier qu'il me tend. Métaphoriquement, hein, le mec n'a pas débarqué chez moi à presque 3 heures du matin avec de la verdure en offrande. Remarque, ça aurait été radical : j'aurais apprécié l'effort d'originalité et l'aurais moins fait patienter, le temps de délibérer avec moi-même.

– Dormir, ce serait déjà pas mal, je réponds à sa question.

– Non, pour me pardonner : tu veux quoi ? Une augmentation ? Des congés pour Noël ?

Attends, on n'a pas droit à un jour de vacances pour le 25 décembre, par défaut ? Je n'ai pas le temps d'assimiler cette information, qu'il poursuit :

– Le droit de mettre quelques guirlandes sur le bar ?

Je hausse un sourcil : pas fou, il est prudent dans ses propositions.

– Dis-moi, parce que je déteste cette situation. Et je déteste t'avoir blessée.

– Pourquoi tu l'as fait, alors ?

– J'étais en colère.

– Non !? C'était subtil pourtant, j'ai rien noté, je lance en ajoutant un petit ricanement tout aussi discret.

Et voilà, il plaque la paume sur sa nuque et je sais déjà que je vais céder. Il regrette vraiment.

– Ce n'était pas contre toi.

Je le retrouve… tel que je le connais. Lui et moi, on n'a jamais eu une relation d'amour fou, ça, c'est moi toute seule dans ma tête. Mais si on se prend régulièrement le chou, il n'est pas agressif ou cruel. Expéditif au travail, oui, voire désagréable. Alors je vois que quelque chose ne va pas, et je ne me sens pas légitime pour qu'il m'en parle, même si j'aimerais être cette personne pour lui. Est-ce que je suis cette héroïne de film rêvant du héros qui ne s'aperçoit pas de son existence ?

– Tu me trouves pathétique ? je murmure en prenant la mesure de notre situation.

– Hein ? Bien sûr que non !

– Tu penses que je suis désespérée et que c'est la raison de mon investissement dans Noël ? Je n'ai pas pu avoir de Noël romantique, alors je m'en invente un ? Puis un mec, parce que je suis tristement seule ?

– Je ne le pensais pas. Tu es enthousiaste, fiable et bosseuse, Loreena.

On dirait qu'il veut continuer, pourtant il se tait. Il m'observe en silence dans la lumière que l'entrée derrière moi renvoie sur lui. Je le distingue sûrement mieux qu'il ne peut voir mes traits, et c'est tant mieux : j'ai assez honte de lui poser ces questions. Je devrais lui dire qu'on n'a plus de soucis, retourner me coucher et passer à autre chose. Sauf que j'ai besoin de savoir. Pourquoi a-t-il prétendu que c'était ma faute si je suis célibataire ? J'en demande trop ? J'en fais trop ? Il se rattrape maintenant, mais c'est bien venu de quelque part, cette remarque.

– Et si j'étais vraiment ton mec pour le mois de décembre ? propose-t-il soudain, déterminé.

– De quoi ?

– Si je faisais avec toi tous ces trucs que tu as prévus, qui se font à deux, et dont tes sœurs m'ont parlé ? Tu me pardonnerais de m'être comporté comme un connard ?

Pourquoi quand il dit « qui se font à deux » ce n'est pas à du patin à glace que je pense ? *On se concentre et on revient dans le présent.* Non pas que ça aide beaucoup quand on considère que Madden est le fantasme d'un fantasme.

– Pourquoi tu ferais ça ? je demande doucement.

– Pour te voir sourire, *me* sourire.

Que quelqu'un m'explique comment je suis censée résister à cet air si sincère et contrit ? Je ne suis pas insensible, et en plus, je veux dire… quand il me regarde de cette façon, je pourrais presque croire qu'on est sur la même longueur d'onde. Pas celle où j'ai envie de le torturer avec des tas de guirlandes lumineuses, non. Plutôt celle où je m'accroche seule depuis des mois à ce qu'on pourrait être. En résumé : il fait son *mea culpa,* à moi de céder un peu de terrain, et ça ne me demande pas un sacrifice surhumain. J'ai à peine le temps de hocher la tête qu'il dégaine son portable, m'attire à lui, m'embrasse sur la joue et tapote son clavier. Ça a été tellement rapide que j'en ai presque le tournis.

– Qu'est-ce que tu fais ?

J'essaie de voir son écran.

– J'annonce nos fiançailles sur Insta.

CHAPITRE 10

J'ouvre les yeux et les referme aussitôt. Sur un malentendu, tout ça n'était qu'un rêve et je me réveillerai sans que mon patron, sur un coup de tête et pour me prouver sa bonne volonté, ait annoncé à plus de sept cent mille abonnés que nous étions fiancés. Pour la deuxième fois de ma vie, un mec me laisse sans voix. La différence étant qu'avant lui, c'était Noah, mon véritable petit ami, qui me plaquait pour, grosso modo, aller tirer son coup ailleurs. Non pas qu'il ait attendu mon accord pour s'en donner à cœur joie. Ironiquement, il se passe tout le contraire avec Madden puisqu'il a déclaré son amour inconditionnel pour moi au monde entier, ou pas loin. Le seul hic ? Il n'est pas mon fiancé, il fait semblant de l'être, et c'est presque pire que de se faire larguer avec l'excuse que l'herbe est plus verte chez la voisine à peine majeure.

Comment, et surtout *pourquoi* ai-je accepté sa proposition ? Je venais de lui demander s'il me trouvait miséreuse, et *bam !* je le deviens en entrant dans ce jeu humiliant du mec parfait et de la nana au bout du rouleau. J'entends déjà Bea me rappeler que la fin ne justifie pas toujours les moyens. Depuis le début, elle condamne mon envie d'un Noël à deux. Alors qu'en toute objectivité, ce n'est pas ce projet le problème, mais la manière dont il se réalise.

Malgré cette mise au point mentale avec moi-même, je ne ferai pas machine arrière. Madden agite sous mon nez des fêtes de fin d'année parfaites. J'ai autant envie de résister qu'un vampire végétarien scintillant devant un écureuil. J'ai une conscience, qu'on ne s'inquiète pas à ce sujet : il se peut cependant que je l'aie bâillonnée et enfermée dans une malle à double tour, elle-même enterrée au fond d'une cave sur laquelle j'ai provoqué un éboulement. Hop ! ni vu ni connu. À moins qu'elle soit la réincarnation de Houdini, on devrait avoir la paix.

Une vibration me rappelle la raison pour laquelle je suis sortie des bras de Morphée où j'étais si confortablement endormie. Je grogne sans aucune retenue et tâtonne pour récupérer mon portable. Je me disais que c'était trop beau pour être vrai : mes sœurs ont vu le post de Madden. Moi aussi. Pendant de longues heures. Je suis épuisée de n'avoir pas eu mon quota de sommeil et absolument pas en état d'affronter les sorcières Bell. Au lieu d'ouvrir ma messagerie, je retourne sur Instagram et me redresse cette fois sans aucun effort. La vache ! Mad n'a jamais de problème à récolter des likes, mais avec cette photo, il a explosé son record !

Parlons-en, de ce cliché. J'ai l'air d'un lapin sous LSD pris dans les phares d'une voiture au milieu d'une autoroute, et lui, il embrasse ma joue comme s'il avait fait ça toute sa vie. Quand je pense qu'après ça il s'est contenté de tourner les talons et de me souhaiter une bonne nuit ! Tranquille, il me demande de devenir sa femme pour de faux par le biais d'un réseau social, et se casse pour roupiller. Et pendant ce temps, ça like et commente sous sa photo. Mais les gens ne dorment jamais ? Ils n'ont pas de vie pour la passer à scruter celle d'un inconnu dont la seule particularité, avant d'être chef d'entreprise, était de se promener en calbut pour que des photographes au salaire indécent le mitraillent ?

J'affiche les commentaires et m'installe plus confortablement contre le mur, après y avoir calé mes oreillers. J'ai bien fait car, dès les premiers messages, je m'affaisse un peu plus.

« Il l'a trouvée au secours populaire ? C'est qui cette meuf ? Mad, tu peux faire mieux ! »

Mais va te faire voir, SosoSin86 ! Je te méprise du plus profond de mon âme et tiens, j'ajoute un zeste de malédiction, pour la route !

« Je veut mourrire ! MADDEN VAT CE MARIÉ ET SE N'ET PAS AVEC MOI ! »

À ta place, MelodyDuSud, je serais morte de honte : on a tous un correcteur orthographique sur notre téléphone, de nos jours. Tu n'as aucune excuse !

« Quelqu'un sait qui c'est ? Son nom ? Son adresse ? (smiley en colère tout rouge qui va exploser) »

Elle me veut quoi, MaddAboutU2548 ? Je sens le remake de *Liaison fatale* approcher à grands pas. Je referme l'application et cherche mon souffle. J'ai survolé d'autres commentaires plus agressifs les uns que les autres, et mon objectif est de me laver le cerveau à grand renfort de javel pour effacer ces messages haineux de mon esprit. Savait-il à quoi il m'exposerait en postant cette photo ? Je l'appelle sans tarder, il a intérêt à être réveillé…

– Loreena ?

– Tes fans veulent me tuer ! Pourquoi tu as fait ça ? Tu devais te faire pardonner, pas mettre un contrat sur ma tête ! Je vais devoir intégrer le programme de protection des témoins et quitter ma famille et mes amies et mon boulot ! Qui servira le cocktail Nina si c'est pas moi, hein ? Tu feras faillite à cause de ça, et bientôt tu devras l'enlever, le caleçon, pour gagner de quoi vivre ! Madden McCarty, je te préviens : tu as orchestré notre ruine à tous et tu paieras de ton cul ! Allô ? Madden, tu m'écoutes ?

Le vide me répond et je regrette l'époque, que je n'ai pas connue, où un bip régulier nous annonçait que notre interlocuteur nous avait raccroché au nez. Tellement plus efficace que le silence. Je me lève, vexée et remontée comme un coucou, et au moment où j'ouvre pour descendre terminer de dire à mon patron ma façon de penser, il arrive sur le palier. Il entre sans attendre, pose les mains sur mes épaules et referme d'un coup de pied sans se retourner.

On se concentre, Nina, ce n'est pas sexy : c'est l'homme qui t'a foutu dans la mouise pour apaiser sa conscience.

– Ne lis *jamais* les commentaires, Loreena, d'accord ?

Je hoche docilement la tête et la panique régresse lentement pendant qu'il me tient prisonnière de ses yeux bleus. Je n'avais pas remarqué les minuscules éclats dorés dans ses iris. Ça me distrait, une seconde seulement. Il m'incite à reculer jusqu'au canapé où je me laisse tomber sans grâce, encaissant les conséquences de son initiative de la veille.

– Trop tard, je finis par lâcher. J'ai lu, et mon Noël de conte de fées ne vaut pas les insultes et les menaces que les barges qui te servent de communauté balancent.

Il pose la main sur ma joue et je me focalise de nouveau sur lui. Je voudrais ne pas le faire que j'en serais incapable. Ce genre de contact est nouveau et, malgré la situation, je savoure la tournure de notre relation. J'aurais bien entendu préféré qu'il ait envie de me toucher de cette façon dans d'autres circonstances...

– J'ai déconné. Je voulais que tu me pardonnes et faire ça bien.

– Mais enfin, Madden ! On ne demande pas une fille en mariage en guise d'excuse, même de manière fictive ! On lui offre un resto, on peut aussi lui envoyer une carte-cadeau Amazon ! Mais des fiançailles...

– Je me suis dit que ça convaincrait tes sœurs...

– Oh, elles ont sûrement encore plus de questions pour toi, t'as pas idée.

– Et puis...

Il fuit mon regard et je sais qu'il a oublié de me communiquer une information. Ma mère est encore venue lui parler ? Bea ? Hailey ? Mag ? Toutes les quatre ? Le pauvre, je n'aimerais pas être à sa place. À choisir, je préfère les hystériques sur son compte Insta.

– Quoi ? je l'encourage pour en finir.

– J'ai aussi besoin de toi.

– Pour Liam ? Je t'ai déjà dit que j…

– Non. Autre chose.

Il se cale contre le dossier, se redresse, se lève, revient. S'il continue, il va me filer la nausée.

– Madden, tu me fais peur. J'ai rien cassé ? Tu ne vas pas me virer, hein ?

– C'est cette fille…

Je réalise soudain ce qu'il veut dire et j'ai du mal à garder une contenance et à ne pas me jeter par terre pour taper des poings et des pieds en criant à l'injustice. Je me risque à exprimer ma crainte :

– Tu veux la rendre jalouse et ça t'arrange de…

– Tu peux la boucler une seconde ?

Je sais que je parle trop, il est loin d'être le premier à me le faire remarquer. Mais à sa place, avec les gaffes accumulées, je ne la ramènerais pas. Mon regard assassin suffit à le radoucir et il glisse les doigts dans ses cheveux. Étant donné que je le soupçonne de passer un temps fou devant le miroir pour obtenir son effet naturellement coiffé-décoiffé, que j'appelle « je viens de m'envoyer en l'air et j'ai assuré », j'imagine la portée de son inquiétude. On ne touche pas à sa coiffure sans une bonne raison quand on gère la promo de son entreprise avec sa belle gueule.

– Elle me harcèle.

Je laisse passer quelques secondes, il n'ajoute rien et s'avachit à côté de moi en soupirant.

– Une femme te harcèle, j'ai bien compris ?

– Oui.

– Et tu t'es dit que l'idéal était de m'utiliser en guise de bouclier humain ?

Il se tient d'un coup bien droit et me fixe dans les yeux avant de déclarer sans ciller :

– Je ne laisserais jamais rien t'arriver, Loreena, tu le sais, non ? Ni à toi ni à Liam. Elle n'est pas dangereuse, elle est juste lourde. Si je suis fiancé, elle comprendra que je ne suis plus disponible.

Je note : *elle* n'est pas *dangereuse*. Coup bas, McSexy...

– Mais tu es disponible..., je souffle pour lui rappeler que ce cinéma ne pourra pas durer éternellement. Tu le seras à nouveau.

– J'aviserai en temps voulu.

– Bon sang ! Tu ne pouvais pas m'en parler avant de foncer et de m'envoyer en première ligne ? Demain, je trouverai peut-être un lapin dans une cocotte-minute sur ma gazinière ! Et je n'ai ni lapin, ni cocotte-minute, ni gazinière !

Je me lève en voyant les images du film défiler devant mes yeux.

– Ne sois pas dramatique. Le pire qu'elle ait fait, c'est m'envoyer une culotte à la brasserie.

Soudain, j'y vois plus clair et j'écarquille les yeux. Depuis quelques mois, je m'amuse à gentiment troller ses photos. Quand je dis gentiment, c'est que je pourrais être bien plus vicieuse, mais je fais en sorte que ça reste bon enfant. Je poste donc des commentaires pour me moquer de lui, en tout bien tout honneur. Ou presque. Par exemple, si on prend un cliché du mois dernier où on le voit boire un cappuccino, ça donne :

Ninananas (c'est moi, et il est au courant, donc ça va, je n'irai peut-être pas en enfer) : Tu sais que tu es intolérant, Madounet, tu vas encore avoir des flatulences toute la nuit ! Pense à me dédicacer un exemplaire de cette photo pour la campagne de prévention contre les allergies au lactose !

Diet_in_Shape : Suivez notre régime et dégonflez votre ventre en 2 semaines ! Retrouvez-nous sur www.arnaquetamère.com

Baby69 : Moi aussi, je veux une photo dédicacée ! Je te donne mon adresse en MP ! Je t'aime, Madden xoxo

AshLey_2609 : Va mourir, Baby69, Madden est à moi ! Tu as reçu mon string, Mad ?

HotDick12inch : J'ai un remède naturel pour dégager les voies et éviter les flatulences, mon mignon... wink wink

Starzzzz4248_4 : Vous ne voyez pas que c'est retouché sur Photoshop ? Honte sur toi, Madden !

HotDick12inch : Pas besoin de retoucher ma **** @Starzzzz4248_4 wink wink

J'éclate de rire voyant l'air renfrogné de mon propriétaire. Il me laisse évacuer sans manifester d'impatience, et je finis par réussir à lâcher entre deux reniflements quand il est clair que je ne parviens pas à le faire réagir :

– Ne me dis pas que ta stalkeuse est AshLey_2609 ? Un string ? Elle t'envoie ses sous-vêtements ? Sales ou propres ?

– C'est sérieux, elle ne me fout pas la paix !

Je suis totalement réveillée et mon esprit grouille de vannes que je vais pouvoir servir à Madden pendant des mois et des mois, tant il vient de me fournir de munitions. Je comprends mieux son empressement à nous déclarer bientôt mari et femme. Ce n'est pas lui qui rampe pour se faire pardonner, c'est moi qui lui rends service. Merci pour le boost à l'ego, je suis bien moins pitoyable, sous ce nouvel angle. Oh, je le suis toujours, je ne suis pas naïve à ce point... On va dire que ça équilibre la donne et que j'ai moins de scrupules.

Il soupire, vaincu :

– Ton expression présage une idée de merde.

– Je suis en position de force. Tu vas devoir être arrangeant, Mad, très arrangeant, si tu vois ce que je veux dire.

Je croise les bras, fière de moi, jusqu'à ce qu'il reprenne son assurance, se tourne vers moi et rétorque :

– Tu parles de sexe ?

Il est tellement confiant que j'en oublie de respirer une seconde de trop, ce qui me fait m'étouffer avec de l'oxygène quand ça repart. Pas parce que la suggestion est ridicule. Non, au contraire : je dois combattre chaque parcelle de mon corps me poussant à hurler : « Oui ! Du sexe ! Quelle brillante idée ! Geronimo ! On fonce ! »

Quand il m'a déclarée dangereuse pour son fils, Madden a pris le problème à l'envers : c'est lui qui représente une immense menace pour moi. En tout cas, pour mes frustrations induites par une abstinence prolongée et non désirée. Finalement, je ne sais plus qui aide qui, mais je sens que la catastrophe nous attend au tournant. Et j'ai hâte d'y être : je ne recule jamais devant un challenge. Avec ces fiançailles fictives, Mad vient de me défier sans le savoir.

rire sadique qui s’estompe dans le lointain

CHAPITRE 11

– C’est bizarre.

Holly regarde la porte du bureau de Mad, puis moi, recommence plusieurs fois, et répète :

– C’est *carrément* bizarre.

– Pourquoi ?

Je suis sur le point de me vexer, car j’ai l’impression que le message à lire entre les lignes est : « Il est tellement hors de ta catégorie qu’une galaxie vous sépare… » Bien entendu, nous n’avons rien dit de notre arrangement, seul Liam est au courant. C’est logique, Madden ne veut pas qu’il se fasse des idées et soit déçu au moment de la rupture que nous avons programmée pour après le Nouvel An. Nous avons fait le bilan ce matin, avant de venir travailler, et sommes convenus d'un commun accord que nous nous rendions mutuellement service. Même si, pour ma part, j'ai souligné le fait qu'il ne m'avait pas assez présenté d'excuses, puisqu'elles étaient destinées à m'embarquer dans cette histoire de fiançailles.

Plus on avance, plus la situation m'échappe et s'embourbe dans des mensonges qui vont tôt ou tard m'exploser en pleine tête. Mais quand j'ai eu ma mère au téléphone, puis mes sœurs, chacune leur tour, je n'ai pas regretté un instant. J'ai bien compris que me voir heureuse et en couple participait à leur bonheur. Qui suis-je pour leur ôter ça, surtout en cette période de réjouissances et de générosité ?

Bien entendu, dès que nous sommes arrivés ensemble au McCarty's, Holly m'a lancé un regard que j'ai traduit par : « Toi, moi, vestiaire, maintenant. » Je n'ai pas pu échapper à son interrogatoire et je n'en ai de toute façon pas envie. Je me vautre dans la complaisance de cette chimère qu'est ma fausse vie amoureuse. Et le pire ? J'adore ça ! Aucune attache, aucune réelle implication, et la séparation étant déjà planifiée, aucune crainte de me faire larguer comme une vieille bouse desséchée après presqu'un an de relation. Qu'on me lapide en place publique pour me faire payer ma satisfaction, mais qu'on le fasse l'année prochaine, si possible, que je puisse profiter au maximum de mon parfait petit ami.

Il coche tellement de cases que ça en devient gênant. Il est ultra sexy, et nous sommes presque un million à être d'accord sur ce point. Mais il est aussi un père célibataire très attentif, chef d'une entreprise florissante et déjà amoureux transi. Car oui, il a fallu mettre au point les circonstances de notre idylle, et j'ai aussitôt rebondi sur le bout d'information qu'il a balancé à mes sœurs l'autre soir. Hé, fallait pas se lancer sans filet…

– Parce que je n'ai rien vu et j'ai un super radar pour ça ! se plaint Holly en préparant son secteur du bar.

– Tu confonds, c'est moi l'entremetteuse ! Dois-je te rappeler Mason ?

– Mason et Mary ?

– Suis un peu, Holly : c'est leur nom de *ship* !

– Ah oui, j'avais oublié que je m'adressais à une préado de 12 ans. Mais vas-y, raconte-moi avant que les clients débarquent !

– Figure-toi qu'il est tombé amoureux de moi dès mon entretien d'embauche, je démarre en poursuivant l'inventaire des bouteilles.

– Ah ! Je le savais ! Je ne t'avais pas dit qu'il te passait tout ?

Je ne veux pas casser son délire, alors je garde pour moi la discussion acharnée pendant laquelle Mad et moi nous sommes disputés pour savoir qui avait eu le coup de foudre pour l'autre. J'ai gagné, encore une fois, il n'avait qu'à la boucler avec mes frangines. Je continue sans relever :

– Il voulait être sûr que je m'entendrais bien avec Liam.

– Non, mais ça, tout le monde aurait pu lui dire dès votre rencontre, au gamin et à toi. Madden n'est pas le seul à avoir eu un coup de foudre !

À nouveau, je ne démens pas, même si je trouve un peu facile de décréter, a posteriori, avoir tout senti venir. Mais passons. Elle est enthousiaste et pas dans le jugement comme je l'ai cru au début. C'est sûrement malsain de prendre personnellement sa réaction alors que tout est basé sur une supercherie… Tant pis, je savoure. Il me reste moins d'un mois en tant que fiancée de Madden McCarty, ancien mannequin reconverti en brasseur artisanal, et je ne vais pas gâcher ce temps à me flageller. De toute façon, on est déjà convenus que je n'irai pas au Paradis. Moi, je dis : autant jouer à fond la carte « aller simple pour la cave », non ?

– Bref, on a commencé à sortir ensemble en cachette, pour voir si ça le faisait avant de chambouler nos vies. Et hier soir, il m'a demandée en mariage.

– Tu ne t'y attendais pas du tout ?

– Non, zéro indice !

Inutile de mentir, j'étais autant sur les fesses que n'importe qui d'autre.

– Ça explique ton air étrange sur la photo, conclut Holly sur un ton d'inspecteur de police mettant en avant une preuve irréfutable dans une enquête.

Ce cliché va me hanter longtemps, je le sens. J'ai demandé à Madden de le retirer : il m'a montré les statistiques des vues, autant dire qu'il était inutile de se fatiguer à le supprimer. D'après lui, ça aurait soulevé plus de questions que de ne rien toucher. J'ai exigé réparation et d'être exposée sous mon meilleur jour sur son compte. N'étant pas de service ce soir, j'aurai la fin de la journée pour me ravaler la façade et nous prendrons un nouveau selfie après le travail. Lui, qu'il soit fatigué ou reposé, on s'en fiche. C'est mon honneur qui exige réparation.

– Toi et le boss ? nous interrompt Carina, une serveuse embauchée il y a seulement quelques semaines.

Grande, cheveux de jais et lèvres de sang, elle est toute en rondeurs harmonieuses. Chez moi, ça va direct dans les hanches ou le bide, elle, c'est un parfait sablier et elle profite de sa morphologie pour porter des tenues années cinquante qui lui vont à ravir. Depuis son arrivée, nos pourboires sont en baisse et les siens explosent. Dommage qu'on ne mette pas tout en commun pour partager ensuite…

– Oui, le boss et moi, je réponds sur un ton que je veux détaché et naturel alors que je me rengorge de la sensation nouvelle d'avoir débusqué un mec trop bien pour la petite brune quelconque que je suis.

Attention, je ne cherche pas à me dévaloriser, mais je sais faire la différence entre un top model et moi. C'est une question de logique et d'honnêteté. Si on sait dès le départ dans quelle ligue on joue, on ne se prend pas un coup de boule retourné de la vie. Je mixe les métaphores, mais on se comprend.

– Dommage, j'en aurais bien fait mon quatre-heures, si vous voyez ce que je veux dire, commente Carina.

Elle hausse bêtement les sourcils et s'en va dresser ses tables comme si elle ne venait pas de dire explicitement vouloir se taper mon fiancé. Qu'il le soit vraiment ou non, c'est une question de principe. Mais on dirait que Carina n'a pas eu le mémo sur la définition de ce concept. Et après, on s'étonne que la sororité soit en péril.

– Quelle garce ! souffle Holly entre ses dents.

– Totalement. Elle a cru que j'avais envie de savoir que mon mec l'excite ? je m'agace en nettoyant le comptoir déjà parfaitement propre. Mais attends un peu, tu n'es pas censée n'être qu'amour pour ton prochain ? je m'étonne, tant il est rare de l'entendre critiquer qui que ce soit.

– La loyauté exige de mettre de côté certains de ses principes, Nina. Mais va falloir te faire une raison. Avec le nombre de followers de Madden, et les campagnes de pub qui tournent toujours, Carina ne doit pas être la seule à fantasmer sur lui.

– Toi aussi ? je lui demande en plissant les yeux.

– Avant, oui, maintenant que je sais que tu vas l'épouser... Ben en fait, toujours. Franchement, Nina, regarde-le ! Ce mec est un appel au sexe. Et pas le petit coup vite fait entre le fromage et le dessert, non : la longue nuit torride qui te laisse pantelante, sans pouvoir reprendre ton souffle. Celle où tu...

– Ouais, d'accord, j'ai compris, je marmonne, sachant qu'elle a raison.

En acceptant ce deal, j'ai surtout donné mon accord pour entrer en compétition avec beaucoup trop de femmes dotées de meilleurs atouts que moi. Et probablement un paquet de mecs, aussi. Pour le boost à l'ego, finalement, on repassera...

– Fais pas cette tête, on peut toutes s'imaginer avec lui au lit, au final, c'est dans le tien qu'il finit, tente Holly pour me rassurer.

Si elle savait qu'en réalité, ce n'est ni dans le mien ni dans celui de Madden qu'il se passera quoi que ce soit entre nous...

Je me suis endormie. Je savais bien que je me sentais sombrer. J'étais pourtant motivée pour me pomponner, me mettre en valeur et en finir avec le spectre de cette photo loupée planant au-dessus de moi... C'était sans compter mon accumulation de retard de sommeil. Et puis honnêtement, lorsque je me suis réveillée et que j'ai vu l'heure, j'ai eu envie de faire mon sapin. Je n'ai pas de véritable arbre, mais un synthétique dans une matière écologique. Moins traditionnel que l'original, mais ça limite les dégâts de Noël. Je boycotte également les papiers cadeaux qui ne sont pas recyclables, et éduque ma famille depuis des années pour passer au kraft, aux sacs en papier qu'on ressort d'une année sur l'autre, ou au tissu. Je ne suis pas une acharnée de l'environnement, pourtant dès que je peux apporter ma petite pierre à l'édifice, je le fais. Et je consomme tellement à cette période de l'année que ça apaise ma culpabilité. Il faut donc que j'assemble mon sapin avant de pouvoir le décorer. J'ai ainsi passé mon pyjama avec une tête de Rudolf sur le devant, et les chaussettes assorties. C'est le septième. J'en ai un par jour et j'assume totalement mon amour pour les tenues kitsch thématiques. D'autant plus pour traîner chez moi.

Normalement, on doit allumer une bougie, le premier dimanche de l'Avent. J'ai arrêté quand j'ai failli mettre le feu à mon ancien studio. Mon sapin est écoresponsable, pas ignifugé. On ne peut pas tout avoir !

Une compilation de chansons de Noël dans mon enceinte Bluetooth, une infusion aux épices et une mandarine épluchée plus tard, je suis fin prête à officiellement déclarer la saison ouverte en accrochant la première suspension sur une branche de mon arbre ! Mon portable sonne dans ma chambre et me coupe dans mon rituel. Je l'ignore, décidée à ne rien laisser me gâcher le plaisir, quand l'appel se relance. À la troisième tentative, je sais qu'il s'agit d'une de mes sœurs, ou pire : de ma mère. Si c'est bien l'une des quatre, je sais qu'elle rappellera jusqu'à ce que je cède et réponde. Je me traîne pour récupérer mon téléphone quand on tape à la porte. Pile à l'heure et j'ai oublié de le prévenir de laisser tomber pour la photo ! Tant pis, je lui crie avant de décrocher :

– C'est ouvert !

Puis j'enchaîne, après avoir vu l'identité de mon correspondant :

– Maman ! Je suis en pleine décoration de sapin ! Quand quelqu'un ne répond pas à son portable, on laisse un message, on ne le harcèle pas jusqu'à lui donner envie de se crever les tympans avec des bâtonnets à cuticules !

– Tu fréquentes trop Hailey, réplique ma mère, et si je ne peux pas parler à ma propre fille qui m'a caché ses fiançailles, où va-t-on ? Tu me diras si je suis invitée au mariage, hein ?

– Pas sûre qu'il reste de la place, mais si je peux te caser à la table des enfants, je t'enverrai un faire-part.

– Je suis morte de rire.

– Tu tombes mal, Madden vient d'arriver et on doit parler des fiançailles, je t'appelle demain. Je t'aime, bisou !

Je raccroche sans lui laisser l'opportunité d'en placer une et retourne au salon en entendant Madden discuter avec quelqu'un. Je suppose que son père a, lui aussi, appris la nouvelle. Ça me rassure de ne pas être la seule à subir une famille mécontente et envahissante. Je passe devant lui, il est en FaceTime, on dirait… Je lui adresse un signe de la main quand il me sourit et retourne à mon arbre en savourant ce nouveau bonus. Avant, il était soit impassible, soit contrarié, ça nous change.

– Tu décores ?

– Non, je fais un curling, je réplique à sa question stupide.

– Tu pourrais nous parler de ta passion pour Noël et te présenter ?

– Nous ?

Je me retourne, il a braqué son téléphone sur moi.

– Bonsoir, Monsieur McCarty !

– Je ne suis pas au téléphone.

– Je ne sais pas si tu as remarqué, mais je ne suis pas à mon avantage, là. On verra demain pour la photo. Viens m'aider, au lieu de glander !

– Je suis en live, Loreena.

– Hein ?!

– Je fais toujours un live le dimanche soir, m'explique-t-il patiemment comme si j'étais demeurée.

Je le sais, en plus, mais je deviens effectivement abrutie quand il s'agit de lui !

– Oui, mais là, tout de suite, tu n'es pas en direct, rassure-moi ?

– Si.

Je me précipite sur le sofa dans un plongeon dont je serais fière si je n'étais pas en train de paniquer à l'idée que ses followers me voient encore avec une allure qui confirme le selfie d'hier.

– Arrête et supprime ! je réclame depuis ma barricade de

coussins.

– OK, bon, Loreena est timide, je vous la présenterai demain, on écourte pour ce soir et on se retrouve lundi soir ! Bonne nuit !

– C'est fini ?

– Tu peux sortir, la voie est libre.

Je me redresse et attaque direct :

– T'es sérieux, mec ? Tu te moques de moi ? J'aimerais bien que tu me préviennes à l'av… Tu filmes encore ? je m'interromps en voyant qu'il tient toujours son portable vers moi.

– Nope.

– Tu mens ! Donne-moi ça !

Il se marre et je m'étale à ses pieds. C'est la première fois que je l'entends rire aussi franchement avec moi, et j'en reste au sol de surprise. Il retourne l'appareil et je constate qu'il n'était plus en live et se fichait de moi, mais c'est le cadet de mes soucis.

Je viens de tomber amoureuse de son rire, littéralement. Comme si j'avais besoin de ça ! Et je suis censée le laisser repartir à la fin de notre arrangement ? Qu'est-ce que j'ai accepté ?

Tu t'es portée volontaire pour souffrir, Nina, et salement.

CHAPITRE 12

Ma famille est sûrement la plus fourbe de toutes les familles.

Quand ma mère nous a invités à dîner, Madden, Liam et moi, elle a oublié de mentionner que mes sœurs seraient de la partie. Un lundi soir (service le plus calme à la brasserie), et avec la route, j'avais espéré qu'elles ne se pointent pas. Autant dire qu'on a l'impression d'assister à un repas officiel. On est loin de la réunion informelle dans laquelle Abby Bell nous a embarqués. J'ai à peine eu le temps de croiser Liam et de m'assurer qu'il n'avait pas de souci avec la situation, avant de me retrouver dans un tourbillon infernal : celui des préparatifs d'un mariage qui n'aura jamais lieu.

– Le plus important, déclare Hailey en haussant la voix pour couvrir les autres conversations, c'est que tu ne demandes pas à tes demoiselles d'honneur de porter du vert amande.

– T'as un problème avec mes choix de couleurs ? s'emballe Bea.

J'avoue que cette couleur est discutable. Certes, elle rappelle les légers feuillages brodés de perles sur la robe de mariée de Beatriz, mais on va dire que cette teinte ne sied pas à la carnation de tout le monde.

– C'est pas une tradition établie d'obliger les demoiselles d'honneur à porter une tenue hideuse ? s'étonne sincèrement Mag.

Sincèrement aux yeux du reste du monde. Pour nous qui avons quelques gènes en commun, elle ne trompe personne, et prend le parti de Hailey.

Je coupe court au débat en faisant remarquer :

– De toute façon, vous êtes maquées, donc aucune de vous ne pourra être demoiselle d'honneur.

Le silence qui suit m'inquiéterait si je ne connaissais pas mes sœurs par cœur. Et ça ne loupe pas. Alors que Madden s'apprête à balancer je ne sais quelle diversion, sûrement pour détendre l'ambiance, elles se mettent toutes à parler en même temps pour protester. Mission accomplie : on dévie sur les devoirs fraternels et les différents statuts des unes et des autres. Je n'écoute plus et m'intéresse à Liam qui, quant à lui, observe la tablée d'un air serein. Je crois qu'on l'a cassé, c'est la seule explication à sa zénitude, là où n'importe qui ferait une hausse de tension.

– Ça va ? je lui demande assez bas pour qu'il soit le seul à m'entendre.

– J'adore ta famille…, marmonne-t-il sans me regarder.

Madden a capté notre échange et son air préoccupé fait écho au mien. Je suis sûre que je pourrais venir avec Liam aux repas dominicaux, à l'occasion, même après notre « rupture », mais j'ai peur qu'il ne soit en train de s'imaginer des choses. En tout cas, plus qu'un arrangement pratique qui nous convient autant à son père qu'à moi, et ne débouchera pas sur autre chose que la reprise de nos existences. L'ado se marre à une bêtise d'une de mes sœurs et je me détends. Il est assez mûr pour comprendre ce qui se passe, et si son père avait le moindre doute, il ne le mêlerait pas à tout ça, non ? Je reporte mon attention sur Madden qui, lui, me regarde déjà. Je lui souris. Je ne sais pas si je veux le rassurer ou *me* rassurer, mais je suis mon instinct. Et quand ma mère retient un hoquet, le silence autour de nous devient pesant. Tout le monde a assisté à notre échange visuel, et si j'avais voulu le mettre en scène pour confirmer notre amour jeune et fougueux, je ne m'y serais pas mieux prise.

– T'as pas un live, ce soir, Mad ? lance Hailey.

Je la fixe en essayant de savoir où elle veut en venir, quand Mag prend la suite.

– Tu devrais lui montrer ta chambre, ça serait sympa pour filmer le direct, non ?

– Euh, non, merci, Madden n'a sûrement aucune envie de…

– Si, j'en ai envie.

Il parle de la chambre, Nina, de la chambre. *Pas de toi.*

– C'était énorme, votre vidéo d'hier ! se réjouit Bea en tapant dans ses mains.

– Ce n'était pas répété, je lance en soupirant. Je ne savais vraiment pas qu'il était sur son compte.

Ça n'étonne personne, et quand ma mère commence à raconter une anecdote sur les boulettes qui m'ont valu mon surnom, j'estime qu'un petit live depuis ma chambre est un moindre mal. Je me lève et saisis sa main pour lui permettre de s'échapper avec moi. Je n'ai aucun doute sur le fait que Liam sera à l'abri, trop à l'abri, d'ailleurs : elles en sont toutes gagas, et mon père qui a subi la malédiction de n'avoir que des filles est déjà en train de lui parler baseball. Je l'ai pourtant prévenu que Liam préfère le hockey sur glace, mais on tient notre obstination autant de mon père que de sa femme.

Mad me suit dans les escaliers menant au premier étage où on ne s'arrête pas : étant la petite dernière, j'ai eu la chance d'occuper les combles aménagés lorsque j'avais l'âge de Liam.

– Je te préviens : tous les clichés que tu peux imaginer sur une adolescente sont dans mon antre. Prêt ?

Je me retourne devant la porte et notre proximité me surprend, comme ses doigts glissés entre les miens. Naturellement, je n'ai même pas capté à quel moment ça s'est produit.

– Tu te préoccupes du bien-être de mon fils, il murmure en avançant encore.

Je prends appui au mur et ma voix n'est qu'un maigre filet quand je réponds :

– Bien sûr…

– Tu as compris pourquoi je te trouve dangereuse, Loreena ?

Je réfléchis, c'est une question piège, si je me loupe et tombe à côté, je mettrais en lumière des défauts qu'il n'a peut-être pas remarqués.

– Mon impulsivité ? je tente, en optant pour un trait assez neutre.

Son sourire indulgent me prouve que je n'ai en effet pas trouvé la raison de ses réticences. La tendresse de son regard me prend de court. Je me répète qu'il joue un rôle, que ce n'est pas ma vie, sans parvenir vraiment à étouffer l'espoir que d'une mascarade, on pourrait avancer vers... plus.

– On entre, ou tu planques les cadavres de tes ex, là-dedans ?

Heureusement, Madden est super doué pour casser l'ambiance. On l'a échappé belle, j'ai cru un instant qu'il ressentait la même chose que moi. Illusion que je mets vite de côté : il n'y a pas que Liam qui pourrait devenir un dommage collatéral de cette idée débile de fiançailles. J'ouvre et m'écarte pour laisser passer mon faux futur mari.

Je n'ai pas menti, ma chambre est typiquement celle d'une ado, surtout que je n'ai touché à rien après mon départ à la fac. Les posters sont toujours aux murs, mon couvre-lit est à l'effigie de Harry Potter et mes mangas occupent les bibliothèques exactement comme je les ai laissés. Mes parents n'ont jamais converti aucune de nos chambres, pourtant abandonnées au fil des ans. Ce sont presque des mausolées, si on regarde bien. Pendant que Mad prend connaissance des lieux, c'est lui qui retient toute mon attention. Il a une façon de se mouvoir... à la fois sûr de lui et tout en douceur, un contraste entre détermination et prudence qui n'appartient qu'à lui. Et le rend plus unique encore. J'ai toujours apprécié ce très léger déhanché qui met ses fesses en valeur, et maintenant, j'ai le droit de le reluquer ouvertement. Enfin, on n'a pas abordé le sujet en ces termes, mais si on veut donner le change, je me sacrifie pour la cause... Je ne suis qu'abnégation et altruisme.

– Tu veux une photo, peut-être ?

Prise en flagrant délit.

– Pas la peine, je suis abonnée à ton compte Insta, je réplique en remontant le regard et en souriant sans vergogne.

Hé, le mec affiche un nombre incalculable de clichés en boxers qui ne laissent pas beaucoup de place à l'imagination. Pourquoi me priverais-je ? Il secoue la tête, un peu désespéré, beaucoup amusé, et je me surprends à observer ses réactions dans des détails sur lesquels je ne m'étais pas arrêtée avant. Le coin droit de ses lèvres qui s'étire lentement, son sourcil gauche se levant parfois, son sourire se reflétant (ou pas) dans ses yeux...

– Bon, ce live ? je change de sujet pour détourner mon attention de ce que dissimulent ses fringues.

– Oui, le live. Quelque chose en particulier avant de le lancer ?

– Tu me demandes ça après m'avoir ridiculisée en pyjama pilou-pilou, mes cheveux en vrac et sans un gramme de maquillage ?

Il hausse une épaule comme si ce n'était pas important. Ce n'est pas lui qui a besoin de plusieurs heures dans la salle de bain pour être instagrammable. On ne naît définitivement pas tous égaux.

– Tu étais parfaite, c'est parti.

Il ne me laisse pas le temps de réagir à ce compliment expédié et démarre le direct. Il n'a pas à attendre plus de quelques secondes avant d'avoir un paquet de monde en ligne. Je le sais, je suis devant mon écran dès que je le peux quand il propose un live. Ce soir ne fait pas exception.

– Bonsoir ! Je vous retrouve comme promis et on a la chance que Loreena soit avec nous.

Il tend sa main que j'attrape sans réfléchir, dans un geste trop naturel pour être simulé. Ce qui n'a aucun intérêt puisqu'on ne voit que nos visages... Je me concentre sur le retour caméra et me retiens de grimacer en découvrant le contraste entre Mad et moi. Il est à l'aise, et j'ai l'air d'avoir avalé un citron entier, après en avoir croqué chaque quartier. Avec la peau.

– Je vais lire vos commentaires et répondre au fur et à mesure au max de questions, comme d'hab !

Il passe un bras autour de ma taille et m'entraîne sur le lit où nous nous asseyons. Les messages défilent trop vite pour que je parvienne à tous les lire. Madden est rodé et il maîtrise son direct comme un pro. Je sais qu'il a pris des cours de gestion des réseaux sociaux pour optimiser ses followers et en transformer une partie en clients, aussi je le laisse mener et me contente de hocher la tête et de sourire aux moments opportuns. Jusqu'à ce que Mad choisisse une question qui requiert un self-control dingue auquel je n'étais pas préparée.

– Un bisou pour le live, nous demande CaroBibo_love ! annonce-t-il avant de se tourner vers moi sans lâcher le téléphone. T'en dis quoi ? souffle-t-il pour moi, même si les milliers de personnes qui nous regardent en direct ont forcément entendu.

Durant un instant suspendu, j'oublie que nous ne sommes

pas seuls et que ce n'est qu'un jeu. J'oublie que rien n'est vrai et qu'il ne me propose ça que pour crédibiliser notre couverture. J'oublie que deux étages en dessous, ma famille et son fils nous regardent certainement sur la chaîne de Madden. J'oublie à cause de ses yeux posés sur moi. Il entre si facilement dans son rôle que je me laisse embarquer, et acquiesce en souriant. S'il est déstabilisé par ma réponse, il n'en montre rien, et fait lentement passer la pointe de la langue entre ses lèvres. Je ne suis pas certaine qu'il s'en rende compte, ni ne réalise l'effet obtenu sur moi. Je n'ai jamais été aussi consciente de sa bouche. Bien dessinée, mais trop souvent pincée lors de nos échanges, je la découvre tentatrice et presque boudeuse. J'ai à peine le temps de m'interroger sur la proportion de sincérité dans son attitude, qu'il se penche déjà à ma rencontre, et dépose sur mon front un chaste baiser qui me donne l'impression d'une arnaque plus qu'autre chose. Je sens que ma contrariété est évidente, et j'en ai la confirmation quand il demande face à son écran :

– C'est ce que vous vouliez ?

Je réalise alors qu'il joue avec son public, le tease et ne lui donne qu'un ersatz de ce qu'il souhaite. Il ne voit pas que ça marche aussi très bien sur moi et que je suis à deux doigts de lui sauter dessus pour prendre ce qu'il m'a fait miroiter. Heureusement, les commentaires fusent et exigent un vrai baiser et pas, comme je le vois passer furtivement, ce « bisou ridicule ». Il se tourne à nouveau vers moi, toujours dans un monde parallèle où j'ai perdu l'usage de la parole et, disons-le, de mes fonctions cognitives, puisque je prends l'initiative d'aller à lui. Quand nos lèvres se percutent, ça n'a rien de faux. Non, c'est impatient, et la douceur et l'humidité de sa bouche me donnent envie de grogner de plaisir. Je me retiens, de justesse, mais je me retiens. Au lieu de céder à me donner encore plus en spectacle, je laisse sa langue rejoindre la mienne. Malgré l'audience, malgré le mensonge, je n'ai jamais été embrassée comme ça. Avec une tendresse et un empressement qui se complètent plus que je ne l'aurais cru. Je prends appui de la main sur sa cuisse, cherchant un contact apaisant que je ne trouve pas, chaque caresse réveillant l'ensemble des terminaisons nerveuses de mon corps. Trop vite, il s'éloigne et, l'espace d'un clignement de paupières, je vois la confusion dans ses yeux, reflet de celle qui m'envahit en découvrant mon envie de plus, beaucoup plus.

Sa respiration a l'air aussi courte que la mienne et j'ai la certitude que seuls, sans caméra, j'aurais initié davantage. Aurait-il répondu ? Impossible à savoir puisqu'il reprend le live comme si de rien n'était. Ce qui me laisse le temps de me recomposer un visage serein avant de retrouver ma famille. Oh non ! Ils ont sûrement tout vu ! Qu'est-ce que je raconte ? *Tout le monde a tout vu*, pas seulement eux !

Je me suis lancée dans un truc qui me dépasse complètement et je sens déjà le goût des regrets remplacer celui du désir…

CHAPITRE 13

Je ne sais pas qui a eu cette idée de merde, mais je le maudis sur plusieurs générations ! Sur le papier, c'était parfait. En réalité, j'ai mal aux doigts à force de tenir la rambarde serrée à m'en fracturer les phalanges. Il n'y a rien de naturel à se percher sur des lames de métal tranchantes comme un rasoir, sur de la glace (parce que tant qu'on y est, compliquons-nous un peu plus la vie), et tenter d'avancer sans se vautrer comme une bouse. L'être humain est livré avec des pieds, ce n'est pas pour rien !

Ajoutons à cela que le baiser d'avant-hier soir a l'air de n'avoir perturbé que moi, et que je suis dans des conditions de détente optimales pour réussir un mouvement a priori basique : mettre un patin devant l'autre.

– Allez, Nina, tu vas voir, c'est facile !

Liam passe à nouveau devant moi en suivant la foule qui tourne en rond. C'est ridicule, ça ne sert à rien ! Je préfère encore me promener dans une galerie marchande, là au moins on a un but. Ici ? Aucun intérêt. Quand je pense que cette activité est rangée dans la section « prioritaire » dans mon classeur !

Quelqu'un s'arrête derrière moi, beaucoup trop près, et je m'apprête à lui demander d'aller faire un tour en Moldavie voir si j'y suis, quand des mains se posent sur ma taille et un corps se plaque contre le mien. Même si j'avais le courage de me retourner sur les patins de la mort, je n'en aurais pas besoin : je suis bien trop consciente de sa présence. Tout est la faute de ce baiser. Celui que j'appelle dans ma tête le « bisou Hollywood », histoire de ne pas oublier que c'était pour la galerie. Ce serait trop facile de me rouler dans le souvenir de ses lèvres sur les miennes et de sa langue dans ma bouche. Trop confortable, de raviver la chaleur de son souffle sur ma joue. Je préfère appliquer la politique de l'évitement, hyper efficace, totalement malsaine et carrément salvatrice.

Malgré mes efforts, je sais que Madden est là, collé à moi, et je me détends aussi vite que je me suis crispée. Comment se fait-il que je l'identifie en moins d'une seconde ? Parce qu'on travaille ensemble depuis des mois ? On va dire que c'est la raison et que ça n'a rien à voir avec ce souvenir tout frais que je me passe en boucle infinie... Bien sûr, dans mon imagination, Madden est bien plus secoué et ne reprend pas le cours de sa vie comme si de rien n'était. C'est tellement vexant...

– Dès que je te le dis, tu lâches la rampe et tu me laisses faire, OK ?

Pourquoi il murmure à mon oreille, comme ça ? J'entends des propositions indécentes alors qu'il n'y a rien de sexy dans ce qu'il dit.

– Maintenant.

Et surtout, pourquoi je lui obéis ? J'ai du mal à suivre ses ordres à la brasserie, ma réaction n'a aucun sens ! Le bisou Hollywood a endommagé mon disque dur... C'est la seule explication à ma passivité lorsqu'il m'entraîne au centre de la piste, hors du circuit des patineurs aguerris, et qu'il pivote trop facilement sur ses patins pour me faire face, mes mains dans les siennes. Heureusement qu'il me tient, car je n'ai aucun doute sur ma capacité à tenir debout sans lui : inexistante. Encore une fois, rien n'est normal dans cette activité. Elle me vendait tant de rêve que j'ai voulu en faire une des premières de notre couple de Noël. Ah ! voilà, ça me revient : c'était bien mon idée et je vais donc jeter le mauvais œil sur ma future descendance !

– Garde tes yeux sur moi, pas sur tes pieds, m'encourage Mad.

Je relève la tête et lui adresse mon regard assassin, qui n'a jamais eu aucun effet sur personne mais me donne l'illusion de me rebeller.

– Je savais que tu avais un complexe narcissique, Madden, mais si je ne fais pas attention à ce qui se passe en bas, je vais encore tomber. Et attention : à la prochaine chute, je me fais évacuer par treuil !

– Un treuil ?

– Hors de question que je me déplace seule jusqu'au bord, je précise devant son air étonné.

– OK, je préviens la grue de se tenir prête. En attendant, tu es déjà en train de patiner, Loreena.

– Hein ?

Je commets l'erreur de baisser mes yeux sur la glace et perds l'équilibre. Madden est déjà là, ses bras autour de ma taille me stabilisant alors que je m'accroche à ses épaules comme une ado prépubère s'arrimerait à la jambe de Justin Bieber. Avec désespoir et hyperventilation.

– Si tu ne te détends pas, tu n'y arriveras pas.

– Je vais te détendre mon patin dans le...

– Nina, t'es là ! Papa est trop fort pour apprendre à patiner, regarde, c'est lui qui m'a montré comment faire ça !

Je fournis un effort surhumain pour tourner la tête et faire plaisir à Liam qui exécute une sorte de mini pirouette. Si je n'étais pas moi-même sur la piste et ne me rendais pas compte de la difficulté, j'aurais souri poliment en me disant que, OK, c'est pas dingue non plus. Dans les circonstances actuelles, je suis épatée et mon esprit compétitif se réveille direct.

– Moi aussi, je veux faire ça ! je déclare en tournant la tête vers Madden.

Je n'avais pas réalisé que nous étions si près l'un de l'autre. Son visage n'est qu'à quelques centimètres du mien, et il n'a pas du tout regardé son fils. Par chance, mes joues sont déjà rouges à cause du froid et il ne se rendra pas compte de mon embarras en le surprenant en train de me scruter.

– Apprends déjà à trouver ton équilibre.

Son timbre est rauque, sûrement à cause de la température,

comme pour mes joues, non ? Oui, ça doit être ça. Il laisse glisser ses mains et les ramène jusqu'aux miennes qu'il saisit fermement. Malgré ses gants et les miens, une douce chaleur passe de lui à moi. Ou l'inverse, je ne sais plus vraiment où sont le haut et le bas quand il me fixe de cette façon. *Il veille simplement à ce que je ne me vautre pas.* On se concentre et on écoute ses directives pour ne pas mordre la poussière. Enfin, les glaçons, du coup...

En descendant de la voiture devant chez nous, je lance :

– C'était génial ! On y retourne quand ?

– Tu veux pas attendre d'avoir moins mal aux fesses ? suggère Liam avec une innocence feinte.

J'ai sur le bout des lèvres une réplique très puérile et je ne suis pas peu fière de parvenir à la retenir. Un coup d'œil à Madden me confirme qu'il me surveille, habitué à mon absence de filtre, et il hoche imperceptiblement la tête. Ce n'était pas pour que je m'en aperçoive, mais on ne va pas se mentir : je le prends personnellement et souris, satisfaite de lui prouver à quel point je ne suis pas *dangereuse* pour son fils !

– Liam.

– Ça va, je rigole...

L'adolescent soupire, le père fronce les sourcils, et tout est pour le mieux dans le meilleur des mondes.

Le gamin en rajoute une couche :

– Si Nina était vraiment ta fiancée, je suis sûr que je pourrais la vanner.

J'aimerais lui répondre qu'il peut, que je l'adore et qu'on a dépassé le stade des réserves depuis longtemps. Mais Madden ne supporterait pas que je m'immisce, et notre fragile trêve ne survivrait pas à une nouvelle volée de bois vert. Dans les deux sens, d'ailleurs, car j'ai atteint mon quota et s'il lui prenait la fantaisie de me remettre à ma place comme il a récemment pu le faire, je répliquerais. Vraiment, sans retenue ni considération. À son image, quoi. Mad ne réfléchit pas quand il est contrarié, il fonce tête baissée. D'accord, ensuite, il présente ses excuses… Mais comme me disait toujours ma mère, l'idéal est de ne pas avoir d'excuses à présenter. Toute une éducation à refaire.

– Justement, Nina n'est pas ma fiancée, alors ne l'oublie pas.

Qu'est-ce que je disais ? Il ne réalise pas la portée de sa phrase, il déverrouille la porte de leur maison et je reste plantée derrière, entendant de loin Liam répliquer quelque chose de trop, puisque le ton de son père est sans appel. Ça fait quelques jours qu'on a décidé d'être en couple, et déjà il réussit à me blesser. Le pire est qu'il ne s'en aperçoit pas. Ou un peu ? Il se retourne pour fermer et se rappelle ma présence, figée à côté du portillon. Il voit que quelque chose ne va pas, mais je ne me sens pas la foi de lui expliquer les bases des relations sociales. Je ne réponds pas à son air interrogateur et avance vers les escaliers. Je l'entends refermer la porte et je lâche un profond soupir avant de remarquer Poulette. Elle m'attend au milieu du passage, prête à mettre à exécution un de ses plans machiavéliques pour se débarrasser de moi.

– Je te préviens, ma cocotte, ton maître attise des pulsions meurtrières que je ne pensais pas posséder, alors me cherche pas trop ! Je suis sûre que sur Internet, on trouve des tutos pour utiliser un poulet dans une malédiction vaudou, sur Internet. Je pourrais te plumer et attendre la pleine lune pour…

– Arrête de traumatiser ma poule et dis-moi ce qui ne va pas.

Je pousse un hurlement qui a le mérite de faire déguerpir la bestiole, et fais volte-face, une main sur le cœur histoire de m'assurer qu'il ne se barre pas entre mes côtes.

– Je… Tu… tu étais chez toi ! je l'accuse d'un index tremblant.

Je crois que je pars en tachycardie. Je savais bien que cette famille voulait ma peau !

– Tu projettes ma mort et celle de Poulette. Elle, je sais pourquoi, mais moi ?

Je me redresse et relève la tête pour le regarder dans les yeux :

– Pour toi, Madden, on n'a pas le temps de détailler la liste avant mon prochain service.

Je le plante là et grimpe à mon appartement où je m'empresse de retirer mes fringues humides et d'allumer la douche bien chaude, car je suis gelée. C'est logique quand on y pense, mais je n'avais pas tout pris en considération. Disons que j'ai passé plus de temps sur la glace que sur les patins, et je vais finir par choper une pneumonie si je ne me réchauffe pas rapidement.

Une fois sous le jet, je penche la tête en arrière et ferme les yeux en me perdant dans mes pensées. Je réagis trop, je dois absolument garder à l'esprit que notre relation est une mise en scène. Je ne peux pas accorder d'intérêt à ses réactions, ses piques blessantes et tout ce qui aurait de l'importance si nous étions réellement en couple. Alors pourquoi j'ai autant de mal à accepter que Madden ne soit pas plus attentif à mes sentiments ?

Je suis ridicule !

J'applique mon après-shampooing et procède à un rapide état des lieux de mon corps. Plus par habitude que par nécessité, puisqu'il est en jachère depuis une éternité. Pourtant j'aime le sexe. Bon sang, ce que j'aime le sexe ! Et j'en suis privée pour coller à des convictions d'un autre siècle… Si on regarde bien, c'est une forme d'ascétisme, alors que je n'ai pas l'âme d'une martyre.

C'est la faute de Noah : quand il m'a quittée après avoir couché avec la moitié de la ville, j'ai décidé que le prochain qui partagerait mon lit serait un homme de qui je serais amoureuse et dont je serais certaine qu'il m'aime également. Je ne pourrai pas en être sûre à 100 %, j'ai cependant l'espoir de ne pas me tromper lorsque ce moment arrivera.

Ce ne peut pas être Madden et je dois me mettre ça dans le crâne une bonne fois pour toutes. Il n'est pas mon petit ami, encore moins mon fiancé : nous nous rendons mutuellement service et il peut se comporter comme le pire trou de balle que la terre ait porté, ça n'a aucune incidence sur moi. Parce qu'il n'est que mon patron, et que ça ne le qualifie pas pour une autre position dans ma vie.

Voilà, ça, c'était convaincant !

Position ?

Je m'égare encore, revivant le baiser qui ne s'achève pas. Car la version longue qui se déroule dans mon esprit est agrémentée de l'adoration sans borne que Madden aurait pour moi. Il aurait succombé à mes nombreux charmes et serait incapable de rester près de moi sans m'embrasser de nouveau. Le bout des doigts sur mes lèvres, je ferme les yeux et souris en me disant que quoi qu'il arrive, on ne pourra jamais m'enlever ce souvenir. Et rien que pour ça, souffrir en vaut la peine...

CHAPITRE 14

Je regarde mon patron comme s'il venait de lui pousser quelque chose entre les yeux. Impassible, il agite la main pour me signifier que l'entretien est terminé. Il retourne à sa compta ou je ne sais quelle tâche administrative que je ne lui envie pas, et je reste encore bloquée quelques secondes. Je crois que c'est ce qu'on appelle « être en état de choc ».

– Quoi ? finit-il par soupirer en délaissant sa paperasse.

– Je voudrais juste qu'on résume, pour être sûre.

Il se cale contre le dossier de son fauteuil, croise les bras et attend. J'imagine que la corvée de la synthèse m'incombe.

– Tu viens de m'allouer un budget pour acheter de quoi

décorer le bar, et « uniquement le bar », pour les fêtes de fin d'année ?

Il acquiesce et mes suspicions augmentent.

– Mais pourquoi ?

– Ce n'est pas ce que tu voulais ? Faudrait savoir, Loreena, tu me fais perdre mon temps.

– Qu'est-ce qui t'a fait changer d'avis ? Tu étais radicalement contre et d'un coup, pouf ! Tu me files de la tune et…

– T'emballe pas, le budget est maigre.

– On s'en fout ! La question est : qu'est-ce que tu mijotes ? Tu vas exiger quoi, en retour ?

– Rien.

J'étais sûre qu'il y avait un piège, et sa réponse me le confirme. Qui, en ce bas monde, accorde gratuitement des concessions ? Personne, voilà.

– Profite de ta victoire et laisse-moi bosser. Je ne te paie pas pour me mater toute la journée.

– Je ne mate pas !

Je m'offusque avec sûrement un peu trop de véhémence. Plus on cherche à nier la vérité, plus la réaction est amplifiée. Pour ma défense, je ne me contentais pas d'admirer la vue. Je voulais comprendre son changement de position.

Non, alors là, Nina, je t'arrête immédiatement : tu rayes ce mot de ton vocabulaire.

Je cède et sors uniquement parce que le bar est sur le point d'ouvrir et que je ne veux pas lâcher Holly seule face à la horde qui attend déjà devant, surtout que nous formons un petit nouveau, embauché en extra pour la saison. Ça arrive de temps en temps : une vague de fans se pointe. Lorsque ça se produit, en général, Madden a parlé d'un truc sur ses réseaux pour les motiver. Je n'ai plus fait attention à son compte depuis mes humiliations à la chaîne et je n'utilise pas Instagram pour autre chose que le suivre, me moquer de lui dans les commentaires et mater le dossier où j'ai consigné mes photos préférées de ses fesses. Je sais, l'enfer, tout ça, j'ai eu le mémo : je n'ai plus aucune illusion, du coup, j'en profite et je me fais plaisir. Après tout, il s'agit de mon fiancé, et si je n'ai pas de légitimité sur sa plastique, qui en a ?

Personne, j'espère...

Je m'apprête à retourner dans son bureau (il reste un point de détail dont nous n'avons pas encore discuté : l'exclusivité de notre vrai/faux couple) quand on m'interpelle. Par réflexe, je m'arrête à mi-chemin entre l'entrée et le comptoir. Une grande rousse au maquillage qui ferait pâlir d'envie Lady Gaga et à la démarche subtile d'un astéroïde fonçant sur la Maison Blanche dans un blockbuster hollywoodien, s'approche de moi. Elle s'arrête à moins d'un mètre, beaucoup trop près à mon goût, et fait courir son regard dédaigneux de ma tête jusqu'à mes pieds. Je m'oblige à ne pas me dandiner sous son inspection hostile, même si mon instinct me hurle de lui balancer un coup de boule. Déjà, on aurait toujours le souci de niveau puisqu'elle n'est pas loin de mesurer une tête de plus que moi. Et surtout, je ne suis pas violente. En pensées ? Toujours, prodigieusement. Il paraît que c'est sain et que l'important est de ne pas passer à l'action. Je veux bien le croire, et je donne libre cours à mes pulsions assassines de cette manière. En réalité, je serais capable de me blesser en essayant de frapper quelqu'un.

On ne répond jamais par la violence, Nina, tu vaux mieux que ça, me rappelle la voix de ma collègue.

Elle a raison. Je me compose une expression sereine et accueille l'agressivité de l'inconnue avec une zénitude dont Gandhi serait fier. Il n'approuverait sûrement pas mon imagination, mais pour la réaction, il validerait sans aucun doute.

– Alors, c'est toi ?

Je ne réponds pas à la question qu'elle me crache. Je préférerais être derrière le comptoir avec Holly pour gérer cette nana désagréable, c'est certain.

– Madden !

Mon attention est attirée par le cri d'une cliente, ce qui me permet de voir Madden avancer vers moi d'une démarche assurée et un poil agacée. Si je ne le connaissais pas aussi bien, je n'aurais pas noté son énervement. Je me demande ce que j'ai bien pu faire, je viens à peine de sortir de son bureau ! Je sais que je suis douée pour me mettre dans des situations impossibles, mais n'exagérons rien... Je ne suis pas à mon poste, ce qui n'a jamais été un problème, et il voit bien que j'ai été arrêtée en chemin. Alors quoi ? Je suis du genre à mettre les pieds dans le plat dix fois par jour, pas facile de tout passer en revue et d'évaluer en même temps ce qui me vaudrait la reprise de volée que mon boss aurait oublié de me faire subir tout à l'heure. Je suis toujours en pleine réflexion lorsqu'il attrape ma main et m'entraîne avec lui de l'autre côté de la salle en lançant :

– Je reviens !

Je comprends, avec un décalage, qu'il s'adresse à la foule de fans ayant déjà pris possession des lieux. C'est pour ça qu'on a un service de sécurité, et encore heureux, car ils gèrent la situation comme les professionnels qu'ils sont. Pas le temps d'admirer leur travail, je suis dans la réserve avec Madden, la porte dans le dos, ses mains encadrant mon visage. Je remarque la crispation de ses mâchoires et, dans un geste impossible à contrôler, je pose la paume sur sa joue.

– Elle t'a dit quoi ? lâche-t-il avec une tension difficilement contenue.

Je ne vois vraiment pas ce que j'ai fait pour le mettre en colère, cette fois. Aussi, mon étonnement est sincère quand je réponds :

– Qui ?

– Cette rousse.

– ...

Trou de mémoire.

C'est sa faute, aussi : il se tient beaucoup trop près. Et je ne suis pas immunisée contre son charme, enfin, mince quoi ! Il a cru qu'il pouvait se coller à moi sans conséquence ? Je suis plus que vexée, maintenant ! Ça va deux minutes d'être la seule à être chamboulée. Oui, bien sûr, je suppose qu'il a embrassé un sacré paquet de femmes. Moi pas. Ni des hommes ni des femmes, donc j'aimerais un peu plus de respect pour le bisou Hollywood, merci !

– Loreena, qu'est-ce qu'elle te voulait ?

– Je ne sais plus, j'ai bugué, j'avoue sans détacher mon regard du sien.

Ça fait tilt, et je me retiens à peine de me taper la paume sur le front en comprenant enfin de qui il parle. Ce n'est pas après moi qu'il en a, mais après cette cliente. Je relâche la pression tandis qu'il me scrute avec insistance.

– Si qui que ce soit t'insulte, te manque de respect ou te menace, tu viens immédiatement me voir, c'est compris ?

Je réalise soudain le véritable motif de sa colère.

– Tu crois que tes fans vont s'en prendre à moi ? En plus de ton harceleuse, je veux dire ?

Son absence de réaction est trop calculée pour ne pas révéler que c'est précisément ce qui l'inquiète. Une nouvelle contraction de ses muscles sous ma main me rappelle que je le touche toujours. Comme si nous étions réellement ensemble. Alors qu'en dehors du regard des autres, nous n'avons pas à faire semblant. J'essaie de la retirer, il saisit mon poignet et la maintient en place.

– Il ne t'arrivera rien.

– Je n'ai pas peur…

J'ai besoin de le rassurer, sans m'expliquer pourquoi. Je veux lui montrer que ça va, je gère. Je veux me prouver… je ne sais pas quoi exactement. Ma seule certitude est de devoir affronter une situation qui représente son quotidien et ne m'effraie pas. Tant pis si c'est pour un mois, j'ai la sensation que c'est aussi important pour lui que pour moi. Et oui, bien sûr, je me pose des questions sur sa communauté et sa façon de me percevoir. Je ne suis pas stupide : il a une majorité de femmes parmi ses followers, une grande majorité, même. Qui voudraient pour la plupart être à ma place, on le sait tous les deux. C'est pour ça que je mens, que je fais comme si je gérais, alors que je n'en sais rien. Je n'ai jamais eu de faux fiancé célèbre. Je dois malgré tout faire du bon travail, car il semble convaincu, recule d'un pas et je regrette presque de ne pas avoir endossé le rôle de la damoiselle en détresse, tant la distance entre nous me paraît immense. Il est juste là, sans réellement l'être. Mon portable nous sort de cette transe bizarre et le SMS que j'affiche machinalement me ramène d'un coup dans le présent.

– Un souci ?

– Truc de famille.

– Tu veux ta journée ?

Là, il m'inquiète : il ne propose jamais à personne de lâcher son poste. Madden est un patron juste, mais ferme. Il attend de ses employés qu'ils s'investissent et ne les materne en aucune façon. Alors pourquoi il me suggère de prendre un congé ?

– Non... Tu te sens bien ? D'abord la déco, ensuite cet interlude dans la réserve, et maintenant ça...

Je crois qu'il vient de capter la bizarrerie de son comportement, car il me décale et retourne dans le bar sans répondre. Bien, tout est normal et pas du tout inquiétant !

J'ai à peine posé les courses sur mon comptoir que la sonnette retentit. Bea entre sans attendre et me rejoint d'un pas décidé.

– Je vais me le faire, et pas dans le bon sens du terme ! elle peste en récupérant le blender et les ingrédients.

– On attaque sans les autres ? je demande en l'observant s'affairer dans ma cuisine.

– Elles ne peuvent pas venir.

Ô joie, ce sera donc Beatriz et moi. Toute la soirée à

l'écouter se plaindre de son mari. Son texto de ce matin ne m'a pas alertée plus que ça, ils se prennent souvent la tête, James et elle. Le souci quand on épouse quelqu'un au tempérament aussi sanguin que le sien, c'est que les étincelles sont inévitables. Régulièrement, Bea s'engueule avec son mec et réclame une réunion extraordinaire. Initialement, ces rencontres hors rendez-vous hebdomadaire sont réservées aux urgences. Très vite, nous avons compris que nous n'avions pas la même définition du mot que notre sœur aînée. À la moindre contrariété, elle débarque à mon appartement, devenu notre QG d'un accord tacite.

Nous n'avons jamais eu affaire à une véritable urgence, mais avons répondu « présentes » à chaque fois. Après, comme nous le lui avons souvent répété, si elle continue à se plaindre pour un oui ou un non, ça finira comme l'histoire de Pierre qui criait au loup. C'est la raison pour laquelle je n'ai pas accepté la proposition de Madden de prendre ma journée. Mon intuition se confirme quand nous nous installons sur le canapé et qu'après quelques gorgées de son cocktail, Bea lance :

– Tu me trouves autoritaire ?

Question piège : toutes mes alarmes mentales s'allument pour m'inciter à la boucler. Il n'y a pas de bonne réponse : quoi que je dise, j'aurai tort. Méthode approuvée : se taire et la laisser poursuivre son monologue. Ça ne loupe pas.

– Parce que je vais te dire, à un moment, il faut que quelqu'un l'ouvre et prenne les choses en main. Tu comprends, Boulette, hein, dis-moi que tu es de mon avis !

Et mince, la voilà qui revient à la charge pour me prendre à témoin. Nous avons une politique très efficace, dans la famille :

on se soutient toujours en public, qu'on soit du même avis ou non. Comme il n'y a que nous, ça explique l'absence qui me pousse à dire la vérité :

– Tu es parfois un peu… tyrannique.

– *Un peu tyrannique ?* Comment peut-on être *un peu* tyrannique ? s'emporte-t-elle.

Il faut toujours écouter son premier instinct. C'est une question de survie de l'espèce. Ta première réaction te sauvera les miches : ne doute jamais.

– Il t'arrive d'être…

Je cherche mes mots, sans succès, et Bea relâche les épaules dans un geste de défaite prématuré. Normalement, ça peut durer des heures.

– Je suis désolée de t'embêter alors que tu as sûrement prévu de t'envoyer en l'air avec Madden. Ce baiser était…

– Attends, qu'on soit claires : tu es venue me parler de tes soucis de couple, pas de *mon* couple, d'accord ?

Je ne me sens vraiment pas d'attaque pour une analyse en trois parties (thèse, antithèse, synthèse) de ma relation inventée avec mon propriétaire…

– S'il te plaît, donne-moi les papillons par procuration…

– Quels papillons ? T'as fumé un truc avant de venir ?

Elle écarquille les yeux et se penche vers moi.

– Nina, si tu n'as pas une nuée de papillons dans le ventre, tu ne dois pas te marier avec lui ! C'est la condition *sine qua non* !

– Ah non, mais c'est bon, j'ai ! Je n'avais pas compris, je rattrape le coup avec une désinvolture peu convaincante si j'en crois le regard inquisiteur de ma sœur.

J'appelle ça le twerk intestinal, mais après tout, chacun sa poésie. Elle laisse passer quelques secondes de silence et attaque :

– Tu sais que tu n'as jamais été une bonne menteuse. Je me doutais que quelque chose clochait, et ta réaction, là, me conforte dans mon idée. Tu nous caches quelque chose. Quoi ?

Je m'embrouille dans des justifications toutes plus farfelues les unes que les autres, mais abandonne rapidement. Elle a raison : je suis incapable de tromper mon monde. Ça m'a déjà valu des soucis lorsque, dans certaines circonstances, on attend de toi une certaine hypocrisie sociale.

– OK, Boulette, crache le morceau. J'ai toute la nuit devant moi.

CHAPITRE 15

Qu'y a-t-il de pire qu'avoir la gueule de bois ? Avoir la gueule de bois et participer à une crèche vivante. Sachant que j'ai organisé cet événement et que j'en avais oublié la date pourtant scrupuleusement notée dans mon classeur. La situation me fait perdre mes repères et mes objectifs de vue. J'ai aussi zappé de demander à Madden si on pouvait utiliser la salle du haut, c'est la raison pour laquelle je tape à son bureau ce matin, alors que c'est mon jour de congé.

Avoir vidé mon sac avec Beatriz a été salvateur. Dans un premier temps. Puis l'écouter me répéter en long en large et en travers à quel point cette idée était condamnée dès le départ m'a incitée à picoler et à… OK, c'est moche de se chercher des excuses, toujours est-il que je ne suis pas au top de ma forme et qu'en plus, je dois affronter Madden. Quand j'entre, il ne lève même pas les yeux de ses papiers. J'attends, et il finit par m'accorder l'immense honneur de son attention.

– T'as une sale tête et tu ne bosses pas aujourd'hui.

– Je sais et je sais aussi. Merci pour ton accueil.

– Je suppose que tu n'es pas venue prendre un selfie avec le teint vert… Du coup, tu veux quoi ?

Je sais qu'on n'est pas vraiment ensemble, mais ça lui déclencherait un AVC de se montrer aimable ? Je ne demande pas grand-chose. Peut-être changer de ton, pour commencer, ce serait pas mal. Et vu d'où on part, il suffirait d'un tout petit effort. Dire bonjour serait un progrès significatif.

– Loreena, je ne suis pas en repos, moi, alors si tu pouvais enchaîner… ?

– Franchement, Mad, je plains ta future fiancée. Je veux dire, la vraie. Celle qui viendra après moi. Bref, je la plains, tu n'as aucune notion de… de…

– De ?

– Je cherche mes mots. Je suis fatiguée après avoir entendu ma sœur me dire que je fonçais dans le mur, si tu veux bien patienter un instant ?

– Tu fonces dans le mur, toi ?

Il ricane. Ce bouffon se marre lorsque je suis à terre. S'en prendre à une jeune femme souffrant des effets de l'alcool revient à tirer sur une ambulance. Au feu rouge.

– Je suis ravie de t'amuser, Madden. Enfin bref, la salle est dispo ?

– Pourquoi ?

– J'ai organisé une...

– Non.

– Mais je...

Il se lève et me rejoint, pose les mains sur mes épaules et me fait pivoter avant de me conduire jusqu'à la porte.

– Cuve avant ton service de demain. Et lave-toi les cheveux, le look grunge ne te va pas.

La porte claque dans mon dos et je cligne des yeux en me demandant ce qui vient de se produire.

– Alors ? m'interroge Holly, que j'ai bien entendu embarquée dans mon histoire de crèche vivante.

– Je n'ai même pas eu le temps d'argumenter, ou de lui présenter le projet ! Il m'a mise dehors ! je m'offusque.

– Ça craint. J'étais persuadée qu'il ne pourrait pas dire non à sa future épouse.

– Il ne devrait pas !

Je réfléchis à un plan B. Mon regard se pose sur le parking qui fait tout le tour de la brasserie et qui est réservé à notre clientèle. Ce sera parfait. L'air est frais, toutefois il ne neige pas, et l'équipe que j'ai rassemblée autour de cette initiative en a vu d'autres.

– Nina, on n'a pas déjà parlé de la prétendue brillance de tes idées ? s'inquiète Holly.

– Ne fais pas ton Madden, et ne me juge pas avant de savoir en quoi consiste mon illumination !

– Je tiens à mon poste. Je te préviens : tu prends tout sur la tronche si ça tourne mal !

– Tu penses qu'il virerait sa fiancée ? je lui demande en

affichant une assurance feinte.

Il ne renverrait peut-être pas la Madame McCarty en devenir… mais moi ? Je commence à croire qu'il n'hésiterait pas un instant. Tant pis, je vais partir du principe que c'est plus compliqué de gérer la paperasse d'un licenciement que de me garder parmi ses employés.

– Non, Luca, tu ne peux pas galocher la Vierge Marie sous prétexte qu'elle est ta petite amie ! Tu joues le rôle d'un roi mage !

Je vais péter les plombs ! Notre crèche grandeur nature a un succès fou, mais pas pour les raisons que j'aurais aimées. Nous squattons une partie du parking de McCarty's et tous les clients viennent se prendre en photo avec nous, pensant que nous représentons une parodie biblique. Ça les amuse à cause du bazar de l'étable en plein air. Quand ce n'est pas Balthazar qui essaie de pécho la mère de Jésus, l'âne bouffe la toge de Joseph et Poulette picore son enclos pour s'évader façon *Prison Break*. Oui, nous avons des animaux. Melissa, une amie d'une amie, gère une ferme éducative et a adoré notre idée. Nous n'avons pas de bœuf, elle nous a proposé une chèvre à la place. Autant dire que c'est du grand n'importe quoi. Surtout que j'ai kidnappé le poulet de Madden, à la demande de Liam, pour le changer un peu de sa niche. Enfin, ses quartiers, quoi. Et si sous mes airs de vouloir mettre de l'ordre dans notre scène de la nativité, je suis comme Bea, *un peu tyrannique*, je dois reconnaître que c'est une réussite. Ridicule, bordélique et légèrement (totalement) hérétique, nous attirons des curieux qui finissent par entrer dans la brasserie.

C'est sûrement cette conséquence collatérale qui me donne assez confiance en moi lorsque Madden arrive vers nous.

– À toi de jouer..., marmonne Holly en s'éloignant stratégiquement de moi.

Alors que j'ai choisi d'incarner Melchior, elle s'est mis en tête d'être l'ange Gabriel. Comme je le disais, c'est du grand n'importe quoi. On n'a peut-être jamais déterminé le sexe des anges, mais Holly a beau ne pas le faire exprès, sa tenue est sexy et pas du tout angélique.

– Tu fous quoi ? grogne mon patron en s'arrêtant de nouveau trop près de moi.

Il a un souci d'évaluation des distances. Je devrais peut-être lui recommander l'ophtalmo de mon père. Ça cache probablement un astigmatisme...

Je baisse ma fausse barbe pour répondre à mon faux fiancé (la thématique filée de ma vie...) et je le reprends sereinement sans cesser de sourire pour les passants qui apprécient, eux, notre performance :

– Je crois que ta question était plutôt : « *Vous* foutez quoi ? » Et je ne voudrais pas avoir l'air lourde, mais je te rappelle qu'en ce qui concerne notre audience, tu es censé être fou amoureux de moi. Là, permets-moi de te faire remarquer qu'on s'attend plutôt à ce que tu m'élimines, tu découpes mon corps en rondelles et tu l'éparpilles aux quatre vents. Aussi tentante que l'idée puisse te paraître, tu...

OK, il m'embrasse sans masquer son agacement, mais il

m'embrasse. Technique efficace pour me faire taire, je n'en profite pas moins pour m'agripper à lui. Pour ne pas tomber, bien sûr. Rien à voir avec mon envie de le toucher qui frôle l'obsession. Ah ! Je plaisante : j'ai dépassé ce stade depuis belle lurette !

Madden recule brusquement, me déséquilibrant dans la manœuvre, et je remercie mes excellents réflexes de me pousser à refermer le poing sur son t-shirt. On l'a échappé belle.

– Maintenant, explique.

Aucun souci, laisse-moi le temps de rassembler mes pensées qui viennent de s'effondrer à la manière d'un jeu de Mikado, et je suis à toi, mon petit Mad.

Il attend patiemment et je finis par retrouver mes esprits. J'indique notre assemblée d'un geste théâtral.

– On est une crèche vivante, ça ne se voit pas ?

Il nous observe un par un sans un mot et ramène les yeux sur moi. Oh, ça va ! Pas la peine de me servir cet air contrarié... Je suis immunisée, depuis le temps. Pour reprendre sa théorie, il m'a si souvent regardée comme ça que ça n'a plus aucun effet. Enfin si, ça en a un, juste pas celui qu'il aimerait. Ceci dit, le léger frisson recouvrant ma peau est imputable au baiser, et pas à sa tentative d'intimidation.

– Attends... C'est ma poule ?

– Non, pas du tout. Elle lui ressemble parce qu'elles se ressemblent toutes et n'ont aucune personnalité et que rien ne leur donne du caractère et... OK.

J'abdique en constatant qu'il ne me croit pas un instant. Et je me dépêche d'ajouter en fouillant ma toge :

– C'est Poulette mais j'ai une autorisation écrite de Liam.

– Un jour, Loreena, tu iras trop loin, et je...

– Oh, mon Dieu ! C'est Madden McCarty ! Madden ! Madden, par ici ! Une photo, s'il te plaît !

Je suis scotchée par la transformation qui s'opère sur son visage lorsqu'il se tourne vers la fan hystérique qui m'a sauvé la mise sans le savoir. C'est la seule raison pour laquelle je ne lui dis pas ma façon de penser sur l'impolitesse de son interruption. Pourquoi elle a droit à un magnifique sourire et moi je récolte des sourcils froncés ?

– C'est sa fiancée ! s'exclame quelqu'un.

Il me faut un instant pour réaliser qu'on parle de moi.

– Loreena ! Loreena ! Une photo avec Mad !

Hein ?

Pas le temps de réagir, il m'attire contre lui avant de m'enlacer. Plusieurs personnes nous interpellent pour capter notre attention et qu'on regarde l'objectif de leur téléphone portable. Je viens de passer en mort cérébrale, il me semble, car je ne moufte pas. Je me laisse faire par Madden, habitué à ces moments avec ses followers. D'ordinaire, j'assiste à tout ce cirque de loin et je n'y accorde pas plus d'intérêt que ça, estimant la situation ridicule et intrusive. Maintenant que je suis dans l'œil du cyclone en compagnie du responsable, j'ai l'impression d'être Alice et d'avoir basculé de l'autre côté du miroir. Et ce n'est pas une sensation que j'affectionne. J'ignore si de l'alcool est encore présent dans mon corps, ou si je suis extrêmement mal à l'aise, mais j'ai surtout envie de me barrer et de m'isoler pendant trois mois dans un lieu sans connexion Internet. Environ, hein ! Je ne chipoterais pas si on me sortait de ce piège, pour commencer. Quelqu'un a peut-être songé à appeler une équipe de SWAT pour mon extraction ? Ce serait bien urbain et cette personne aurait ma reconnaissance éternelle.

Un coup d'œil vers la crèche me confirme que je suis livrée à moi-même. Ces traîtres d'amis ont même dégainé leurs téléphones pour profiter du moment, comme tout le monde. C'est beau, la solidarité.

– Merci, vous êtes au top ! Je vous vole ma fiancée un instant ! ajoute Madden à l'attention générale.

Genre, c'est pour moi que la foule est déchaînée. Mais bien sûr ! Je remarque seulement maintenant que le vigile de service nous a rejoints. Ça me semble un peu exagéré car il n'y a pas tant de monde que ça, on a connu bien pire au bar. Mais j'imagine qu'il est préférable de ne prendre aucun risque.

Une fois à l'abri dans le bureau du boss, la malédiction qui me colle à la peau depuis des jours me désespère.

– Tu m'as vue ? je lui demande alors qu'il se positionne devant moi.

Je tire sur ma fausse barbe afin d'expliciter ma remarque.

– Oui, et ?

– Chaque fois que je suis prise en photo ou vue avec toi, je suis… je suis…

– Respire, Nina, tu *es* bleue.

– Ne te fous pas de moi ! D'abord, tu m'as surprise et j'ai l'air ahurie, ensuite j'étais en pyjama, et puis il y a eu ma chambre d'ado et le… Oh, tu sais, la pelle monumentale que tu m'as roulée sans me laisser le temps de me préparer et… et… et l'autre, là, tout à l'heure… et…

– Tu veux un communiqué de presse avant que je

t'embrasse ?

La manière dont il balance ça me donne l'illusion d'une normalité à laquelle je n'ai pas droit. Pas avec lui. Je décide donc de rebondir sur sa question.

– Oui, Madden : on n'avait jamais parlé de s'embrasser, encore moins en direct, encore moins sans m'avertir, encore moins quand...

– Si j'ai envie de t'embrasser, c'est quoi, le protocole ?

J'ouvre la bouche pour répondre, la referme.

– De quoi ? je finis par articuler.

– Tu veux un e-mail vingt-quatre heures à l'avance ?

– Mais... on ne...

Nouvelle profonde aspiration et je retrouve un peu de ma contenance. Pas des masses, mais ça fera le job :

– On n'a pas évoqué cette histoire de s'embrasser.

– Je l'évoque maintenant.

– Pourquoi ?

– Parce que j'en ai envie.

– Je ne comprends pas..., je marmonne en plaçant l'index et le majeur entre mes yeux pour masser une douleur que je sens s'éveiller.

– Tu es ma fiancée, c'est normal qu'on s'embrasse à l'occasion. Je propose qu'on s'entraîne pour que tu aies l'air moins surprise, la prochaine fois que...

– Attends, laisse-moi une seconde, là.

Les paroles de Bea me reviennent comme un boomerang.

« Je te connais, Boulette, tu vas tomber follement amoureuse de lui et ça finira en Armageddon... Arrête immédiatement tant que ton cœur peut être sauvé, fais-le pour nous : on déteste te

voir souffrir, et c'est la seule issue possible. »

Je ne lui ai pas répondu que c'est c'était trop tard. Ça l'est depuis des mois, et aujourd'hui, on fait semblant. Sauf que ce n'est pas mon cas. Je saute à pieds joints, mon petit cœur tout mou en première ligne, et j'ai la trouille.

– Je ne peux pas, Mad, on doit se fixer des limites…, je murmure en me convainquant que ce n'est pas de la déception dans son regard.

– Je comprends.

– C'était sympa, je ne dis pas que tu embrasses mal, attention !

Pourquoi je parle encore ? Ah oui, je sais : je déteste blesser les gens et j'ai besoin de m'assurer que ce n'est pas le cas.

– Sympa ?

OK, effet inverse obtenu : je viens d'égratigner son amour-propre.

– *Très* sympa ? je tente.

– Tu me poses la question ?

– Te vexe pas, c'était cool. Mais on n'est pas vraiment en couple, et je trouve ça… je ne sais pas, c'était sûrement pas une bonne idée et…

– Tu veux arrêter ?

Je devrais dire oui. Ce serait la réponse raisonnable et prudente. C'est pour ça que je secoue la tête : je n'ai jamais été raisonnable et prudente. On s'ennuie dans une vie où chaque action et chaque parole sont mûrement réfléchies. Il s'avance et je sens le mur dans mon dos. J'abaisse les mains, je sais déjà que ma piètre tentative de résistance va tomber à l'eau.

– C'était *sympa* de m'embrasser, mais tu ne veux pas

recommencer. J'ai tout compris ? il me demande d'une voix tendue.

Hochement, cette fois. Même moi, je ne suis pas convaincue.

Il pose le dos des doigts sur ma joue et je retiens ma respiration comme une héroïne suicidaire de romance.

– Tu crois que je fais semblant quand je t'embrasse, Loreena ?

– Mais tu t'énervais et…

– Au travail, je suis ton patron, et je suis chiant comme patron.

Euphémisme du siècle.

– On est encore au travail.

– C'est bien le problème, réplique-t-il, tu changes toutes les règles du jeu.

– Quel jeu ? je souffle.

– Celui de la vie… Ma vie. Tu fous en l'air mes repères et…

Il s'incline vers moi, ses lèvres sont si près des miennes que je…

– Madden ?

Nous tournons tous les deux la tête et il met une distance immédiate entre nous, qui ne m'aurait pas autant heurtée si la mère de Liam ne se tenait pas dans l'encadrement de la porte.

Tu parles d'une douche écossaise. Sans l'Écossais, pour le coup.

CHAPITRE 16

– Tu la connais ?

Je comprends la question de Holly : Madden ne parle jamais de Marjory et c'est la première fois qu'elle se pointe à la brasserie. Avec un timing bien pourri, d'ailleurs.

– Non, mais j'ai vu des photos d'elle chez lui.

Difficile de passer à côté. Car si elle connaît un succès bien moins florissant que celui de son ex, Marjory Callun coche toutes les cases du mannequin à côté de qui tout le monde ressemble au bossu de Notre-Dame. En pire. Grande, blonde, yeux bleus, cils démesurés, taille de guêpe, ventre plat, plusieurs kilomètres de jambes et des seins parfaitement proportionnés… On pourrait s'arrêter là. Oh, mais non, continuons donc sur notre lancée ! Car en plus d'avoir un corps de rêve, elle a un magnifique visage de poupée de porcelaine… Elle pourrait être une garce, franchement, je préférerais. Ce serait beaucoup plus facile de la détester. Car dans ma religion autoproclamée, on a pour obligation d'exécrer les bombasses dans son style (sans aucun fondement et dans l'injustice la plus totale, absolument. Je suis la créatrice de ce mouvement religieux, je dis ce que je veux). Et donc, elle est toute mimi et toute gentille, et si elle ne fait pas plus partie du quotidien de Liam, c'est qu'elle vit avec ses parents dont elle s'occupe entre deux shootings. Un modèle de vertu qui gagnerait à tous les coups le titre de Miss Univers si elle devait concourir. Elle se contente de défilés de mode et de séances photo pour quelques marques de prêt-à-porter, sans être l'égérie de Chanel ou Dior. Comment je connais autant de détails alors que je l'ai croisée pour la première fois il y a quelques instants ? Liam adore parler de sa mère. Elle l'appelle dès que possible et il lui rend régulièrement visite à New York où vivent ses grands-parents.

Quand je dis qu'elle pourrait se faire canoniser de son vivant, je suis loin d'exagérer.

Je devrais être contente : mettre en scène une crèche vivante faisait partie de mes projets de Noël un peu fous. Pourtant, l'arrivée de Marjory a jeté un voile d'inquiétude sur mon humeur, sans que je sache pourquoi. Je ne me sens pas menacée. Pas une seconde.

Allez, Nina, encore un effort et tu parviendras peut-être à faire semblant d'y croire, non ?

Pfff… Sérieusement, ça me déprime. Déjà que j'ai de nouveau été photographiée avec Madden dans une situation ridicule (avec ma barbe autour du cou et la morve au nez), m'être retrouvée, ne serait-ce qu'un instant, à côté de cette femme a piétiné ma dignité déjà recroquevillée au sol en PLS.

– Elle est…

– … parfaite, je sais, je termine pour ma collègue en finissant de remballer nos accessoires.

– … en chemin pour te parler, complète Holly avant de s'éclipser.

– Nina, c'est bien ça ?

Je me redresse, pas tellement plus à mon avantage que tout à l'heure, la gueule de bois traînant toujours dans le coin, et le froid ayant eu raison de moi.

– Oui, c'est moi. Loreena, en fait, mais tout le monde m'appelle Nina. J'aime les deux, mais je crois que les gens préfèrent les diminutifs, ça leur donne une impression de complicité.

Tais-toi, ne déballe pas ta vie à une inconnue, tu as l'air désespérée. Et non, le fait que tu le sois n'est pas une excuse.

Elle me sourit avec indulgence, de la même façon, j'imagine, qu'elle le fait quand Liam lui raconte sa journée au collège.

– Des félicitations sont de rigueur. Je voulais aussi te remercier d'avoir convaincu Mad de laisser entrer un peu de la magie de Noël dans leur vie. Je n'ai jamais réussi, tu me donneras ton secret pour Pâques ?

– Oh, je l'ai eu à l'usure et j'ai joué sur sa culpabilité, je réplique sans réfléchir.

– Tiens donc…

Je me retourne d'un coup : d'où il sort ? Je ne l'ai pas vu arriver ! Sûrement parce que j'étais éblouie par la beauté aveuglante de son ex.

– Rory, on y va. Loreena, je n'en ai pas terminé avec toi.

Sa menace sonne curieusement comme une promesse à mes oreilles… Je suis irrécupérable.

– Je ne reste pas longtemps, mais j'espère qu'on trouvera un jour pour déjeuner ? me demande *Rory* en me tendant la main.

Je la serre machinalement, déjà perdue dans mes pensées. Je viens d'analyser l'utilisation du surnom, et remarque que Madden ne m'appelle que rarement par le mien, alors que pour lui, Marjory est Rory. Est-ce qu'il le fait pour mettre de la distance entre nous ? Ma théorie tombe à l'eau, en tout cas : il n'est pas membre du Comité de Défense des Prénoms Complets. Peut-être qu'il n'accorde aucune importance à la façon de m'appeler, et je me provoque sans raison une luxation aux neurones… Oui, ça doit être ça. Ce qui n'explique pas, en revanche, pourquoi j'ai un truc coincé dans la gorge lorsque je vois Monsieur Parfait raccompagner Miss Univers à sa voiture en souriant tout en papotant. Il n'est jamais aussi détendu quand on parle. En fait, la plupart de nos échanges se résument à lui m'engueulant et moi me défendant… Clairement, comme complicité, on a vu mieux. Et puis pour notre couverture de couple fiancé, il n'est pas au point : j'ai l'air de quoi à regarder mon presque mari papoter avec son ex ?

– Elle voulait quoi ? lance Holly en me rejoignant.

– Se présenter. On y va ?

– Madden est sûrement mal à l'aise avec son ex et sa future au même endroit. Les mecs ne savent pas gérer ça.

Sa tentative de me rassurer n'a pas l'impact désiré, puisque je ne suis pas sa future...

Nous avons prévu une soirée after-crèche avec tout le monde et, si je n'envisage pas une goutte d'alcool, je veux me changer les idées et tourner le dos à tout ce qui me travaille et ne le devrait pas.

Je suis une accro de l'organisation, c'est mon truc, et si je ne suis pas irréprochable dans ce domaine, j'ai des habitudes ancrées comme celle dont je fais usage ce soir. Il est presque minuit, je suis rentrée depuis plus d'une heure pour ne pas être un zombie demain pendant mon service. Et je n'arrive pas à fermer l'œil. Plutôt que fixer mon plafond jusqu'à ce que mort s'ensuive, je me suis installée au salon avec mon bloc-notes, un téléfilm de Noël en sourdine, une infusion et ma couverture chauffante (manches intégrées). Je me parle à moi-même, car il est hors de question que j'appelle Bea à une heure aussi tardive. En dehors de Madden et Liam, à qui je ne peux décemment pas exposer mon dilemme, elle est la seule à être au courant de toute l'histoire.

Donc, reprenons !

Madden et moi faisons semblant d'être fiancés pour que ma famille me lâche la grappe avec ma vie sentimentale, et que son harceleuse fournisseuse de strings lui foute la paix. Jusque-là, en théorie, ça se tient.

Il veut m'embrasser, j'ai peur que ça floute trop les limites de notre accord, il a l'air d'y tenir et je ne crois pas un instant à son excuse de s'entraîner pour avoir l'air plus naturels si on doit à nouveau le faire en live.

Il n'a pas dit à son ex, la mère de son fils, que nous ne sommes pas vraiment fiancés. Je n'ai pas eu besoin qu'elle en parle pour le deviner : elle ne m'aurait pas présenté ses félicitations. Très sympathiquement, en plus. Et je n'ai pas perçu un zeste d'animosité ou de jalousie en elle. Comme je le disais, c'est une sainte.

Question : pourquoi ne lui a-t-il rien dit ?

Dans tous les cas, il a oublié de jouer son rôle devant elle, et j'ai récolté quelques regards interrogatifs quand il n'est pas venu me voir en retournant à son bureau. Un petit bisou sur la joue, un sourire, un mot gentil… ce n'est pas comme ça qu'un homme amoureux agirait ?

Oui, ben il n'est pas amoureux et c'est à se demander s'il l'a déjà été, parce qu'on a des progrès à faire.

« Tu vas souffrir, ma Boulette, tu te donnes à fond et tu espères toujours que les autres agissent comme toi. Mais au final, c'est toi qui morfles… »

Pourquoi la voix de ma sœur (et de la raison) résonne sans cesse dans ma tête ? C'est la fatigue, ça… Quand on tire sur la corde et qu'on se retrouve à se parler à soi-même au milieu de la nuit, avec une liste sans logique sous les yeux, c'est le début de la fin. Je suis pourtant douée pour analyser, trier, remettre en ordre. Je le suis pour tout ce qui ne concerne pas ma vie, et le seul domaine où j'aurais besoin d'utiliser mes qualités professionnelles est celui qui m'échappe. Je n'aime pas l'ironie, c'est petit et mesquin, et ça te nargue quand tu es au fond du trou. D'accord, je fais mon Hailey : je dramatise la situation.

Mon portable vibre contre ma cuisse, Madden s'affiche à l'écran et je me demande s'il n'a pas placé des micros et des caméras chez moi pour m'appeler pile au moment où je le maudis de mettre le bazar dans ma vie.

McBeauCul : « Je vois ta lumière, tout va bien ? »

Je n'ai pas le temps de répondre qu'un autre message arrive :

McBeauCul : « Je ne t'espionne pas, je suis sorti vérifier que Poulette est bien au chaud… »

Et un suivant :

McBeauCul : « Pourquoi on ne peut pas annuler l'envoi d'un SMS ? »

Je souris et m'extirpe de ma couverture pour ouvrir. Il est bien en bas des escaliers, sans manteau, à fixer son téléphone.

– T'as oublié ta guitare, je lance.

Il sursaute et c'est tellement rare de le surprendre que je ne suis pas peu fière.

– Monte !

– Ma guitare ? il demande en grimpant les escaliers quatre à quatre.

– Pour me jouer une sérénade, c'était pas ton plan ? Tu te pointes en bas de chez moi à cette heure tardive, j'attends au minimum une composition.

– Je n'ai pas l'oreille musicale, désolé de te décevoir.

Je referme et il retire ses chaussures pour les poser à côté des miennes. Qu'il connaisse aussi bien mes habitudes ne me surprend pas. Je note de plus en plus de détails sur ce que je sais de lui, et lui de moi.

– Insomnie ?

Je le fixe en me demandant ce que je peux lui dire, ce que *j'ai le droit* de lui dire, et je secoue la tête en m'insultant : il est trop tard pour une conversation sérieuse.

– Je retourne au chaud, tu as fait entrer l'ère glaciaire avec toi, je lui reproche en me faufilant sous mon plaid.

Il me suit et se colle à moi, le plus naturellement du monde. Je m'immobilise d'abord, avant de comprendre qu'il en a uniquement après le confort de ma couverture. Je regarde d'un œil distrait l'écran où le film de Noël se poursuit sans le son. Le silence s'installe et je le trouve embarrassant au lieu de l'apprécier. Un bruit de feuille de papier qu'on tourne m'incite à vérifier ce qu'il fait. Oh mince !

Je lui arrache le bloc des mains et le coince loin de lui entre les coussins du sofa.

– C'est quoi ?

– Rien.

– J'ai lu, m'avoue-t-il sans une once de honte.

– Ben alors, tu sais ce que c'est !

– Pas vraiment, j'ai rien compris. Sauf que ça parle de moi. Et de toi.

– J'ai pris des notes, rien qui te concerne.

– J'ai vu mon nom. Avec deux petites cornes de diable

autour des lettres, d'ailleurs. Tu m'expliques ?

– Non. C'est personnel.

Nier : dans le doute, c'est ce qui fonctionne le mieux. La diversion peut également être salvatrice, mais je suis à court de subterfuges.

– Loreena…

– Tu captes que tu ne m'as pas impressionnée une seule fois avec ce ton, depuis qu'on se connaît ?

– Je sais.

Il soupire en souriant, un paradoxe étrange et, malgré moi, mes yeux sont attirés par ses lèvres entrouvertes. Je ne devrais pas le regarder comme ça, surtout que je suis à l'origine de son agacement, pour changer.

– Dis-moi, il insiste en ramenant mon attention sur ses yeux.

Je déglutis et m'éloigne de lui pour m'éclaircir les idées. Puis je pense que la gueule de bois encore trop présente, la fatigue et la confusion sont responsables de ce que je lui balance ensuite.

– Le truc, Madden, c'est que je n'ai pas envie de faire semblant. Je crois que je le sais depuis le début, sans le savoir, tu vois ? Non, tu ne vois pas, il faut le vivre pour le comprendre.

Je l'ai perdu en route, il n'a aucune idée de ce que j'essaie de lui dire. Je tente à nouveau :

– Je veux un *vrai* Noël romantique, un *vrai* petit ami, un *vrai* baiser sous le gui. On peut mentir au monde entier si ça nous arrange, mais je n'arrive pas à me mentir à moi-même.

– OK.

– Donc on arrête, tu gères tes followers, ton obsédée du string, moi ma famille, et on reprend comme avant ?

– Non. OK pour que ce soit vrai, précise-t-il en se rapprochant de moi.

Je sais qu'il va m'embrasser, je le sais, pourtant, rien n'aurait pu me préparer à ce premier *vrai* baiser. Et il n'y a même pas de gui…

CHAPITRE 17

Il s'arrête à quelques millimètres et, pendant une seconde, je me demande s'il hésite. Jusqu'à ce qu'il murmure :

– OK ?

Je devrais réfléchir avant de répondre, prendre en considération mon discours démontrant en quoi c'est voué à l'échec, ou lui demander s'il est sérieux quand il dit vouloir que ce soit vrai. Je ne le fais pas car je me trouverais trop de raisons de le repousser. Non, je lui souris en attrapant son t-shirt pour réduire l'espace entre nous, et pose délicatement mes lèvres sur les siennes. Ce pourrait être fougueux, je sens de l'électricité dans l'air, comme un orage sur le point d'éclater, ça ne trompe pas… Mais je veux prendre le temps. Donner à ce moment la dimension qu'il mérite, l'importance d'un souvenir qu'on fabrique pour ensuite le chérir et l'évoquer avec une saveur de madeleine de Proust.

Je teste cette vérité, sans précipitation, je goûte à cette décision en essayant de deviner si c'est la bonne. Ses mains remontent le long de mes bras et encerclent légèrement ma gorge pour orienter mon visage à sa guise. Ses pouces sous ma mâchoire, il intensifie le lien et je le laisse guider. J'opte pour la facilité, je suis le mouvement et me calque sur son exemple. La pointe de sa langue effleure mon souffle et je lui donne l'accès sans même songer à résister. L'évidence me file un coup dans le ventre et je resserre mon poing autour du tissu que je tiens toujours, une bouée de sauvetage que je ne lâcherais pour rien au monde. L'illusion devient réalité et je ne veux plus jamais mentir sur nous tant mon monde se range enfin sur son axe. Avant, je savais qu'il manquait quelque chose à ma vie, mais ça ne m'empêchait pas d'avancer. Aujourd'hui, j'apprends la peur de perdre une pièce maîtresse de mon existence et je refuse de la libérer. Pas encore.

Les caresses humides que nous partageons me volent un soupir à la frontière du gémissement. Je pourrais être embarrassée, si je m'attardais sur ma réaction démesurée, je le serais probablement. J'ai dépassé ce stade, alors je me glisse plus près de lui et ma main libre se pose sur sa nuque. Là où il passe si souvent la sienne quand il est perturbé ou agacé. Avec moi, je sais qu'il est les deux, et sûrement à égalité. Je souris contre sa bouche en comprenant tout ce qui m'échappait. Ses lèvres s'étirent en miroir sans s'éloigner des miennes. Une douce exploration sans hâte, la certitude d'avoir l'éternité à s'aimer.

Sauf que je sais déjà que je l'aime, et qu'il n'en est pas là.

Je rebrousse mentalement chemin et me focalise sur l'instant T. Je me convaincs d'aimer, oui, mais alors d'aimer au présent. Sans peur de demain, ni regrets d'hier, je prends ce qu'il me donne et son torse rencontrant ma poitrine suffit à distraire mes insécurités. Elles s'éclipsent sur la pointe des pieds, m'autorisant à saisir au vol un fragment de Madden, celui qu'il partage dans ce baiser. *Vrai.* On ne joue plus, et je le sens jusque dans sa façon de glisser les doigts dans mes cheveux et de me maintenir plus près de lui encore. Tu ne peux pas faire semblant de cette façon. Pas quand le public est absent et que l'autre est acteur et critique à la fois.

Lorsqu'il recule assez pour me voir, je souris toujours… et lui aussi.

– OK, je chuchote enfin, illuminant encore plus ses traits.

Il pose le front contre le mien et prend une profonde inspiration. Je mets la mienne sur pause, craignant la suite. Réalise-t-il que c'était une erreur ? Regrette-t-il déjà ?

– Tu devrais dormir.

Une bise furtive et il s'en va… avec un dernier regard trop neutre pour savoir ce qu'il ressent. Les barrières sont à nouveau érigées et je m'arrime en pensées à ce qu'il reste de notre baiser.

Je me lève, la fatigue me tombant dessus et m'annonçant que mon insomnie n'est plus qu'un vague souvenir. Puis je percute ce que tout ceci signifie, et c'est avec une petite danse ridicule, mais tellement satisfaisante, que je rejoins mon lit.

Je sors vraiment avec Madden et je ne peux le dire à personne, puisque tout le monde pensait que c'était déjà le cas ! Pourquoi faut-il toujours que je garde des secrets dont je ne veux pas être dépositaire ? Une fois bien au chaud sous ma couette, je me pelotonne sur le côté et ramène un oreiller contre moi que j'enlace en m'y enfonçant confortablement.

Madden et moi…

Une seconde, pendant une seule seconde, je me rappelle notre incapacité à communiquer comme deux adultes raisonnables et j'entrevois l'Apocalypse que notre relation pourrait provoquer. Je repousse cette idée au loin et rembobine ma mémoire pour m'endormir, les dernières minutes défilant non-stop sur l'écran de mes paupières closes.

Pourquoi les gens s'imaginent-ils qu'il est socialement acceptable de réveiller autrui à une heure indue en tambourinant à leur porte ? Je me lève en veillant à ne pas me prendre les pieds dans le drap qui traîne au sol. Vécu réel : je me suis un jour mangé le cadre de porte en évaluant mal les distances, mes fonctions cérébrales étant toujours légèrement décalées par rapport à mes mouvements, mais ça aurait pu être pire en ajoutant des obstacles… Ce matin, c'est sans drame que je parviens à l'entrée et j'ouvre en maudissant le visiteur sur plusieurs générations, passées et présentes. Parce qu'il est important d'être prévoyant, pour le jour où le voyage temporel ne sera plus de la science-fiction.

– P’tit déj ! annonce Liam en levant un sachet de chez Josie dont la vue provoque à elle seule un gargouillis distingué dans mon estomac.

J’arrête de pester, quand on se pointe avec une offrande, ça change la donne.

– Tu devrais te rafraîchir, me conseille Madden que je n’avais pas vu et qui entre derrière son fils.

Je reste à la porte ouverte et Liam lance :

– T’as encore bugué ?

– Non, j’attends que Poulette s’incruste puisqu’on fait un prix de gros sur les McCarty, ce matin.

– Ah ah, très drôle, me répond l’ado sur le ton blasé qu’il perfectionne à chacune de nos discussions.

Je les retrouve dans la pièce à vivre et me plante au milieu du salon pendant qu’ils disposent les pancakes sur une assiette et les gobelets que je n’avais pas vus sur le comptoir.

– Loreena, m’interpelle mon patron.

Non, pas mon patron : *mon mec*. Mon petit ami. Oh, la vache ! Ça y est, je suis parfaitement réveillée. Dans un état trop conscient, je passe à la salle de bain où je prête plus attention que je ne le devrais à mes cheveux. Madden m’a vue dans des situations tellement ridicules que ça semble vain, dans tous les sens du terme, de m’occuper de ça. Comme si d’un coup, il allait oublier les nombreuses occasions que j’ai eues de me ridiculiser devant lui !

Haleine fraîche, check. Yeux décollés, check. Chignon cachant la misère, check.

Tu vas retourner là-bas d’une démarche nonchalante, Nina ! Tu es sûre de toi, et il n’y a aucune raison de paniquer. Aucune.

On se détend. Pourquoi j'ai du mal à respirer ? On subit une attaque biochimique et le gaz mortel est déjà répandu dans l'atmosphère ? J'agite une main devant mon nez, ça ne sert à rien : où sont mes sels ? Je n'ai pas de sels ! Pourquoi a-t-on perdu cette habitude d'avoir de quoi se donner un coup de fouet en cas de besoin ? Ah oui, maintenant on a la drogue, c'est vrai, et je n'en prends pas. Qu'est-ce qu'on a dit, déjà, au sujet de la panique ? Zen. *Voilà, nature, Nina, sans stress.*

Je les rejoins et observe la scène sous un angle nouveau : Madden s'est installé sur un des tabourets hauts devant le comptoir, pendant que Liam a pris place de l'autre côté. Il n'y a qu'un siège dans la cuisine, celui que j'utilise lorsque je prépare les cocktails pour mes sœurs et moi. La suite logique serait de m'asseoir à côté de Madden, mais est-ce que ça ne fait pas un peu trop désespérée ? Et puis a-t-il dit à Liam qu'on ne fait plus semblant ? Se souvient-il seulement de cette nuit ou était-il tellement fatigué qu'il a un de ces trous de mémoire bien pratiques quand on n'a pas envie d'assumer une erreur ? Oui, mais si c'était le cas, ils ne seraient pas là ce matin, car on n'a jamais fait ça ! C'est la première fois qu'ils ramènent du petit déjeuner chez moi ! Et je n'avais jamais réalisé qu'on pouvait retenir mentalement sa respiration !

– Ben, t'as pas faim ? s'inquiète Liam avant de rentrer un pancake entier dans sa bouche.

Du sirop d'érable coule sur son menton et il attrape une serviette pour s'essuyer. Je ne devrais pas trouver ça normal, mais les voir tous les deux chez moi est pourtant tellement naturel que je comprends pourquoi je bloque autant. J'ai la trouille !

La peur peut me paralyser. J'ai assez étudié le sujet fascinant que je suis pour savoir qu'au moindre doute, à la moindre possibilité d'échec ou de déception, je choisis la voie de la facilité. À savoir fuir ou se planquer. De quoi j'aurais l'air si je me barrais, en pyjama, sans leur laisser le temps de réagir ? D'une échappée d'asile, oui... Pourtant c'est bien de ça qu'il est question : je suis terrorisée. Si je me laisse confortablement couler dans cette normalité et qu'on me la retire d'un coup, ce sera rude.

– Dépêche, sinon papa va tout manger.

– Parce que toi, tu te restreins ? réplique Mad.

J'avance en laissant derrière moi mes résolutions d'agir sereinement et pose mes fesses sur le troisième tabouret, le plus éloigné de Madden. Il me jette un regard confus et tout de suite après, il lance :

– Liam, t'as pensé à vérifier le poulailler ?

– Ben oui, en passant !

– Sûr ?

– Je...

– Retourne voir.

L'ado pose sa boisson et a l'air de peser le double de son poids en rejoignant la porte tout en grommelant. Aussitôt, son père se tourne vers moi, croise les bras et enchaîne :

– On a moins de cinq minutes, alors active : tu regrettes ? Parce que je suis sur le point de dire à mon fils de 11 ans que je laisse entrer une femme dans notre vie, et ce serait bien que tu sois sûre de ton coup.

Les « r » roulés appuient son impatience, ça ne devrait pas m'attendrir.

– Une femme ?

– Toi, Loreena, ajoute-t-il sans masquer son exaspération.

– *Tu* regrettes ? je lui demande en trouvant mon siège bien inconfortable.

– Tu penses que je serais là ?

– Non, d'accord, mais c'est… je… OK ! Non, je ne regrette pas, j'ai peur que tu changes d'avis et que ce soit difficile et…

– Respire, tu vas priver ton cerveau d'oxygène et il n'a vraiment pas besoin de ça.

Je le fixe en écarquillant les yeux : comment fait-il pour rester impassible alors qu'on discute de l'évolution de notre relation ? Et puis je distingue le début de sourire qu'il contient et comprends ce qu'il fait au moment où son fils revient.

– C'est bon, je savais que j'avais déjà tout vérifié… Je peux manger, maintenant ?

– Sur un autre ton, le réprimande Mad sans me quitter des yeux.

– Pardon…, marmonne son fils avant de reprendre sa place.

– Liam, poursuit le père en me gardant captive de son regard, tu verrais une objection à ce que Loreena et moi soyons vraiment ensemble ?

Je focalise mon attention sur l'ado, consciente de son pouvoir de décision sur la suite des événements. Son expression, combinée au poing victorieux qu'il lance en l'air, me rassure aussi vite que l'inquiétude est montée, me tirant un profond soupir de soulagement.

– Je savais que tu voulais qu'elle soit ta chérie ! Tu parles tout le temps de…

– Tu ne voulais pas terminer de manger ? l'interrompt

Madden.

Je l'observe et capte son malaise : Liam vient d'embarrasser son père sans le réaliser, et ma peur irrationnelle régresse. Ça retire un peu de ce pouvoir sur mon mental, car il est évident que Madden n'est pas aussi sûr de lui qu'il voudrait le faire croire. Je saute de mon tabouret pour m'installer sur celui à côté de lui et pique un pancake recouvert de sauce chocolat dans son assiette. Il est trop surpris pour protester lorsque je l'enfourne en entier et imite Liam en souriant devant son air outré. Je ris la bouche pleine et ce sera peut-être ma dernière action sur cette planète, mais ça en valait la peine quand j'entends Mad déclarer qu'il est le seul adulte dans cette pièce. Liam et moi échangeons un *high five* pendant que mon petit ami me tape dans le dos et me sauve probablement la vie.

Je me sens bien et je laisse les doutes dériver loin de nous. Je profite du voyage en suivant le conseil du message sur la coque de téléphone dont Hailey nous a parlé... Enfin j'essaie, et c'est déjà pas mal.

Jusqu'à ce que Madden colle son portable devant nous en se plaquant contre moi et prenne un selfie sur lequel je remarque la sauce chocolat sur mes lèvres.

– Tu ne peux pas poster ça ! je proteste en essayant de récupérer l'appareil.

Il se marre en l'éloignant de moi et si je continue de râler, c'est uniquement pour entendre son rire détendu, sans faux-semblant, et celui de son fils qui se joint à nous. On se retrouve à mi-chemin : Madden m'ouvre leur vie, et moi... moi, je tente de me rappeler que tous les hommes ne sont pas comme Noah et qu'accorder ma confiance n'est pas une faiblesse.

CHAPITRE 18

Madden est hyper pro. Vraiment, cet homme est doté d'un bouton pour changer de mode, et lorsqu'il est à la brasserie, il endosse son identité de patron sans laisser de doute quant à son rôle. Pas un regard volé, pas un frôlement accidentel, et encore moins de passe droit. Non, on ne peut pas reprocher à ce chef d'entreprise de favoriser une de ses employées sous prétexte qu'il sort officiellement avec elle depuis moins de vingt-quatre heures. L'injustice ne m'échappe pas, comme d'habitude, pauvre hère devant subir les inconvénients de la vie de la plèbe.

Chaque fois qu'il sort de son bureau, mes mains deviennent

moites et mon cœur s'imagine disputer une partie d'Un, deux, trois… soleil !

S'il vient derrière le comptoir, j'oublie de respirer et mon cerveau se fige en abandonnant son job sans se soucier de détails du genre « maintenir cet humain en état de fonctionnement ».

Et mon mec, lui, comment réagit-il ? Pas. Justement ! Il ne réagit pas ! Il est égal à lui-même : autant dans le contrôle que d'ordinaire ! Je suis terriblement vexée, mon ego agite des pancartes pour protester, réclamant ne serait-ce qu'une petite tape sur la tête !

– Nina, si j'étais cette machine à café, je prendrais mal la manière dont tu me regardes.

Je soupire pour toute réponse et termine le cappuccino spécial Noël que j'ai ajouté à la carte sans demander son avis à Madden. C'est un cappuccino normal sur lequel je saupoudre des épices et qui a déjà un franc succès l'après-midi. Ce sera aussi le cas le matin, sans aucun doute, et j'ai laissé des instructions à Mary pour quand elle prendra son service demain. Je dépose le mug orné d'un renne sur le plateau de Carina, ainsi que l'assiette de sablés dont j'ai fait une fournée avant de prendre mon poste. C'est un test, je remplace les traditionnels chocolats noirs qu'on offre systématiquement avec les boissons chaudes par les biscuits dont je tiens la recette de Mamina, ma grand-mère maternelle. Elle devrait d'ailleurs bientôt arriver dans la région et j'ai hâte qu'elle me raconte ses aventures.

– Il y a déjà un souci avec Madden ? insiste Holly une fois la serveuse partie.

– Il y a *toujours* un souci avec Madden, je réplique dans un ricanement. Ça ne changera pas sous prétexte qu'on… tu sais…

– Non, je ne sais pas puisque tu ne me donnes aucune information. Mais je vois bien que tu rumines, et ça m'inquiète pour tes mâchoires. Tu vas t'user les dents à force de les faire grincer.

Elle a raison, je me concentre pour détendre mes muscles faciaux et tout de suite, je me sens mieux. On devrait tous avoir une Holly dans nos amies pour nous rappeler des gestes simples qui font du bien. Le dentier à mon âge, ce serait ballot.

– C'est juste que…, je commence avant de m'interrompre en expirant bruyamment. C'est un cyborg, Holly ! Il pourrait au moins, je ne sais pas, me lancer un petit clin d'œil en passant ?

En le disant, j'entends à quel point ma suggestion est ridicule, et ma contrariété aussi. Notre histoire n'en est même pas à son prologue, si on regarde bien, et je voudrais déjà la totale. Je secoue la tête et découvre l'air amusé de ma collègue.

– Je suis chiante, dis-le.

– Mais non, tu veux vivre le parfait amour et tu oublies qu'il faut passer les vitesses une par une.

– Je déteste conduire une boîte manuelle, je réplique en grimaçant.

– Sans blague… Tiens, tu voulais de l'attention ? À mon avis, tu vas être servie.

Elle s'éloigne sans aucune subtilité et, à peine a-t-elle le dos tourné, que mon prénom retentit derrière moi. À l'intonation, je devine que j'ai encore contrarié son altesse sérénissime McBeauGosse et que je vais me faire remettre à ma place. J'ai envie de dire : ça faisait longtemps ! Après, que ce soit clair :

même si c'est pour me reprocher quelque chose, le fait d'avoir son attention et de ne plus être transparente est agréable. C'est pourquoi je lui fais face en affichant mon sourire le plus étincelant en stock. Son air renfrogné ne s'altère pas d'un millimètre : j'ai l'habitude.

– Dans mon bureau, grogne-t-il sans même s'arrêter.

S'il était dirigé par mes délires, il m'entraînerait loin des regards pour se jeter sur moi et m'embrasser jusqu'à plus soif. Malheureusement, je suis réaliste et son côté animal n'a rien de passionné. Pas là, en tout cas. C'est pourtant d'un pas dansant que je le suis : j'ai toujours eu une excellente faculté à voir les faits avec un biais jouant en ma faveur. On pourrait imputer ça à un manque cruel d'instinct de survie. Hé, au pire, je mourrai dans l'ignorance et bienheureuse !

J'entre et referme sans un bruit tandis qu'il farfouille parmi des feuilles sur son bureau. J'ai le temps d'avancer d'un pas avant qu'il me fonce dessus et, pendant une microseconde, je me demande si je suis vraiment dans la mouise ou... Oh ! OK, d'accord, moi ça me va, hein, je ne suis pas contrariante. Ni quand ses mains empoignent ma taille ni quand mes épaules rencontrent le mur, et certainement pas au moment où sa bouche prend possession de la mienne sans concession. Il lit dans mes pensées ? Si c'est le cas, c'est plutôt bon signe, le bazar dans mon esprit ne l'effraie pas. Et sinon, on est sur la même longueur d'onde finalement, et rien ne pourrait me faire plus plaisir. J'accueille son baiser avec autant d'enthousiasme qu'il le donne, et si nous n'étions pas sur notre lieu de travail, en plein jour, avec une salle pleine de clients de l'autre côté de la cloison, je suis convaincue qu'on ne se contenterait pas de s'embrasser.

Il s'éloigne assez pour me permettre de respirer et le voir, mais en gardant la chaleur de son corps contre le mien.

– C'est quoi ces conneries de boissons de Noël et de mugs que je ne me souviens pas avoir commandés ?

Eh, mince ! J'avais vraiment cru pouvoir m'en tirer… Je n'apprendrai donc jamais ? La naïveté fait des ravages et le reste de l'Univers n'en sait rien !

Je m'incline et lui dérobe un rapide baiser avant qu'il mette un terme à cet intermède et reprenne son masque de boss.

– Pourquoi tu as le droit de m'embrasser et moi pas ?

– Patron, s'indique-t-il du pouce, employée, ajoute-t-il en me montrant.

– Et tu crois que c'est très moral de me rouler une pelle pendant mes heures d'embauche ?

Je n'en peux plus de toi, Nina : tu joues pour quelle équipe, déjà ? Parce que là, tu tires contre ton camp !

Je tente de me rattraper :

– Je veux dire…

– Mugs, boissons. On se concentre.

– J'ai commandé les mugs avec mon argent, et je me contente d'ajouter des épices à ce qu'on proposait déjà sur la carte.

– Et les sablés ?

– Je les ai préparés avec mes ingrédients, j'ai tout payé.

– Ça ne te donne pas le droit de…

– Je préfère demander pardon que l'autorisation, je déclare fermement en me redressant et en le repoussant.

Il ne bouge pas d'un iota et emprisonne mon poignet dans sa

main. Je pourrais me plaindre de m'être jetée dans la gueule du loup, mais encore une fois, je souris.

– Tu trouves ça drôle ?

– Non, je suis heureuse. Désolée si ma bonne humeur t'incommode, Madden.

Je lève les yeux au ciel et tente de me dégager car il est doué dans le rôle du rabat-joie, y a pas à dire. Il m'attire à lui dans un mouvement efficace et je ne perds même pas l'équilibre. Il m'observe attentivement et mon sourire se fane dans l'intensité du moment.

– Tu es insupportable, souffle-t-il contre mes lèvres.

– Je te retourne le compliment.

– Mais tu as de bonnes idées, continue-t-il sans relever ma réplique.

– Je sais, il était temps que tu le réalises.

– Je ne suis pas surpris, précise-t-il en passant un bras autour de ma taille pour me retenir contre lui.

Genre, je voudrais m'éloigner. Le pauvre homme n'a aucune idée d'avec qui il traite !

– Plus d'initiatives, Loreena, tu me demandes.

– Je ne veux pas prendre le risque que tu refuses.

Tout est une question de logique : si je mets mes plans à exécution sans son aval, j'ai au moins la possibilité de les tester avant de devoir en parler avec lui.

Il recule d'un pas, les mains sur ses hanches et me fixe en me donnant la sensation d'être une énigme à résoudre. Pourtant je suis simple, je n'ai presque plus rien à cacher. « Presque », parce que je n'ai pas l'intention de lui avouer que je suis amoureuse de lui depuis… trop longtemps. Finalement, s'il découvre la vérité, à ses yeux, je ne vaudrai sûrement pas mieux que cette fille qui lui envoie ses sous-vêtements, non ? Parfois, un pieux mensonge permet de maintenir un équilibre quand tout pourrait partir en vrille. Je nous rends service, en fait.

– Pourquoi tu finis toujours par n'en faire qu'à ta tête ?

N'étant pas certaine qu'il attende une réponse, je me contente de hausser une épaule. Je lui dirais bien que Holly a une théorie intéressante à ce sujet, je préfère cependant me taire, car j'ai dans l'idée que ça ne tournerait pas à mon avantage si ces deux-là se mettaient à papoter de mon cas.

– Tiens... j'ai trouvé ça pour toi.

Il récupère un petit paquet sur son bureau et me le tend. Je le prends sans me faire prier : qui n'aime pas les cadeaux ? C'est le premier qu'il me fait, en plus ! J'arrache l'emballage kraft et découvre un porte-clefs à l'effigie d'un renne, adorablement mignon.

– Tu m'offres quelque chose en rapport avec Noël ? je souffle en observant le personnage.

– Ça te motivera pour ne plus oublier tes clefs.

Je lui souris et accroche immédiatement l'anneau à la ceinture de mon jean.

– Merci, Madden, je l'adore !

C'est une bricole, mais elle a la valeur d'un trésor, à mes yeux.

– Tu as déjà pris ta pause ? il me demande ensuite en regardant l'horloge au-dessus de la porte.

– Non, et je te préviens, ceci n'est pas ma pause. Parce que je ne suis pas en train de me détendre, je subis un interrogatoire et je...

… n'ai plus rien à dire puisqu'il est de nouveau contre moi, une main sur ma nuque et l'autre amortissant notre mouvement contre le mur. Les miennes sont déjà sur sa taille et se faufilent sous son t-shirt sans son aval. Je ne suis qu'une faible victime, et si j'en juge au frémissement de Madden sous mes doigts, il ne va pas se plaindre de mon initiative. On pourrait croire qu'à force de le voir en boxer sur son compte Instagram, le mystère a disparu. Ce serait tellement faux que je ne sais pas pourquoi j'ai pensé, à un moment, que je n'avais plus rien à découvrir de lui. Le mater comme le reste du monde et avoir la possibilité de le toucher pendant que sa langue retrouve la mienne sont deux expériences si différentes qu'elles n'évoluent pas dans la même dimension.

Il recule soudain et lance :

– T'as compris que *là*, c'est ta pause ?

J'éclate de rire à son air perdu, le pauvre essaie sûrement de rester pro tout en agissant à l'opposé de ce qu'il a l'habitude de faire sur son lieu de travail. C'est grisant de voir l'effet que j'ai sur lui… sans aucun effort de ma part, en plus !

– J'ai quinze minutes, McCarty, tu veux les passer à discuter ?

Je le provoque en remontant ma paume sur son ventre plat. Un son rauque jaillit de sa gorge et j'obtiens ce que je souhaitais : sa bouche soudée à la mienne et ses pensées concentrées sur moi. Je veux qu'il oublie ses responsabilités, qu'il agisse sans réfléchir et se comporte comme on doit le faire à notre âge. En suivant l'impulsion du moment, celle de nos envies en partant du principe que si on ne blesse personne, alors on peut. On peut se planquer quinze minutes dans son bureau pendant mes heures de boulot pour se peloter et apprendre à mieux s'embrasser. Non pas qu'on ait besoin de s'améliorer, mais chaque baiser me prouve qu'il est possible de nuancer à l'infini ce qui paraît si primaire. Je découvre qu'il aime mordiller ma lèvre et les représailles similaires en réponse. Il n'embrasse pas seulement avec sa bouche, c'est tout son être qui vibre au rythme de cet échange. Son bassin contre le mien, ses bras m'étreignant et ce besoin d'être si près de lui que même un courant d'air ne passerait pas.

– Madden…, je murmure quand ses lèvres descendent sur ma mâchoire, puis mon cou.

– Hmm ?

– Si on n'arrête pas maintenant…

Je ponctue mon avertissement d'un mouvement de hanches mimant les siens et il saisit où je veux en venir. Il met de la distance entre nous, et heureusement que le mur est là pour me soutenir, car je serais sûrement déjà au sol, sinon. Il reprend ses esprits, et je remarque immédiatement lorsqu'il se rappelle l'endroit où nous nous trouvons. J'attends les regrets, le : « Ça ne doit plus jamais se produire » ou pire, le : « C'était une erreur. » Je me prépare à encaisser, car je le connais assez pour savoir qu'il déteste perdre pied et encore plus le contrôle.

Mais Mad me surprend en souriant, et ils sont là. Les papillons dont me parlait Bea. Ils se réveillent sous son regard attentif et cette expression qui le rend si jeune et insouciant que j'ai envie de le reprendre dans mes bras et lui dire que je le protégerai toujours. C'est ridicule, un homme comme Madden s'occupe seul de lui. Cet instinct me prend de court. Heureusement, il ne s'aperçoit pas de ma gêne et tend la main pour replacer une mèche de mes cheveux derrière mon bandeau.

– Plus tard…, murmure-t-il en passant le pouce sur ma lèvre inférieure.

Je suis dans l'incapacité de répondre, et c'est en pilote automatique que je retourne au bar. Si on m'avait dit il y a un mois… ou même une semaine, que mon patron m'embrasserait dans son bureau avant de me promettre plus, j'aurais ri à m'en péter les zygomatiques.

Et en plus, il a oublié de m'engueuler pour les boissons de Noël. C'est moi, ou la chance me sourit particulièrement, en ce moment ?

CHAPITRE 19

On pourrait penser qu'en vivant et travaillant au même endroit, les occasions de se voir et de prendre du temps ensemble ne manquent pas. Faux. Je m'aperçois que c'est tout le contraire et j'en viens à envisager de déménager pour qu'il m'invite à passer la nuit chez lui. Ce qui ne se produira pas, bien entendu, puisque Liam est là. Loin de moi l'idée de mettre le gamin à la rue, hein, mais j'avoue avoir besoin de plus d'interaction pour confirmer notre relation, à Madden et moi.

J'ai travaillé depuis le milieu de matinée, et je ne suis pas de service ce soir. Liam passe la nuit chez son grand-père, et si mon patron n'était pas au bar en ce moment, j'aurais débarqué avec la ferme intention de squatter. Tant pis pour ma dignité, ça fait un bail que j'ai lâché prise, à ce niveau. À la place, je me connecte sur Instagram pour profiter du live qu'il fait, où qu'il soit, chaque dimanche. Ça ne dure jamais plus de dix ou quinze minutes, mais c'est un rendez-vous auquel il ne déroge jamais. N'est-ce pas totalement paradoxal d'en être réduite à grappiller ce genre de miettes de mon mec alors qu'on se croise sans cesse ? Ce n'est pas comme si le regarder s'adresser à sa communauté allait combler mon besoin de passer du temps en sa compagnie. C'est une maigre consolation, et je dois m'en contenter.

Comme toujours, il est à l'heure et ce n'est pas inhabituel de le voir marcher pendant qu'il salue les followers en ligne. Mad reste rarement en place, à se demander s'il n'est pas hyperactif… Je me redresse en reconnaissant le cadre : il avance dans notre allée et, au lieu de bifurquer, il continue tout droit. Vers chez moi. Je me lève et peste en réalisant qu'encore une fois, je suis en tenue décontractée pour traîner à la maison. En plus, je porte mon pyjama du dimanche qui a déjà été filmé et je ne parle pas de mes cheveux que je ne me suis pas embêtée à attacher. Vite, un crayon, quelque chose ! Trop tard, il tape à la porte et je n'ai pas beaucoup d'options. Soit je me résigne à la malédiction qui me poursuit et je m'affiche à mon désavantage devant des milliers de personnes. Soit je fais la morte.

Mon envie de le voir a gagné. Tout en jouant la prudence, j'ouvre en me planquant derrière la porte. Je lui demande depuis mon abri :

– T'es toujours en live ?

– Oui…

– OK, je vais rester là, faites comme si je n'étais pas chez moi.

– Tu es demandée, Loreena.

– Par qui ?

– Des tas de personnes.

– Pourquoi ?

C'est louche, et il ne me fera pas quitter mon refuge en m'appâtant avec ce genre de prétexte. Pourquoi ses abonnés auraient envie de me voir si ce n'est pour se marrer un bon coup sur mon allure et mon embarras évident ? Le problème, à la base, c'est que face à un objectif, celui d'une caméra ou d'un appareil photo, je n'ai que deux modes. Grimace ou constipation. Aucun ne me mettant en valeur, cela va sans dire, on ne peut me filmer ou me photographier convenablement que si je ne suis pas au courant. Loupé pour ce soir, hein...

– Ils t'aiment bien, répond Mad en essayant de fermer la porte et de me débusquer.

Je m'accroche à la poignée comme une moule à son rocher en protestant :

– Je ne suis pas présentable ! Est-ce que tu pourrais, juste une fois, m'inviter correctement à l'un de tes lives, pour que j'aie le temps de me préparer ?

– Tu es très bien comme tu es, arrête de faire l'enfant.

– Je propose que tu termines ton truc et ensuite, je sortirai !

– D'accord, bonne nuit, Loreena.

– Non !

C'était fourbe de sa part et faible de la mienne, mais à l'idée qu'il s'en aille et qu'on ne se voie plus seuls avant je ne sais quand, je cède. Je m'extirpe lentement de ma cachette et plisse les yeux en avisant son portable.

– T'es en mode selfie ?

Il ne répond pas et je comprends à son sourire que c'est moi qu'il filme. Je lève maladroitement une main en esquissant un sourire crispé.

– Salut… euh… les gens qui suivent Madden.

Il se retient de rire et je réfléchis déjà à un moyen de lui faire payer son manque de solidarité.

– Il y a des questions pour toi, m'informe-t-il en me faisant signe de le rejoindre.

Prudemment, je m'approche et il m'attire contre lui d'un bras autour de ma taille. En effet, l'écran montre à présent le mur où je me terrais. Au lieu de retourner la caméra pour passer en mode selfie, il se penche et m'embrasse sans cesser de sourire. J'ai honte, mais je supporterai toutes les humiliations publiques à condition de profiter de ces instants furtifs qui n'appartiennent qu'à nous. Il n'a aucune idée de la nécessité de me rassurer et, chaque fois qu'il me regarde avec cette expression à mi-chemin entre bienveillance et désir, une partie de moi se détend. On a de la route et pas mal de boulot encore pour dépasser toutes mes insécurités. C'est pour ça que je me raccroche à ces détails que d'autres ne remarqueraient peut-être pas.

– Prête ?

– Non, mais tant pis, YOLO. Attends, on a encore le droit de dire YOLO ? je chuchote en me demandant si en plus d'être mal fagotée, je ne passe pas en mode ringarde.

– Tu sais que même si ça filme l'autre côté, on t'entend ?

Je serre les dents : c'est sa faute ! Il me fait oublier

l'évidence. Il est définitivement *dangereux,* alors que je suis une pauvre innocente en détresse !

– Et si on leur faisait le coup du tunnel ? je suggère plus bas.

Madden secoue la tête et ferme la porte avant de nous entraîner vers mon canapé. Lorsque nous sommes installés côte à côte, il ramène le focus sur nous. C'est là que je découvre le flot ininterrompu de commentaires. Certains trouvent mon attitude drôle, d'autres s'offusquent que je veuille leur « voler » Madden pendant son live hebdomadaire. J'essaie de ne pas prêter attention à tout ce que je vois, comme il me l'a conseillé, parce que ma cote de popularité n'est pas à son paroxysme chez quelques followers. Je préfère me concentrer sur le positif.

– Oh ! regarde : ils aiment mon sapin ! Tu vois que c'est important, tu devrais en installer un chez toi. On le décorerait avec Liam, tu n'aurais rien à faire, à part ne pas traîner au milieu et te taire !

– On va dire que ton sapin vaut pour chez toi *et* chez moi.

– Oui, mais tu ferais de belles photos pour ton compte si tu avais ton propre sapin.

– Ou alors, je peux venir en prendre ici...

Je suis sûre de ne pas être la seule à manquer de m'étouffer avec ma salive en entendant son ton suggestif. Et en visualisant Madden en boxer dans mon salon pour une séance photo. Je pourrais peut-être me rendre utile et vaporiser de l'eau sur son torse pour l'effet humide qu'on voit sur les mannequins de sous-vêtements ? À moins que ce soit de l'huile... Maintenant que j'y pense, je n'ai jamais assisté à un shooting et l'idée me plaît un peu trop !

La suite du live ne m'intéresse tellement pas que je réalise à peine quand Madden pose son téléphone et se penche sur moi au point de me faire basculer en arrière. Sa main amortit l'arrière de mon crâne contre l'accoudoir et son corps me recouvre tandis que sa bouche prend possession de la mienne. Enfin, j'ai la conviction d'être au bon endroit, dans les conditions requises pour me sentir bien. Et si, au début, j'ai l'impression d'être de nouveau ado, quand on s'embrasse en égarant sagement nos mains sans intention d'aller plus loin, ça s'estompe rapidement pour céder la place à plus. Ce « plus » dont il a soif autant que moi si j'en juge ses mouvements pressés. Madden est aussi affecté que moi par… J'ignore quoi, exactement, mais j'ai envie de croire que c'est nous…

Allongée contre son torse, encore essoufflée, une jambe par-dessus les siennes et ma joue sur son épaule, le silence revient dans ma chambre où nous avons migré lorsque le canapé s'est avéré trop inconfortable pour ce que nous avions en tête. Le bras autour de ma taille resserre son emprise.

– Pour le sapin dans ton salon…, je démarre, mais il retrouve de l'énergie là où je suis encore en quête d'oxygène, et roule sur le côté.

Il me surplombe et m'observe intensément, une mèche de ses cheveux bruns retombant sur son front. J'aime le voir négligé, non pas parce qu'il a étudié son allure pour poster un selfie populaire, mais bien en conséquence de moments partagés.

– Non.

– Si je gagnais de l'argent chaque fois que tu me dis non, je réplique en soupirant, je serais riche et je n'aurais pas besoin de travailler pour économiser ! Ça financerait tous mes projets en quelques mois !

Il se laisse doucement redescendre sur moi, toujours en appui sur un bras afin de ne pas m'écraser, et effleure mes lèvres de ses doigts.

– Et ces projets, tu en es où ?

– Hâte de me virer ? j'essaye de changer de sujet.

Je suis mal à l'aise d'évoquer cet aspect de ma vie que je ne parviens pas à faire avancer. Je suis déterminée, et quand j'ai une idée en tête, je donne tout ce que je peux pour la réaliser. Ça marche d'autant plus si je m'occupe de mon entourage, c'est tellement plus facile de s'investir pour aider les gens qu'on aime ! On ne veut pas décevoir l'autre, alors on rassemble ses qualités pour les mettre au service d'une cause qui nous apportera forcément de la satisfaction. Optimiser la carte au bar, par exemple, ne me fait jamais douter. J'enchaîne les tests et ne me laisse pas abattre si une expérience tombe à l'eau : j'en ai des douzaines en stock pour compenser.

En revanche, lorsqu'il s'agit de mon avenir professionnel, je bloque. C'est stupide car tout est prêt, et plus j'attends, plus mes prévisions seront obsolètes. Et je devrai recommencer mon business plan et l'étude de marché qui le précède. J'ai passé un temps dingue à anticiper le moindre détail, à rédiger des listes et poser des questions autour de moi. J'ai observé d'autres entreprises, leur histoire, leurs hauts et leurs bas. Il y a également un nombre fou de blogs que je visite dès que j'ai un moment, et qui traitent du monde des indépendants. Je lis tous les témoignages qui me tombent sous les yeux et ne compte plus les heures de visionnages sur YouTube pour tous les domaines d'expertise que ce type de projet requiert.

Je ne pourrai pas être plus prête que je ne le suis déjà. Alors pourquoi en suis-je encore à toucher l'eau du bout des orteils et reculer dès qu'une petite vague approche ?

Madden secoue la tête, pas dupe quant à ma diversion, et dépose un baiser sur le bout de mon nez. Nous venons de faire l'amour pour la première fois et c'était aussi bon que je l'avais imaginé. Pourtant, cette marque d'affection a priori anodine me touche plus encore que l'intimité vécue il y a quelques minutes. J'en ai la respiration perturbée et le pouls à contretemps.

– Un jour, Loreena, tu vas devoir plonger...

Qu'il soit raccord avec la métaphore qui occupait mon esprit à l'instant me fait sourire.

– Ce ne sera pas demain, car j'ai prévu de fabriquer une maison en pain d'épices que je vais réaliser de A à Z ! Pas avec un kit, hein, je vais tout faire moi-même !

Je m'enflamme et il lâche l'affaire, me laissant encore un peu faire l'autruche. On est bien d'accord que, quoi qu'il arrive, je ne vais pas monter mon entreprise en plein mois de décembre, ce serait du suicide commercial et j'aimerais autant ne pas tuer mon avenir dans l'œuf. Je me rends service, et le fait de découvrir une nouvelle excuse chaque mois n'est pas de ma faute. Je n'ai même pas encore eu recours à mon alibi de secours impliquant une marmotte, un tremblement de terre, la visite d'un prince saoudien et la racine carrée de π !

– Toi et tes obsessions, il marmonne en se laissant tomber à côté de moi.

J'ai pourri l'ambiance sans comprendre comment je me suis débrouillée… Alors je profite de l'atmosphère propice aux confidences et pivote pour l'observer. Je place la main sur ton torse et suis aussitôt rassurée lorsqu'il la prend dans la sienne.

– Madden ?

Il tourne la tête vers moi, et la mélancolie dans ses yeux me fait hésiter. Puis je lui pose la question qui me travaille depuis des jours, au risque de le contrarier.

– Pourquoi tu n'aimes pas Noël ? Je veux dire, la vraie raison, celle qui te rend triste et te fait tourner le dos à cette période de l'année ?

Je crois qu'il va m'envoyer balader et en rester là, lorsqu'il me surprend en soupirant et me répond.

CHAPITRE 20

– Ma mère est morte avant de pouvoir fêter son dernier Noël, c'était sa fête préférée, lâche-t-il d'une traite. C'est tristement banal.

Il se passe ensuite une main sur le visage et évite mon regard. Je me risque à demander :

– Tu avais quel âge ?

– 12 ans.

J'ai mal pour le garçon qu'il était et l'homme qu'il est devenu. Car il est clair qu'il souffre toujours de l'absence de sa mère... Arrête-t-on d'en souffrir un jour ? Je ne pense pas, mais j'aime l'idée qu'on a moins mal au fil du temps, et ce n'est pas l'impression que me donne Madden. Sa blessure semble toujours à vif. Je me blottis contre lui sans plus l'ennuyer avec mes questions. Il n'y a rien de banal à sa douleur, et tout de triste. Je comprends qu'il se détache de cette fête. C'est injuste pour Liam, bien sûr, mais je ne peux pas en vouloir à Mad de se préserver du mieux qu'il le peut. Je n'ai jamais perdu quelqu'un d'aussi proche, et même si ma mère me rend chèvre, je n'imagine pas ma vie sans elle. Pour ne l'avoir jamais vécu, j'ai du mal à saisir l'ampleur de ce qui hante l'homme dans mes bras. Je la devine dans ses réactions, son besoin de tout contrôler et sa manie de garder les autres à distance.

– Elle était presque aussi obsédée que toi, à cette période, reprend-il doucement.

Je relève la tête pour lui montrer que je l'écoute et l'encourage à parler. Je n'insisterai pas pour en savoir davantage, tout en souhaitant qu'il se sente assez à l'aise pour poursuivre s'il en a besoin.

– Chaque détail me la rappelle, penser à elle est...

Il hésite, lève les yeux au plafond, cherchant ses mots et je propose :

– Douloureux ?

– Très, acquiesce-t-il. Elle aimait particulièrement les traditions écossaises.

– On ne fête pas Noël comme ici ?

– Dans l'ensemble, si, mais on a quelques touches de chez nous. Ma mère les intégrait systématiquement à notre réveillon. Elle faisait porter le kilt à mon père, ajoute-t-il en souriant.

– Hum...

J'imagine Madden dans une tenue qui réveille les fantasmes

de la lectrice accro aux Highlanders que je suis.

– Ne me dis pas que tu visualises mon père ! s'offusque-t-il en reprenant sa position au-dessus de moi.

– Mais non ! Je pensais à toi !

Je grimace en me tortillant pour lui échapper. Je n'y mets pas beaucoup de conviction et il n'a aucun mal à me maintenir prisonnière. Mais est-on vraiment prisonnière quand on est volontaire ?

– Et toi ? Pourquoi tu aimes autant cette fête ? me renvoie-t-il.

– J'ai envie de croire qu'à cette période, tout est possible, je confesse en croisant mes chevilles sur ses reins.

Et si j'étais courageuse, je lui avouerais que j'en ai déjà la preuve puisqu'il a cessé de me voir uniquement comme son employée et sa locataire un peu agaçante. Au lieu de lui dévoiler des pensées qui pourraient le faire fuir, je continue, restant en surface.

– Je sais que les films nous donnent une vision utopique de cette fête, avec sa neige immaculée et ses lumières féeriques, ses miracles et la solidarité inconditionnelle… Mais même en sachant que je regarde les choses à travers des lunettes roses, j'ai envie d'en avoir un tout petit peu, de cette magie…

Il ne dit rien, se contente de m'observer de sa manière bien à lui. Non, il ne me sourit pas comme il le fait avec Marjory ou Liam, il me tient encore un peu à distance, mais moins qu'avant. Il y a autre chose, aussi, qui passe entre nous, et je ne parviens pas à déterminer ce que ça signifie. Sûrement rien… Mon imagination et mon envie de plus. Probablement même que je me fais encore des films et que pour lui, on se contente d'un peu de bon temps, et c'est déjà pas mal. Mes sœurs m'ont mise en garde à plusieurs reprises. Même Bea qui sait qu'on ne fait plus semblant a gardé ses réserves. Elles veulent me protéger et j'en ferais autant pour elles, je comprends pourquoi elles m'exhortent à la prudence. Sauf que si je fais trop attention, si je ne prends pas de risques, alors quel intérêt ? En acceptant tacitement de me contenter de ce qu'il est prêt à me donner, je mets mon cœur entre ses mains et je lui demande implicitement de ne pas me le rendre trop abîmé.

– OK..., finit-il par dire d'un ton décidé.

– Euh... OK, quoi ?

– Organise la soirée du réveillon au bar.

Je me redresse si vite que je manque lui envoyer un coup de boule. Heureusement qu'il a de bons réflexes et m'esquive agilement. Mon esprit s'égare une seconde sur l'idée que, lui et moi, on est carrément faits pour être ensemble s'il est capable de survivre à mes réactions irréfléchies.

– Tu ne proposes pas de fête de Noël à McCarty's, je lui fais remarquer, au cas où il aurait eu une absence.

– Non, mais j'ai envie de la voir, cette magie. La tienne...

Prenant la mesure de la valeur de ses mots, je l'attire contre moi et l'embrasse pour toute réponse. En me confiant cette mission, Madden vient de resserrer son emprise autour de mon cœur, justement. Et même si j'en avais envie, je ne vois pas comment le récupérer sans le lui arracher.

Holly parcourt les fiches que j'ai préparées et hoche régulièrement la tête. L'attente est insupportable, pourtant je ronge mon frein en redoutant son verdict. Elle est la première à qui je montre cette ébauche. Pour tout avouer, j'ai dans mes classeurs des dossiers complets sur toutes les thématiques possibles de fêtes. Certains collectionnent les timbres, d'autres binge-watchent sur Netflix ou jouent à des jeux en ligne. Mon temps libre est occupé par l'organisation d'événements fictifs et toutes les recherches qui vont avec. Quand je dis que je suis plus que prête à me lancer, je n'exagère pas, je suis même en deçà de la vérité tant j'ai d'idées et les budgets prévisionnels associés. Il y en a pour tous les prix, et lorsque Madden m'a confié ce qu'il m'allouait pour cette soirée, j'ai immédiatement su quoi chercher.

Quand Holly referme le fruit de quelques heures passées à modifier une idée pour l'adapter au McCarty's, je suis à deux doigts de la secouer pour obtenir son avis. Elle me regarde en souriant et un immense poids s'envole de mes épaules. Elle approuve !

– C'est...

Ou pas, étant donné qu'elle cherche ses mots. Elle claque des doigts et je vois presque l'ampoule s'allumer au-dessus de sa tête.

– ... flippant, tellement c'est détaillé, mais prends-le comme un compliment pour ta future carrière !

Je ne chipote pas et sa remarque me galvanise.

– Je trouve ça dingue que tu aies eu l'autorisation de Madden, alors qu'il n'y a pas si longtemps, il ne voulait même pas entendre parler de quelques décorations.

– Pour une fois, je n'ai rien demandé : il a lancé l'idée et j'ai accepté.

Elle me glisse un coup d'œil sceptique et j'aimerais bien qu'on accorde un peu plus de crédit à mes paroles. Mes antécédents jouent contre moi, certes, et la logique voudrait qu'on me soupçonne d'avoir fait le forcing, mais je suis innocente ! Ou alors, l'ai-je vraiment eu à l'usure comme je le prétendais auprès de Marjory ? Déterminée comme je peux l'être, ça ne m'étonnerait pas. S'il faut, on est plusieurs, dans ma boîte crânienne, et l'une de mes personnalités vit une partie de mon existence à ma place. Est-ce qu'on adaptera ma vie en film ? J'espère que oui…

– Il te reste moins de deux semaines pour tout mettre en place, c'est jouable ?

Ma collègue me sort de mes projets de gloire en me rendant mon dossier.

– Il le faut, pas le choix !

J'aime les défis, surtout quand ils relèvent de mon domaine de prédilection. Je vois cette opportunité comme un test. J'ai passé un pacte avec moi-même : si je m'en sors et que la soirée est un succès, alors j'entamerai les démarches administratives de la création de ma boîte dès la nouvelle année. Si je galère, je saurai que finalement, je ne suis pas encore prête et je travaillerai sur ce qui m'aura fait défaut. Dans les deux cas, c'est l'occasion d'avancer d'un pas vers mon objectif.

– Madden vient d'ouvrir, me fait remarquer Holly, au travail !

Je range rapidement mon précieux dans mon casier et rejoins mon poste. Je ne sais pas ce qui attire autant de clients, mais le bar n'a jamais été aussi plein. Ce qui est étrange est que le restaurant n'a pas augmenté son rythme, alors que d'habitude, ça va de pair. Nous ne savons pas où donner de la tête, et si ça continue, on va devoir supplier Mad de prendre d'autres extras pour les fêtes. Ma petite fierté est de voir mes boissons de Noël cartonner. Si bien que je ne suis pas vraiment surprise quand un livreur se pointe en début d'après-midi, avec des mugs saisonniers supplémentaires. J'attrape le reçu signé par Holly avant de prendre ma pause, profitant d'une accalmie. Je tape trois coups et entre après un grognement que je traduis dans ma tête par : « Venez donc, très chère amie, je suis enchanté de votre visite. » Oui, il m'arrive de basculer dans les pages d'une romance historique lorsque j'ai besoin d'enjoliver ma vie !

Je pose le bon de livraison sous le nez de mon patron et m'installe sur l'une des chaises lui faisant face, sans chercher à dissimuler ma satisfaction.

– Autre chose ? demande-t-il sans lever la tête.

Dire que son attitude n'est pas vexante serait un gros mensonge, aussi je ne me ferai pas l'affront de ne pas être agacée par son indifférence. Je joue selon ses règles, avec ses armes, et conserve le silence. Il finit par m'accorder son attention et se cale contre le dossier de son fauteuil pour m'observer avec soin. Je meurs d'envie de gigoter sur mon siège. Comment fait-il pour toujours tourner la situation à son avantage ?

– Merci, je finis par lâcher, histoire de dire quelque chose.

Il sourit. Le fourbe sourit de toutes ses dents, conscient d'avoir gagné une bataille. Je pince les lèvres, très mauvaise perdante, et me lève pour finalement passer mon break à faire autre chose que le regarder se payer ma tronche.

– Tu n'oublies rien ? il demande avant que j'atteigne la porte.

Je le regarde par-dessus mon épaule en me demandant de quoi il parle. Il recourbe l'index dans un geste universel qui se traduit par : « Viens ici, poulette ! » Une chance que je sois immunisée et que je déteste les poules. Je hausse un sourcil, puis me précipite jusqu'à lui, m'accroupis et prends une posture ridicule de chien cherchant l'approbation de son maître. Il a l'air perdu face à mon soudain revirement. Je me relève aussi vite que je suis allée à lui, et je recule.

– Tu veux me voir ? Viens.

Et je le plante là en m'éloignant d'une démarche que j'espère féline. Je signale à Holly que je poursuis ma pause dans la salle de repos, lorsque j'ai la satisfaction d'entendre des pas derrière moi. Je continue et ne m'arrête qu'une fois dans la pièce dont mon patron referme la porte. Je pensais avoir l'ascendant, et c'était peut-être le cas avant de me retourner, mais maintenant, il est le prédateur et moi la proie, c'est évident. Je frémis d'anticipation et réduis l'espace entre nous pour le retrouver à mi-chemin. Ses lèvres ne perdent pas une seconde pour s'emparer des miennes et je ne peux retenir une exclamation quand il me soulève dans ses bras en positionnant mes jambes autour de sa taille. Il avance jusqu'à ce que mon dos rencontre le mur, m'offrant une stabilité qui n'est pas du luxe.

Je perds la notion du temps, de l'espace et même de mon identité. Je ne suis plus que l'objet de son désir pour aussi longtemps qu'il le souhaitera, contredisant ma précédente rébellion pseudo-féministe. Une honte, mais une honte que je savoure et dont je me nourris à chaque instant de plaisir avec lui. La voix de Liam retentissant dans la salle nous ramène à la réalité et il me fait lentement glisser le long de son corps pour me permettre de reprendre pied. Il se trompe s'il s'imagine qu'il suffit d'y aller en douceur pour m'éviter de tomber. C'est trop tard pour ça, aucune précaution ne m'aidera plus, car je suis déjà tombée. Et la chute est agréable, tellement confortable que j'aimerais qu'elle soit infinie. Je refuse d'envisager l'arrivée : tant que Madden sera là pour me soutenir, rien ne gâchera ce que nous vivons.

– Fin de la pause, il marmonne avant de m'embrasser à nouveau.

Je souris, heureuse qu'il soit toujours avec moi, dans le même état d'esprit, puis la poignée de la porte s'actionne et je le repousse sans ménagement. Malgré mon envie de rester près de lui, je n'ai aucune intention de nous donner en spectacle devant son fils. Madden trébuche, surpris, et Liam a la présence d'esprit de l'empêcher de tomber.

– Tu...

– ... retourne à mon poste ! Salut, Liam ! je lance en tapant dans le poing qu'il me tend sur mon passage.

Éclater de rire devant l'air ahuri de Mad serait peu charitable. Oh, ça n'a jamais été une de mes qualités. Il me le fera payer plus tard, tant pis : je me marre en sortant et l'entends me maudire dans mon dos.

Je suis si heureuse que j'oublie, l'espace d'un rêve, le fameux uppercut au coin de la rue...

CHAPITRE 21

– Boulette, je dois t'avouer que tu m'impressionnes.

Bea passe un tablier autour de son cou et Hailey l'aide à l'attacher en ajoutant :

– Pareil. Non pas que je doutais de toi, mais tu reviens de loin.

Mag termine de remonter ses cheveux en une queue-de-cheval haute et se lave les mains sans nous priver de son avis sur la question :

– Il ne voulait même pas que tu poses une guirlande sur le bar, et là, il te laisse sa cuisine pour réaliser une maison en pain d'épices…

– En plus, j'ai classe demain, remarque Liam déjà prêt pour l'activité de la soirée. C'est trop cool que tu sois la chérie de papa !

Il ne manque que son père, justement, mais il profite que son fils est entre de bonnes mains pour s'occuper de l'administratif.

– Je tiens à préciser que je n'ai pas quémandé d'occuper cette grande cuisine, je chantonne, incapable de ne pas me réjouir.

– C'est ça le plus dingue, s'emballe Hailey. Je suis tellement fière de toi, petite sœur !

Elle me prend dans ses bras et j'ai du mal à la refouler, alors qu'elle se fout clairement de moi, au moins un peu. Elles n'ont pas assez foi en moi ni en Madden. Je crois qu'il a envie d'offrir à son fils ce genre d'expérience mais ne se sent pas en droit de le faire. Je pousse peut-être mon analyse trop loin, n'empêche que Mad a des circonstances atténuantes et je n'aime pas des masses qu'il passe pour le rabat-joie de service. Moi, je peux le critiquer, pas les autres. Bref, il faut s'y mettre, cette maison va déjà nous occuper plusieurs jours, faudrait voir à ne pas perdre de temps.

J'ouvre la bouche pour distribuer les tâches à ma brigade provisoire quand la porte d'entrée me bat de vitesse.

– Trop cool ! Papa va le faire avec nous !

La joie de Liam me confirme que c'est une excellente idée de laisser la magie opérer. J'adore le voir épanoui. Ce n'est pas un gosse déprimé, d'ordinaire, mais il y a sur son visage un petit truc en plus qui multiplie ma satisfaction. Deux bras entourent ma taille, leur nouvelle place attitrée, et je sens l'attention de mes frangines sur nous. Surtout celle de Bea : je la soupçonne de ne pas totalement croire à l'authenticité de notre relation. Je voudrais prendre le temps d'apprécier cette étreinte, pourtant je tapote ses mains jointes sur mon ventre et active le mode organisation.

Dès que les rôles sont attribués et que chacun démarre sa mission, je me retourne pour embrasser furtivement Mad, impossible de résister lorsqu'il est si près de moi.

– Tu veux participer ? je lui propose assez bas afin que personne ne m'entende.

Ça m'embêterait qu'il se sente obligé de se justifier devant tout le monde, surtout son fils.

– Non, pas mon truc.

– Tu restes ?

– Si c'est OK pour toi que je squatte chez moi…

Je l'embrasse de nouveau et l'ignore ensuite pour me concentrer sur le travail. Le déroulé des opérations est imprimé et affiché sur le frigo, ce qui ne m'empêche pas d'endosser la mission d'inspecter chaque étape. Pendant que Liam prépare des décorations en sucre qu'il faudra laisser sécher, Hailey et Mag s'affairent sur la pâte à biscuit et Bea installe le support en le rendant moins moche qu'un simple plateau. Quant à moi, je m'assure une dernière fois que le plan de la maison soit correct. Au lieu de télécharger un tutoriel sur Internet, j'ai eu envie que cette réalisation soit unique. Elle ne sera pas parfaite, elle aura peut-être l'air bancale, même, pourtant elle sera notre création de A à Z.

– Comment t'as eu l'idée qu'on fasse ça ? m'interroge Liam en s'appliquant sur les minuscules fleurs qu'on disposera tout autour.

– Oh, misère, ce petit aime vivre dangereusement, fait remarquer Hailey à qui je montrerais bien mon majeur si nous n'étions pas en présence d'un ado à qui je dois donner le bon exemple.

– Toutes mes idées de Noël me viennent des comédies romantiques, je réponds en fusillant ma sœur du regard.

– Et crois-nous, elle en a regardé encore, et encore…, démarre Bea.

– … et encore ! termine Mag.

Elles se marrent, j'ai l'habitude, aussi je n'y prête pas attention.

– C'est quoi en fait, une comédie romantique ? poursuit Liam.

– Un ramassis de mensonges sur ce que la vie serait dans un monde parfait, intervient Madden que je n'avais pas entendu revenir à la cuisine.

Il a passé un bas de survêtement, un t-shirt qui moule ses bras et représente une distraction dont je n'ai pas besoin, et ses cheveux humides ramenés en arrière m'assurent qu'il est allé prendre une douche.

– Cynique ! tousse Hailey en le regardant innocemment.

Je reprends, en m'adressant à Liam :

– Je ne dis pas que tout ce qui s'y passe est le reflet de la réalité, mais j'aime l'ambiance, et les idées d'activités sur le thème de Noël sont vraiment nombreuses. Ces films sont une mine d'informations non négligeable.

J'attrape la préparation des filles et l'étale sur la plaque prévue à cet effet. Nous cuisons d'abord de grands morceaux qu'il faudra ensuite couper aux dimensions prévues par mon plan. Facile. Enfin, en théorie. Je ne suis pas si naïve que certains le prétendent, je me doute que ça ne se déroulera pas comme dans les films, hein !

– Tu trouves ça sain de mettre des idées pareilles dans la tête des gens qui regardent ces daubes ?

Madden me provoque. Je le vois à la lueur dans ses yeux et le début de sourire qu'il ne parvient pas totalement à masquer.

– Je crois que j'en ai jamais vu, déclare l'ado trop concentré sur son travail pour réaliser que tout le monde se moque de moi.

– On en regardera, un soir, si tu veux. Mad, t'es d'accord ?

Je lui souris franchement. Il veut jouer au plus fin ? Ça ne me dérange pas. Et je précise, sans lui laisser le temps d'en placer une :

– Tu peux rester pour t'assurer que ça ne lobotomise pas ton fils.

– On pourra ? lui demande Liam avec sa tête de Chat Potté.

Madden n'a aucune chance : ce gamin obtiendrait n'importe quoi de n'importe qui avec cette bouille d'ange. Il ressemble tellement à son père que j'ai une bonne idée de ce qu'était Madden à son âge.

– L'aluminium aurait été plus pratique, s'impatiente Bea qui se bat avec les matériaux naturels et recyclables pour lesquels j'ai opté.

– Si c'est trop facile, on apprécie moins le résultat, je déclare en m'inspirant des mantras de Holly.

Je continue sur ma lancée :

– Tu dois lutter pour obtenir ce dont tu as vraiment envie. Ça lui donne de la valeur. Quand on aura terminé, tu verras que ce n'était pas pour rien.

Tout le monde s'active, et quand je tourne la tête pour vérifier si Madden est toujours là, je manque de faire tomber les bâtonnets comestibles qui serviront aux fondations en découvrant son expression. Intense, trop focalisée sur moi étant donné notre compagnie. Si nous étions seuls, je n'aurais aucun doute sur l'issue de cette observation. En l'état, je me contente de lui rendre son regard et de chercher à respirer normalement.

– Nina ! J'y arrive pas !

Sauvée par son fils, je me soustrais à son attention pour aider Liam.

Quelques heures plus tard, mes sœurs sont parties et Liam est au lit depuis un moment. Je termine de mettre de côté le fruit de notre travail avec l'aide de Madden que je trouve bien silencieux. Je retire mon tablier, ainsi que les trois crayons retenant mes cheveux, et attrape mon sac à main accroché à une chaise.

– Merci encore de nous avoir permis de faire ça ici.

– Reste.

– Hein ?

– Cette nuit, reste, précise-t-il.

Et bam ! Le retour des papillons en pleine flash mob de twerk ! Je perçois presque le mouvement des ailes frétillant dans mon ventre au rythme de leurs petits popotins qui s'agitent. Ça frétille, des ailes ? Peu importe, ça me fait quelque chose et je ne suis pas en mesure de répondre. Je hoche la tête et le laisse entourer mes épaules de ses bras rassurants.

C'est sûrement bête de ma part, je suis à une volée de marches de chez moi et je me réjouis de ne pas avoir à m'en aller.

– Je dois récupérer ma brosse à dents et...

– J'en ai une neuve pour toi, t'en va pas.

Il me supplie presque et je sors de mon euphorie pour vérifier quelque chose. Je m'éloigne assez et observe son visage sur lequel je note un léger voile d'inquiétude.

– Il y a un problème ? je lui demande d'une voix si basse que je doute un instant qu'il m'ait entendue.

Et puis il secoue la tête et pose les mains sur mes joues.

– On a perdu trop de temps, Loreena.

– Quoi ?

Décidément, il parle un langage qui m'échappe, ce soir.

– Rien, viens.

Il m'entraîne à la salle de bain où il m'indique tout ce dont j'ai besoin, m'embrasse sur la joue et me laisse seule. Ben, mince alors, les papillons se sont barrés et j'ai soudain le bide en vrac et plus aucun frétillement. Un mauvais pressentiment. Je ne sais pas ce que vaut véritablement mon instinct, je tâche donc de ne pas m'alarmer de l'attitude étrange de Madden. Pourquoi dit-il qu'on a perdu du temps ? Il ne me demanderait quand même pas de rester pour mieux me larguer, non ? Personne n'est aussi cruel ! Je me dépêche afin de vite le rejoindre, et quand j'entre dans sa chambre, il a déjà enfilé un pantalon de pyjama à l'imprimé écossais. Je souris en avançant à sa rencontre.

– Patriotique ? je le taquine en référence à ses origines.

– Je dors nu, mais je me suis dit…

– Ne change surtout pas tes habitudes pour moi !

Il sourit et je respire mieux. Cet homme est compliqué à comprendre et je dois souvent me tromper à son sujet. C'est en tout cas ce que je préfère me dire, plutôt qu'avoir raison et penser qu'il me cache quelque chose.

Il ne se déshabille pas et je suis un peu déçue, mais ce sentiment s'estompe rapidement lorsque je m'allonge sous la couverture qu'il soulève pour moi, une fois qu'il s'est installé. Je me blottis contre lui et il dépose une bise sur le haut de ma tête, me provoquant un soupir de contentement.

– J'ai reçu une offre de partenariat pour toi, il m'informe sans transition.

Je recule et hausse un sourcil. Je sais qu'il a plusieurs contrats avec différentes marques dont il doit faire la promotion sur son compte Instagram. Ça fait partie des nombreux aspects de son job. Il y consacre assez de temps pour que ce ne soit pas une totale surprise, c'est la norme pour lui. Ce qui m'étonne, c'est que la proposition me soit destinée.

– Laisse-moi deviner : une marque de shampooing pour sauver l'état lamentable de mes cheveux chaque fois qu'on m'a vue sur ton compte ? Ou pire : un relooking gratuit ?

– Des bijoux, contre-t-il.

– Des bijoux… du genre ?

– Tiffany.

J'écarquille les yeux et il poursuit en grimaçant :

– Ils veulent t'offrir ta bague de fiançailles. On a oublié ce détail et les gens ont remarqué que tu n'en portes pas.

Je me redresse car je réfléchis mieux si je ne suis pas dans le cocon de son corps.

Dès que j'ai les idées claires, je réplique :

– On ne peut pas accepter. On n'est pas fiancés !

– Je sais.

– Pourquoi tu m'en parles, alors ? Pourquoi tu m'agites sous le nez un super cadeau que je ne peux pas avoir ?

– Parce que ça te concerne.

– Dommage, je soupire en me rallongeant. Pas de shampooing, alors ?

– Non, mais j'ai pensé à quelque chose...

– C'est risqué ça, Mad. Pas trop pénible comme sensation ?

Il pince ma fesse droite et je sursaute en riant.

– Ta boîte, reprend-il plus sérieux, quand tu la lanceras, on pourrait utiliser mes réseaux pour en parler.

Je ne dis rien. Je préfère jouer la prudence. Il parle d'un avenir où lui et moi serons toujours en bons termes. En couple, même ? La dernière fois que j'ai fait des plans sur la comète avec un mec, il s'est rendu compte que je ne lui suffisais pas. Oui, on s'éclate avec Madden, on a une sorte d'équilibre au sein duquel nos personnalités s'articulent et se complètent presque trop naturellement. C'est parsemé d'engueulades de sa part, de rébellion de la mienne, et malgré tout, ça fonctionne. Je pourrais facilement tomber dans le piège et espérer plus qu'il n'est prêt à me donner.

– Loreena ?

– Merci, c'est gentil de me le proposer, je me contente de répondre.

Je le serre contre moi et déguise mon soupir d'inquiétude en manifestation d'impatience. Ma diversion fonctionne, sa main descend sur mon ventre et je ne l'arrête pas quand, finalement, il retire son pantalon.

Parfois, c'est plus simple de mettre son cerveau sur pause et de profiter de l'instant présent…

CHAPITRE 22

Mon oreiller n'a jamais été aussi confortable… et il n'a jamais senti aussi bon, maintenant que j'y pense. Dans mon souvenir, il ne bougeait pas non plus. Je recule d'un coup, désorientée, et suis stoppée dans mon élan. Je me redresse et cligne des paupières pendant que mon cerveau se met en marche.

Tout va bien, je suis chez Madden, et d'après la distance entre le bord du lit et mes fesses, il vient de m'empêcher de me vautrer.

– Tu bouges beaucoup, quand tu dors, lance-t-il en guise de bonjour.

– C'est possible… et toi, tu…

J'agite la main pour gagner du temps, sans trouver quoi lui reprocher. J'ai roupillé comme une masse et il aurait pu se mettre à chanter l'hymne russe en jonglant en barboteuse sans que je m'en aperçoive.

– Voilà, *tu*, je conclus, consciente de faire preuve de mauvaise foi et en m'en fichant royalement.

– Je dois me lever pour Liam, m'annonce-t-il avant de soulever la couverture.

Non, il n'a pas remis son pantalon et j'ai également dormi dans le plus simple appareil. Alors que j'aurais dû porter mon pyjama du mardi ! Quand je disais qu'il chamboulait mon existence, j'étais loin de penser qu'il évincerait mes traditions.

Qu'est-ce que je raconte ? Bien sûr qu'il est plus important que mon pyjama du mardi !

Je me laisse tomber sur le matelas le plus confortable qu'il m'ait été donné de tester, et remonte le drap jusqu'à mon menton. Je le suis des yeux pendant qu'il se rend présentable.

– Assez maté ?

Je fais un mouvement circulaire de la main et il s'exécute, déclenchant mon rire. Ma voix rauque n'a pas encore compris que je ne dors plus et je pourrais doubler Dark Vador sans souci.

– T'es pas de service ? me demande-t-il en se rapprochant.

Il fait quoi, là ? L'inconscient ! Il veut m'embrasser au réveil ? J'attrape son oreiller et le plaque sur mon visage avant qu'il ait le temps d'atteindre son but. C'était moins une !

– Loreena ?

Je lui signale comme une évidence :

– Je dois d'abord me brosser les dents !

– Tu veux dire que toutes ces scènes matinales dans les comédies romantiques nous mentent ?

Je retire ma protection et le fusille du regard. Il s'est déjà éloigné, prudent.

– Je n'ai jamais dit que tout ce qu'on voit dans ces films est à prendre pour argent comptant !

Il sourit et sort avant que je trouve de bons arguments pour défendre mon amour des histoires de Noël. Au lieu de faire la grasse matinée, puisque je ne travaille qu'à 15 heures, je m'habille en vitesse avec mes fringues de la veille et renifle rapidement sous les manches de mon t-shirt. Ça ira ! Un petit tour à la salle de bain, et je rejoins les garçons à la cuisine. Madden décongèle des pancakes dans le grille-pain et Liam semble prisonnier d'un brouillard visible de lui seul. Je m'installe en face de lui et il me sourit vaguement. Je me souviens qu'à son âge, il ne fallait pas m'adresser la parole trop tôt, aussi je me contente de répondre silencieusement. Madden pose une assiette devant son fils et passe la main sur ma nuque. Je ferme les yeux et profite du léger massage en intensifiant le contact entre nous. Je me redresse en me rappelant que nous ne sommes pas seuls.

Depuis que nous avons décidé de vraiment tenter le coup, je n'ai pas discuté avec Liam. Et s'il semble bien vivre la situation, je ne suis pas sûre de ce qui est acceptable ou non devant lui. Mad ne me laisse pas le loisir de m'interroger, il m'embrasse et pousse une assiette chargée de pancakes vers moi. Mon estomac réagit aussitôt et j'attaque mon petit déjeuner. Sans me prendre la tête, je m'intègre dans une routine inconnue où je trouve instinctivement ma place. Sûrement parce qu'aucun des deux McCarty ne me donne l'impression d'être une intruse. Ils ne parlent pas beaucoup et ça me convient, n'étant moi-même pas très bavarde au réveil.

Liam me souhaite ensuite une bonne journée et, quelques instants plus tard, je suis seule. Je répète : je suis seule chez Madden pendant qu'il accompagne son fils au collège. Bizarre... Sans eux, je suis en décalage avec les lieux. Je débarrasse la table, donne un coup de propre et récupère mes affaires pour rentrer chez moi.

Dehors, elle m'attend.

Poulette.

Poulette et son jugement, je le vois à ses petits yeux perfides : elle veut m'écarter de la famille.

– Loupé, ma grosse ! J'y suis, j'y reste ! Je rentre juste me doucher, je ne fuis pas, alors garde ton avis pour toi et retourne dans ton poulailler. Un poulet givré au milieu de l'allée, ça ferait désordre.

Mes menaces ne l'affectent nullement et elle ne se pousse pas pour me laisser passer. Je la contourne sans dévier mon attention : je ne la crois pas incapable d'une attaque dans le dos. Une fois dans mon appartement, une idée bizarre traverse brièvement le flot de mes pensées.

Tu étais mieux en bas, avec eux, Nina...

Je secoue la tête pour chasser cette petite voix. Une douche me remettra définitivement les idées en place !

– Je vais résumer, parce qu'il faut toujours synthétiser tes longues histoires sans queue ni tête.

Mag attend que je hoche la tête et reprend :

– Tu es retournée chez toi, il t'a appelée quand tu étais à la salle de bain, tu as envoyé un SMS disant : « Merci pour cette nuit », il t'a répondu : « Quoi ? » et tu as ajouté : « C'était sympa ! », puis tu n'as plus eu de nouvelles et tu es venue au restaurant avec deux heures d'avance, c'est bien ça ?

J'ai tellement honte... Dit de cette façon, on dirait qu'il me manque quelques câbles et fusibles pour fonctionner correctement. Malheureusement, c'est exactement ce qui s'est passé.

D'abord, j'ai voulu lui dire à quel point c'était important pour moi qu'il m'ait proposé de rester, mais je n'ai pas trouvé les mots, alors j'ai opté pour une formulation simple et efficace. En me relisant au moment où j'ai appuyé sur « Envoyer », j'ai capté que ça donnait un sens tout autre. En mode : « Allez, salut ! », comme s'il était un coup d'un soir. Et quand j'ai eu la possibilité de rectifier le tir après sa réponse confuse, j'ai réitéré ma boulette. Exactement la même ! Pile en envoyant, bam !

Et bien sûr, Magali est au courant de toute l'histoire, Bea n'a pas tenu sa langue et, entre nous, ça m'arrange : je raconte à l'une de mes sœurs et elles se font passer le mot, j'économise ma salive.

– C'est mauvais, tu crois ? je demande malgré tout.

J'ai toujours voulu que mes sœurs me mentent pour me rassurer. Elles ne l'ont jamais fait et Mag ne va pas commencer maintenant.

– Ah ben, ça pue, clairement.

Même pas un petit effort pour y mettre les formes...

– Je l'appelle ?

– Là, tout de suite, j'ai envie de te dire d'attendre d'être face à lui. Tu serais capable de saccager le coup de fil et d'empirer les choses. Rien ne vaut une explication en personne.

Nous nous taisons le temps que le serveur amène nos assiettes, mais le silence s'éternise lorsqu'il ne s'éloigne pas immédiatement. Je lève la tête et croise son regard. J'ignore si je le connais, mais lui me fixe comme si c'était le cas.

– Excusez-moi, chuchote-t-il en se rapprochant, vous êtes Loreena ?

Je tente de plaisanter :

– Ça dépend : c'est pour quoi ?

Il sourit poliment et je commence à me demander si ce n'est pas un ancien camarade de classe à qui j'aurais fait une crasse sans le vouloir. La malédiction de la boulette procure un paquet d'occasions de se créer des ennemis un peu partout.

– Je sais que ça ne se fait pas, mais peut-être qu'après votre repas vous accepteriez de me signer un autographe ?

Là, il m'a perdue.

– Vous devez me confondre avec une autre Loreena, je lâche en sachant que ce n'est pas un prénom assez répandu pour que ce soit le cas.

– Vous n'êtes pas la fiancée de Madden McCarty ?

– Si, bien sûr que c'est elle ! Elle vous fait marcher, elle est timide. Enchantée, Magali, son agent, intervient ma sœur en lui tendant la main.

On dirait qu'elle a fait ça toute sa vie : un peu flippante, la frangine. Le serveur lui serre la main et m'adresse un franc sourire.

– J'étais presque sûr que c'était vous. Je ne vous dérange pas plus longtemps, je vous souhaite un bon appétit.

Une fois qu'il est hors de portée de voix, je me penche sur la table et murmure :

– C'était surréaliste !

En même temps que Mag s'exclame :

– C'était génial !

– On voit que ce n'est pas toi qu'on reconnaît parce que ton mec est célèbre !

– Oh ! arrête, qui ne rêve pas d'avoir un instant de gloire ? Vivre un tout petit moment de star, ce n'est pas le bagne !

– Non, mais c'est bizarre qu'un inconnu sache comment tu t'appelles. J'ai l'impression d'être dans un film du genre *Inception*.

– Tu n'as rien compris à *Inception*, me fait-elle remarquer en attaquant son entrée.

je réplique en l'imitant :

– Toi non plus.

– Personne n'a rien compris, même le réalisateur s'est perdu en chemin !

– Ce qui expliquerait pas mal de choses sur le scénario...

– Bref, Boulette, on se recentre. Tu dois rattraper le coup avec Madden. Le pauvre homme est fou amoureux de toi et...

– De quoi ? Tu planes, ma pauvre fille ! je la coupe en manquant m'étouffer avec une feuille de salade.

Je trouve que ma vie est un peu trop souvent en danger depuis quelque temps.

– Nina, t'es pas sérieuse ? Ne me dis pas que tu fais partie de ces personnes qui ont quelque chose sous le nez, mais se regardent trop le nombril pour s'en apercevoir ? Qu'est-ce que je raconte, bien sûr que tu es aussi perchée que ça !

Elle récupère son portable dans son sac et tape un message en silence.

– Et du coup, on arrête de parler et tu retournes à ta vie...

Elle lève la main pour me faire taire. Malheureusement, c'est très efficace. Quand tes trois sœurs aînées ont participé à ton éducation, il y a des réflexes dont tu ne te départis jamais. Une vibration lui provoque un sourire satisfait, la suivante l'élargit. Elle me tend son téléphone et se concentre sur son repas. Je découvre une conversation de groupe.

Mag : « Les filles, Nina ne me croit pas quand je lui dis que Mad est amoureux. »

Hales : « Comme toujours, Boulette a un train de retard ! Bien sûr qu'il est amoureux ! Elle me désespère... On est sûres qu'elle est vraiment notre sœur ? Y a pas moyen de demander un test ADN ? »

Bea : « Vous êtes surprises ? »

Bea : « On n'avait pas établi qu'elle était toujours à côté de la plaque ? »

Bea : « Et que sans nous, elle n'avait aucune chance de survie dans ce monde ? »

Une nouvelle notification arrive avant que je rende son appareil à Mag :

Hales : « En cas d'apocalypse, je suggère qu'on se serve d'elle comme appât ! »

Bea : « Ou qu'on la mange en premier ! »

Hales : « Je récupère son lit ! »

Je suis déjà morte et enterrée, à les lire ! Et elles osent dire que je suis désespérante ?

– OK, vous vous êtes monté la tête sur cette histoire, ça ne veut pas dire que vous avez raison. Je suis amoureuse de lui depuis longtemps, donc je sais ces choses-là. Madden a besoin d'analyser, il ne fait rien sur une impulsion, et il pense d'abord à Liam. C'est beaucoup trop tôt pour ça, il en est à peine au stade de : « Tiens, Loreena n'est pas juste mon employée et ma locataire. » Faut lui laisser assimiler cette première étape.

Le silence suivant ma tirade peut signifier deux choses, soit elle est tellement d'accord avec moi que je l'ai fait buguer. Soit…

– J'en peux plus de toi, Nina, il faut tout t'expliquer. Rappelle-moi au bout de combien de temps tu as su que tu l'aimais ?

Je lève les yeux au ciel et marmonne :

– Le jour où je l'ai rencontré, mais ça n'a rien à voir : je suis impulsive. Pas lui.

Notre serveur revient pour débarrasser nos assiettes et nous la bouclons en nous affrontant du regard. Dès qu'il s'éloigne, elle repart à l'assaut.

– Demande-le-lui, tu verras.

– T'es pas bien ?

– Tu as la trouille que j'aie raison, surtout. C.Q.F.D. !

– C.Q.F.D. mes fesses, oui !

– Tu me fatigues, Boulette.

– Le sentiment est partagé.

Nos plats sont servis et nous nous absorbons chacune dans nos pensées. Je n'aime pas l'idée qu'elle ait raison. Je préfère que Madden soit sûr de son coup. Pas qu'il me déclare un amour qui ne durera que le temps de réaliser tout ce qu'il loupe en étant avec moi. En ce qui me concerne, j'aime à fond dès le début, je suis comme ça. Ce n'est pas moins sincère, surtout quand l'intensité des sentiments est la même plusieurs mois après. Lui, il ne me ressemble pas. Elle va saboter mon histoire. Enfin, si histoire il y a toujours, parce qu'avec mes SMS tordus, on peut dire que je mine le terrain. C'est un talent...

Je reçois d'ailleurs un texto et me précipite pour le lire, avec l'espoir fou que Mad est passé à autre chose et qu'on va pouvoir enchaîner. L'expéditeur est inconnu, j'ouvre avec moins d'entrain et écarquille les yeux en découvrant les messages.

Numéro inconnu : « Hello, c'est Marjory, j'aimerais beaucoup déjeuner avec toi cette semaine ! »

Numéro inconnu : « Ou dîner si tu n'es pas disponible le midi. »

Numéro inconnu : « Je suis libre presque tout le temps, n'hésite pas à me donner tes préférences ! »

Numéro inconnu : « Et c'est moi qui invite ! À bientôt, j'espère ^^ »

Ses SMS sont aussi mimis qu'elle, pfff... Je fais glisser mon téléphone jusqu'à Mag qui est aussi surprise que moi en lisant le message.

– Son ex veut te rencontrer ?

– Je l'ai déjà croisée, je lui rappelle.

– Non, mais là, c'est louche !

– Merci, j'avais noté.

Elle sourit et se dépêche de reprendre son portable.

– Tu racontes déjà aux autres ? je lui demande en

connaissant la réponse.

– Ben oui !

Entre les followers de Madden d'un côté et ma famille de l'autre, à quel moment ai-je cru pouvoir garder ma vie privée ?

CHAPITRE 23

En prenant sa place derrière le comptoir, je demande à Mary :

– Il n'est pas sorti une seule fois ?

– Non, on ne l'a pas vu.

– OK, merci pour l'info, bonne fin de journée !

Les amoureux s'éloignent vers les vestiaires, main dans la main, et je vérifie l'heure.

– C'est bon, va le voir.

Holly me sourit en attachant son tablier et je la remercie avant de contourner le bar. Plus j'approche de son bureau, plus je transpire des mains. Quel est l'intérêt de suer de cet endroit, précisément ? Non, qu'on ne me dise rien, j'ai le cerveau ramolli et je n'ai toujours pas trouvé comment expliquer mes SMS douteux. Je tape et il aboie un : « Entrez ! » qui annonce son humeur. Peut-être qu'il a d'autres chats à fouetter et que...

– On se bouge ! ajoute-t-il quand j'hésite trop à son goût.

Je me faufile en entrouvrant la porte et la referme en y prenant appui. Il me regarde sans trahir ce qu'il pense ni me faciliter les choses.

– Je sais de quoi mes messages ont l'air, mais je voulais vraiment te remercier de m'avoir proposé de passer la nuit chez toi, ça représente beaucoup que tu sois d'accord que je croise Liam au petit déjeuner, et c'était sympa ! Pas : « Allez, bonne bourre ! », mais sincèrement très sympa. C'était plus que sympa. Sympa est un mot nul quand on y réfléchit bien, c'est sûrement mon correcteur qui l'a proposé d'ailleurs, car en réalité, c'était génial. Et s'il te plaît, ne me déteste pas et ne me renvoie pas et ne...

– T'as fini ?

– Ça dépend : tu m'en veux encore ?

– Je ne t'en voulais pas.

– Alors pourquoi tu ne répondais plus et pourquoi, surtout, tu m'as laissée parler ?

– J'ai du travail, Loreena, et toi aussi.

Je m'apprête à partir, puisque c'est si gentiment demandé, puis me ravise. J'avance jusqu'à son bureau et reprends :

– Oui, d'accord, j'ai du travail. Mais tu sais quoi ? Ce n'est pas douloureux de manifester un peu d'amabilité à ta copine, *moi,* pour info. Je suis peut-être maladroite et j'envoie des textos à se pendre avec le câble de son chargeur de téléphone, mais toi, tu es désagréable, et je ne mérite pas que tu me parles de cette façon ! Si tu veux qu'on arrête, dis-le franchement ! T'as la possibilité, maintenant, de dire stop. Si je t'ennuie au point de me renvoyer à mon poste sans même un début de sourire, peut-être que tu devrais me larguer et on n'en parle plus. Il faut que ce soit toi, Madden, moi, je ne pourrai pas, moi, ça fait trop longtemps. Mais toi, tu peux !

Le silence. Il ne me répond pas, il laisse le silence le faire à sa place. J'aurais dû me douter que c'était trop beau pour être vrai. C'est bon, je gère, je suis déjà passée par là, presque à la même période, en plus. Aucun souci. Je pivote sur mes talons, la tête haute : hors de question de montrer à qui que ce soit que je m'écroule à l'intérieur.

Je n'ai pas fait deux pas qu'il est déjà là, me serrant dans ses bras, son torse contre mon dos. Il rassemble vite toutes ces petites parties de moi qui ne semblent tenir qu'avec son aide. C'est pathétique et beau à la fois, inquiétant et rassurant... Ça peut être aussi douloureux qu'apaisant, et cet énorme paradoxe me perturbe plus que jamais. Je croyais avoir aimé, pourtant je comprends, en cet instant, à cette seconde, que ce n'était pas réellement le cas. Car maintenant, j'aime. En entier. Sans concessions. On ne fait pas de prisonniers : c'est tout ou rien.

– Je ne sais pas faire ça, m'avoue-t-il dans un murmure presque inaudible.

– Moi non plus.

– Tu t'en sors mieux.

– Parce que je prête attention aux autres, Madden. Tu ne peux pas me parler comme à une bouse et t'attendre à ce que je te tombe dans les bras. Enfin si, vraisemblablement, tu peux...

Mais je ne devrais pas, je suis faible et j'ai honte.

Il essaie de me lâcher, je repars dans les tours :

– Ne t'avise pas de t'éloigner, pas maintenant ! Donne-moi quelques instants encore, ensuite tu peux me larguer ou pas, mais d'abord...

Je lui fais face pour mieux me blottir dans son étreinte.

– Je ne veux pas te quitter, Loreena.

– Alors ne le fais pas.

– OK.

– Mais tu peux être plus sympa...

– Je croyais que c'était nul, comme mot ?

Je le frappe mollement de mon poing sur l'épaule.

– Je ferai attention. Je suis préoccupé et... je suis désolé, d'accord ?

– Tu as tellement de progrès à faire pour présenter des excuses !

– Vois le côté positif : ça ne peut pas être pire.

Je recule pour le fixer d'un air méfiant avant de déclarer :

– Je suis sûre que tu peux être encore plus sec et que tu fournis déjà un effort pour moi, non ?

La culpabilité s'affiche immédiatement sur son visage.

– J'ai besoin d'un peu de temps... Tu peux me donner du temps ?

– Du temps, OK, je peux faire ça.

C'est logique. Ce qui me semble flagrant est encore tout frais pour lui.

– Tu pensais que c'était suffisant et tu réalises que tu as choisi une chieuse, hein ?

– Je n'ai rien choisi.

Je ne sais pas si c'est un compliment ou pas, j'ai du mal à le suivre, parfois. Souvent, même. Il prend ma joue en coupe et m'embrasse. C'est léger et n'a rien de commun avec les baisers empressés que nous avons échangés jusque-là. Il y a presque de la prudence dans la façon dont il pose les lèvres sur les miennes.

– Tu ne m'as pas laissé le choix, c'était évident, il précise quand il est clair que je ne sais pas sur quel pied danser.

– Vraiment ?

Il secoue la tête et poursuit :

– Tu n'as aucune idée de...

La sonnerie du téléphone nous interrompt. J'ai envie de raccrocher au nez de l'intrus et qu'il termine sa phrase, mais je vois bien que le moment est passé. On revient sur notre lieu de travail et je lâche l'affaire. Et puis il faut que je prenne mon poste, c'est pas normal que Holly et Mike, notre extra, triment pour moi sous prétexte que je me tape le boss. Je grimace : formulé comme ça, ce n'est pas flatteur du tout !

J'adresse un signe à Madden qui décroche sans me quitter des yeux, et sors, plus confuse que je l'étais en entrant dans cette pièce.

Pour compenser d'être arrivée après le début du service, je n'ai pas arrêté et je ne me suis pas posée une seule fois. Holly voulait que je parte en pause, mais j'étais déterminée à prouver que ma relation avec Madden n'a pas d'impact sur la qualité de mon travail. À qui je veux prouver ça ? Sûrement plus à moi qu'à qui que ce soit d'autre... Toujours est-il que je suis épuisée en sortant de McCarty's, vers 1 heure du matin. Il m'attend, c'est devenu un nouveau rituel, et je ne me fais pas prier pour le rejoindre. On ne s'est plus vus de la soirée, et j'aime l'idée de compartimenter. Penser à lui pendant mon service est inévitable, alors si on ne se voit pas au boulot, c'est déjà pas mal. Car je ne suis pas douée pour séparer les aspects de ma vie, je compte donc sur lui pour le faire.

– Liam est chez mon père, m'annonce-t-il en arrivant dans notre rue.

Je souris sans rien dire.

– Tu restes ?

– Non, merci, je réponds en attrapant mon sac à mes pieds. Mais je t'attends chez moi.

Je sors de la voiture et vérifie que Poulette n'est pas en embuscade sur le chemin avant de me dépêcher de rentrer. Je file direct sous la douche et enfile ensuite mon pyjama assorti de ses chaussettes pilou tellement confortables. Dès que je termine de mettre la seconde, Madden prouve un super timing en tapant à la porte. Je lui ouvre sans chercher à cacher le grand sourire que son arrivée provoque. Je suis récompensée par le même et je l'attire à l'intérieur avant de claquer la porte et de l'y plaquer. Oui, je l'attaque et agresse sa bouche dont j'ai rêvé toute la journée. Sa façon de répondre est aussi avide que la mienne, ce qui me rassure davantage.

Lorsque nous sommes lovés l'un contre l'autre sous ma grosse couette, et qu'il passe les doigts dans mes cheveux comme s'il cherchait à les démêler (bon courage), je me souviens de lui dire :

– Ton ex veut manger avec moi, je dois m'inquiéter ?

Il s'immobilise un quart de seconde et reprend ses caresses.

– Je sais.

– Elle te l'a dit ?

– Elle m'a demandé si j'étais d'accord.

– Tu ne penses pas que tu aurais pu me filer l'info ?

J'essaie de me redresser, il me maintient contre lui.

– J'ai oublié.

– Madden McCarty, je ne sais pas ce que je vais faire de toi...

– J'ai bien aimé ce que tu as fait de moi, tout à l'heure.

Je le pousse, faussement outrée. Moi aussi j'ai aimé, mais il s'agit de l'engueuler, pas de l'encourager.

– Tu vas y aller ?

– Ben oui, de quoi j'aurais l'air si je refusais ? Soit de la fiancée jalouse, non pas que je sois ta fiancée, mais on se comprend. Soit d'une peste, car elle est adorable et la refouler me donnerait l'impression de frapper un chaton avec une batte de baseball avant de m'en servir pour ramoner la cheminée. Je n'ai pas de cheminée, mais ce serait extrêmement cruel.

Un rire silencieux secoue son torse et je souris : chaque fois qu'il baisse sa garde, c'est une victoire pour moi.

– Mais tu en as envie ? m'interroge-t-il enfin.

– J'ai un peu la trouille... Tu sais ce qu'elle veut ?

– Oui, mais c'est à elle de t'en parler.

Cette fois, je m'extirpe de ses bras et m'assois direct.

– Pas de plan à trois, Mad, je ne partage pas !

Il se marre encore devant mon expression choquée. Il se moque de moi pendant que je panique à l'idée de ce que son ex veut me demander. Il part complètement en méga fou rire et je reste à l'observer. Non, je ne suis pas immunisée contre son rire, trop rare pour m'y être déjà habituée. En revanche, je suis moins sous le charme que la première fois. Et plus il laisse son hilarité prendre le dessus, moins je me sens d'humeur magnanime.

– Quand t'auras fini, méfie-toi que je ne te vire pas de chez moi.

– Techniquement, je suis le proprio.

– *Techniquement*, tu risques ta vie. Mais sommes-nous vraiment à ce genre de détails près ?

– Viens là.

Je râle pour la forme :

– Toi, viens là…

Il me rejoint et ni lui ni moi ne sommes plus couverts. J'avoue que tenter de me distraire avec son corps de rêve est une idée de génie. Je l'aurais sûrement eue si j'étais moi-même mannequin. Il m'attire sur ses cuisses et je l'autorise à m'embrasser pour me prouver qu'il regrette.

– Tu pourrais garder Liam, demain ? me demande-t-il après quelques instants passés à se faire pardonner.

– Je me doutais que ce n'était pas sans arrière-pensée…

Il me fixe en silence et je soupire, exaspérée de ne pas réussir à lui en vouloir, alors qu'il le mériterait.

– Bien sûr, mais il faut vraiment embaucher quelqu'un pour me remplacer. Je n'aime pas que Holly et Mike se tapent tout le boulot.

– Je tiens le bar pendant le coup de feu.

– Je sais, mais ce n'est pas normal… Tu as promis de t'en occuper, je lui rappelle en tentant l'expression favorite de Liam quand il veut obtenir quelque chose.

– Tu réalises que si ça ne fonctionne pas avec mon fils, il y a peu de chances que ce soit efficace avec toi ?

Chienne de vie !

– Mais, oui. Je vais le faire.

Madden est réticent à embaucher quelqu'un venant de sa communauté. On ne sait jamais, on pourrait tomber sur un fan extrême. Vécu-réel… Je lui propose donc :

– Je peux demander à ma mère, elle connaît toute la ville. Si quelqu'un de compétent cherche un petit boulot pour la saison, elle saura qui.

– Fais donc ça.

J'étouffe un bâillement et il nous rallonge l'un contre l'autre avant d'éteindre la lampe de chevet et de me souhaiter bonne nuit.

CHAPITRE 24

– T'es sûre que...

Liam hésite, penche la tête puis la redresse en affichant une moue sceptique. Effectivement, la maison de pain d'épices ne ressemble pas aux plans. En réalité, on dirait qu'on s'est dit : « Bon, voilà ce qu'il faudrait faire, je propose qu'on vise l'inverse ! » Sans parler du fait qu'elle représente un miracle d'architecture (et pas dans le sens positif, mais plutôt parce qu'on se demande comment elle tient debout), elle n'a rien de magique. Même la couleur du biscuit est soit trop claire, soit trop foncée. Je ne comprends pas : nous avons scrupuleusement suivi toutes les étapes. Ça ne pouvait pas louper ! La recette s'appelait « pain d'épices inratable » ! À un moment, faut arrêter de mentir aux honnêtes gens !

– Et si je mets ça, ici…

Pile quand j'ajoute un élément au toit dans l'optique de le rendre plus esthétique, tout s'effondre. Les mains en équilibre au-dessus de l'édifice en ruine, je garde la bouche ouverte et les yeux fixés sur le désastre culinaire qui nous a pris tant d'heures.

Le rire de Liam résonne d'un coup et, incapable de résister, je l'imite. Nous nous marrons à nous en faire mal au ventre, puis il suggère :

– On goûte ?

Ce gamin est super téméraire. J'arrête sa main avant qu'il prenne un bout de notre tentative avortée et me sacrifie pour la cause. Si jamais l'un de nous doit récolter une intoxication alimentaire, j'aimerais autant que ce soit moi. Je ne me vois pas rendre Liam à son père dans un état différent de quand il me l'a confié. La texture est un peu sèche, mais honnêtement, c'est pas mal. Je parle du biscuit, bien sûr, je n'ai pas encore tourné cannibale.

J'ai une illumination et je propose :

– Et si on faisait des pops ?

– Hein ?

– On réduit le gâteau en miettes, on forme des boules qu'on fixe sur un bâtonnet et on enrobe le tout d'un glaçage au chocolat ! On n'a aucun risque de se planter, non ?

– OK pour moi, j'peux avoir un morceau ?

– Si tu as mal au ventre, il faudra souffrir en silence, Liam. Ton père me clouerait sur une croix et m'exposerait sur la place publique si tu tombais malade !

– T'exagères, papa t'aime, il ferait jamais ça.

Pourquoi on me dit toujours des trucs dingues pendant que j'avale quelque chose ? Que ce soit de l'air ou de la bouffe, ne peut-on pas attendre que ma vie ne soit pas en péril pour m'annoncer ce genre de… de… J'allais dire « vérités », mais c'est n'importe quoi, surtout ! « Stupidités », voilà qui sonne mieux et se rapproche plus de la réalité.

– Ton père ne me… il ne…, je bafouille en cherchant mes mots.

– T'es restée à la maison, l'autre soir, assène l'ado comme si ça expliquait tous les mystères de l'Univers.

– Parce que c'était pratique. Et je suis une super bouillotte, aussi !

– Ch'est trop bon ! il lance en mâchant une portion de maison loupée.

– On ne parle pas la bouche pleine, Liam.

Il avale et s'excuse.

– Désolé, c'est pas poli…

– C'est surtout que tu balances des miettes autour de toi en mode rafales, je rétorque aussitôt. Et c'est impoli, en effet, je complète rapidement pour ne pas contredire son éducation.

Je marche sur des œufs, de peur d'une reprise de volée par son père. J'essaie d'oublier ses réticences initiales à me confier sa progéniture, la chair de sa chair, le sang de son sang… bref, ce qu'il a de plus précieux au monde. Rien à faire, ça me colle à la peau et j'estime devoir faire mes preuves et lui montrer que ses reproches sont infondés. Voire calomnieux. Mais j'ai encore un peu de chemin avant d'en arriver là.

– On n'a pas de bâtonnets pour les sucettes, fait remarquer

Liam.

– J'en achèterai demain, en attendant on peut déjà émietter !

Je lui montre comment procéder et ça nous occupe un bon moment. Ça me fait mal au cœur de littéralement réduire en poussière notre dur labeur des derniers jours. Bien que ça ait une fonction libératrice non négligeable. Nous terminons chacun notre saladier dans un silence confortable, lorsque je le brise, rongée par la curiosité.

– Alors, Bastian et Lily ?

– Mouais, je sais pas trop, elle a pas l'air de l'aimer, mais elle passe moins de temps avec moi.

Une idée me vient soudain et je l'interroge, pour vérifier mon hypothèse.

– Elle te regarde, parfois ?

– En classe, oui, et dans la cour quand moi je la regarde, ouais.

– Elle a changé certaines de ses habitudes ?

Il réfléchit quelques instants et fronce les sourcils.

– Avant, elle mangeait vite et allait au CDI. Maintenant, elle est toujours avec Bastian et ses potes.

Je souris pour moi-même.

– Vous vous êtes disputés avant qu'elle jette son dévolu sur PueDuBec ?

Il rit au surnom adéquat dont j'affuble Bastian et hoche ensuite la tête.

– Oui, elle voulait me tenir la main mais moi, j'aime pas trop ça.

– C'est tout ?

– Elle aime pas qu'on soit amis avec Cecilia, aussi… Mais c'est n'importe quoi, on se connaît depuis la maternelle ! C'est comme mon BFF, des fois, elle rote devant moi et tout !

Charmant… De la part d'une fille ou d'un garçon, même combat : non, merci.

Je conclus, à présent sûre de moi :

– Cherche pas. Elle est jalouse et veut te rendre jaloux.

Liam pose la fourchette qu'il utilisait pour le biscuit et semble ouvrir les yeux sur ma théorie.

– T'as raison, Nina ! T'es trop forte !

– Hé, je fais ce que je peux…, je réponds sur un ton de fausse modestie.

Car il est impensable que je ne profite pas de mon petit instant de satisfaction. Juste pour être sûre, je demande :

– Tu as parlé de tout ça avec papa ?

– Oui, mais il sert à rien, il avait pas compris !

Victoire ! Un point pour moi, et toc !

– On fait quoi, maintenant ? me demande-t-il une fois les préparations mises en boîte.

– Et si on tentait une de ces comédies romantiques dont on discutait l'autre jour ?

– Avec un chocolat chaud ?

– Et un plaid !

Je suis ravie qu'il ait déjà saisi l'importance des détails autour de ce genre de rituel.

– J'en ai un super top dans ma chambre, je vais le chercher !

Je suis au salon, accroupie devant le meuble télé à essayer de comprendre comment caster mon téléphone, quand Liam revient en courant. Je me félicite d'avoir si bien motivé ce gosse.

Mais j'entends un cri et me retourne. Il se tient le front et du sang coule entre ses doigts.

Je déteste les urgences. Je suppose que c'est le cas de tout le monde, sauf que les autres n'ont pas plusieurs angoisses à gérer à la fois.

D'abord, j'ai dû supplier Monsieur Bush, au bout de la rue, de nous déposer à l'hôpital, puisque je n'ai pas de voiture.

Ensuite, j'ai tenté en vain de joindre Madden.

Puis j'ai prévenu Marjory, car je ne savais pas à qui d'autre m'adresser et je n'ai pas les coordonnées du père de Madden.

Enfin, je n'ai pas pu accompagner Liam à l'intérieur car je ne suis pas sa mère ni un membre de sa famille.

Heureusement, Marjory est arrivée en un temps record et elle a pris le relai. D'après ce que Liam m'a raconté, il a glissé sur un pan du plaid qu'il portait pour notre session romcom. Autant dire que je me sens hyper coupable. J'ai beau savoir que ce n'est pas ma faute, il était sous ma responsabilité et j'ai failli à ma mission. Je fais les cent pas devant l'entrée des urgences en attendant Madden. Je ne suis pas la seule à être stressée et dans l'expectative, je ne dénote pas. Le temps me semble durer plus qu'il le devrait, je n'ai aucune nouvelle de l'ado qui était sous ma surveillance. Ça craint d'avoir la certitude d'avoir laissé tomber quelqu'un qui comptait sur moi.

Liam n'a pas perdu connaissance et on a tout de suite appliqué un paquet de compresses sur la plaie, ce qui a limité la perte de sang et a aidé à ralentir l'hémorragie. Finalement, il va sûrement s'en tirer avec des points, une petite cicatrice et plus de peur que de mal. Surtout pour moi, à dire vrai, car il n'a pas paniqué un seul instant. Moi, d'un autre côté, on peut dire que j'ai enfin égalé Hailey dans sa propension à dramatiser.

– Loreena ! Où est-il ?

Je me précipite vers Madden dès que j'entends sa voix, il pose les mains sur mes épaules et me tient à distance.

– Le médecin et Marjory sont avec lui, je n'ai pas pu y...

Il est déjà parti. Aucun souci, c'est normal : la santé de son fils en priorité. J'entre et repère une chaise libre dans la grande salle d'attente où d'autres figures inquiètes m'accueillent. Je ne me suis jamais sentie aussi inutile que lors de cette mise sur la touche. Les minutes s'écoulent, se transforment en heures, et enfin, je vois la petite famille se diriger vers la sortie. Je les rattrape en appelant Liam qui se retourne aussitôt.

– Nina, t'es là !

Il esquisse un mouvement dans ma direction, son père le retient.

– Plus tard, tu dois te reposer.

Étant donné qu'il s'éloigne sans m'inviter, j'en déduis que je vais prendre le bus. J'essaie de ne pas prêter attention aux regards autour de moi. Je m'avance vers l'arrêt le plus proche et me rappelle que je suis partie avec seulement mes clefs et mon portable. Je n'ai plus qu'à commander un Uber et serrer les dents pour contenir les larmes qui menacent. J'ai eu très peur pour Liam et j'aurais voulu lui dire à quel point je suis désolée. Vérifier par moi-même qu'il allait bien, il en avait l'air, mais j'étais trop loin pour en être certaine. Et puis il a beau être déjà plus grand que moi, j'avais besoin de le serrer dans mes bras, une seconde aurait suffi.

Je me suis rarement sentie aussi seule qu'en ouvrant l'application sur mon portable.

– Nina ?

Je relève la tête et Marjory me regarde avec un mélange de pitié et de compassion. Bien sûr, il fallait qu'elle me prête attention dans la pire situation possible.

– Il va bien ? Pas de commotion ? je lui demande avant qu'elle reparte avec eux.

Elle veut sûrement me dire que j'ai déconné, que plus jamais on ne me fera confiance pour Liam, que je devrais avoir honte et...

– Merci de t'être occupée de lui et de l'avoir accompagné. Il va bien, une vilaine plaie dont il est déjà fier. Il pense que Lily le trouvera plus cool avec une cicatrice.

Elle sourit et je me demande où est le piège. Elle poursuit :

– Je me disais que le moment était peut-être bien choisi pour dîner ensemble ?

– Euh... d'accord ?

– J'ai ma voiture. Viens, je connais un endroit qui devrait te plaire.

Je la suis sans réfléchir jusqu'à une Tesla, bien sûr... En plus, elle pense à la planète. N'importe qui à côté d'elle passe pour un Fidel Castro en puissance. Nous nous installons et elle appuie sur plusieurs boutons.

– C'est une location, m'explique-t-elle devant mon intérêt. J'avais envie de tester mais honnêtement, je préfère des modèles moins autonomes. J'aime avoir les choses en main.

Elle s'engage dans le trafic après avoir entré des coordonnées dans le navigateur GPS. Je reporte mon attention sur le téléphone dont l'écran reste obstinément noir.

– Laisse-lui un peu de temps, lance Marjory.

– Hein ?

– Madden peut être vraiment têtu et, surtout, brut de décoffrage. Un peu excessif en ce qui concerne Liam, aussi.

– Et toi, tu ne m'en veux pas ? je lui demande pour essayer de comprendre.

– Tu as poussé Liam ?

– Bien sûr que non !

– Tu l'as mis en danger ?

– Pas du tout ! On allait regarder une comédie romantique de Noël en buvant du chocolat chaud !

– Alors pourquoi je t'en voudrais ?

– Pourtant, c'est le cas de Madden, je lui fais remarquer.

– Comme je le disais, il est un peu extrême dès que ça touche à notre fils. Ça lui passe rapidement. Je ne dis pas ça pour l'excuser, simplement pour expliquer.

– Il pense déjà que je suis dangereuse pour Liam…

– Il a dit ça ?

– Précisément, ça donne : « Il t'adore, et *ça,* c'est dangereux… ».

Elle sourit sans quitter la route des yeux, et je doute d'avoir pris la bonne décision en l'accompagnant.

– Mad a raison quand il dit que tu es à côté de la plaque.

Merci, j'adore me faire insulter…

Elle doit se rendre compte de la portée de ses paroles, car elle ajoute :

– C'était un compliment, enfin, une manière de te dire que Madden tient vraiment à toi. Et qu'il ne se trompe pas, car tu n'as pas l'air de le réaliser.

– Non, je sais qu'il m'aime bien, je m'empresse de répondre.

– On est arrivées. Alors ?

Je reporte mon attention devant moi et… je lâche en observant le bâtiment face à nous :

– Un restaurant thématique ?

CHAPITRE 25

Je croyais que l'usine du Père Noël avait été délocalisée dans mon appartement, alors que pendant tout ce temps, elle se trouvait ici !

– C'est un pop-up restaurant, m'informe Marjory alors que nous avançons vers l'entrée.

Dès qu'on passe le parking, on tombe dans un décor majestueux qui est fait pour donner l'impression d'arriver au pôle Nord version rêve d'enfants. La neige est vraie, sans aucun doute, mais le reste pourrait aussi bien l'être. La façade ressemble à une maison en pain d'épices sortie d'un conte de Grimm, et si notre piètre tentative n'était pas assez miséreuse, maintenant elle l'est, en comparaison. Il y a tant de lumières qu'on ne sait plus où donner de la tête, et lorsqu'un elfe nous ouvre, la douce musique qui nous parvient enchante mes oreilles et comble mes envies de magie. Je me laisse guider jusqu'à une table au coin d'un véritable feu de cheminée où une lutine nous installe après avoir pris nos manteaux.

– Je suis contente de ne pas m'être trompée.

La voix Marjory me sort de ma rêverie.

– Comment tu as su ?

– Liam me parle sans arrêt de toi et de ta passion pour cette fête. Madden aussi, d'ailleurs.

Super, j'ai tellement soûlé mon entourage qu'ils s'en plaignent à d'autres personnes. Après, ils peuvent râler tant qu'ils le souhaitent si je suis récompensée par des endroits aussi paradisiaques.

– Je crois que tu souffres d'un bon gros syndrome de l'imposteur, Nina. Et je ne dis pas ça pour être condescendante ou tomber dans le cliché de l'analyse psy à deux balles. Je t'en parle parce que j'en ai longtemps souffert moi-même.

– Je... quoi ?

Elle m'a perdue et j'ai du mal à suivre le cheminement de ses pensées. Sa déclaration me ramène dans le moment présent et je lâche des yeux le train électrique hyper réaliste qui tourne sur une immense installation autour d'un village qui doit représenter celui du Père Noël... Il faudra que j'aille vérifier de plus près, plus tard. Une fois que j'aurais compris ce que je fais ici, avec l'ex de mon mec.

– Quand je te dis qu'ils me parlent de ton amour de Noël, tu grimaces, note-t-elle. Ce n'est pas un reproche, pourtant. Ils t'évoquent avec amour, eux aussi.

– Ils parlent vraiment de moi ?

– Tu vois, tu recommences. Tu te dévalorises.

Je fais ça ? Elle doit lire l'étonnement sur mon visage, car elle poursuit :

– Liam est ton plus grand fan. Je sais que tu as peur de Poulette, et entre nous, je ne l'ai jamais appréciée non plus. Je sais aussi que tu chantes souvent en parlant et que tu l'écoutes quand il a des soucis à l'école. Il m'a également raconté ton envie de monter ta boîte d'organisation d'événements et ton refus de posséder une voiture tant que tu ne seras pas cheffe d'entreprise. Et les cocktails que tu inventes pour la brasserie…

– Je n'avais pas réalisé que… tu… enfin…

Comment lui dire que je ne l'imaginais pas si présente dans la vie de son fils, sans la vexer, alors qu'elle me couvre de louanges ? Je tente de m'expliquer :

– C'est la première fois que tu viens, d'habitude Liam te rend visite. Et je ne pensais pas que vous passiez votre temps à parler de la voisine.

– Liam est très important pour moi, j'ai choisi de donner la priorité à ma vie à New York, mais ça ne m'empêche pas d'être là le plus possible.

– Non, je ne voulais pas… Je ne te juge pas, Marjory.

– Rory, me reprend-elle.

La lutine rousse qui dépose les menus devant nous est adorable et je me demande si je peux la ramener chez moi pour ajouter une touche de choupitude à ma déco. Je crois que le kidnapping est toujours puni par la loi… à vérifier !

– Je comprends que tu te poses des questions sur ma

relation avec mon fils. Madden et moi sommes convenus, depuis le début, qu'il aurait la garde à temps plein. On s'arrange entre nous pour que Liam vienne chez mes parents quand il le peut. On s'appelle tous les jours et… Je sais que je donne l'impression de me justifier, et c'est peut-être un peu ce que je fais… Ce n'est pas toujours facile pour moi. Je ne peux pas déraciner mes parents, et je ne veux pas non plus les laisser seuls. Mais déraciner Liam serait aussi injuste, sans parler de Madden.

– Vraiment, tu n'as pas à me raconter tout ça…

Ça me met mal à l'aise, elle passe pour une mauvaise mère alors qu'elle a fait un choix en respectant les gens qu'elle aime. Oui, la société voudrait qu'elle donne la priorité à son fils, mais la décision lui appartient, et je suis bien placée pour savoir que Liam est loin d'être malheureux.

– Tu lui manques, c'est certain, je continue pendant qu'elle parcourt le menu des yeux. Mais c'est un gosse extra, et même à distance, tu assures.

– On fait au mieux, avec Mad.

Je baisse le regard sur ce qui ressemble à une lettre au Père Noël et présente les plats que propose le restaurant. En les découvrant, je m'écrie :

– J'adore les noms !

La salade « descente en luge » côtoie l'entrée « délices étoilés » et d'autres recettes portant des appellations telles que « bûche enchantée » ou encore « secret de lutin ». Classique et terriblement efficace.

Une fois notre commande passée, la discussion dévie sur un sujet plus sérieux. Je ne sais pas pourquoi j'en ai la certitude, mais l'atmosphère glisse d'un état à l'autre et je ne suis pas plus à l'aise.

– Tu vas me dire que ce ne sont pas mes affaires, mais je dois te poser la question. Es-tu amoureuse de Madden ?

Je la fixe en cherchant comment répondre sans lui dire que ça ne la regarde pas. M'amadouer avec ce resto était une idée de génie, même si je ne lui dois rien. Bien sûr, je comprends sa démarche de s'assurer que la femme qui fait plus ou moins partie de la vie de son fils n'est pas une sociopathe. Ça ne lui donne cependant pas le droit de m'interroger sur mes sentiments. Je n'ai encore rien dit à Madden, pourquoi aurait-elle la primeur d'une information que je ne suis pas encore prête à partager ?

– Ne dis rien, tu portes tes émotions sur le visage. Loreena, quand je partirai, tu seras là pour Liam et Madden ?

– Eh bien, je n'ai pas prévu de déménager et on vit à côté, donc...

– Non, je veux dire : vraiment là.

C'est bizarre comme conversation. Heureusement, mon apéritif à la cannelle est déposé sur la table et j'essaie de me donner une contenance en buvant une gorgée.

– Encore une fois, je te remercie pour ton honnêteté, continue Marjory comme si j'avais répondu alors que j'ai bien fait attention à conserver une expression neutre. Je propose qu'on parle de choses plus légères, maintenant que c'est fait.

Que *quoi* est fait ?

Je lui demande en tentant de contrôler les battements de mon cœur :

– Et toi, tu es amoureuse de Madden, Rory ?

Elle me sourit en secouant la tête.

– Un jour, s'il en a envie, il te racontera. Cette histoire n'est pas seulement la mienne. Mais non, Madden et moi n'avons jamais été amoureux. Je l'adore, je l'aime comme mon meilleur ami, et ça s'arrête là.

D'où me vient la conviction qu'elle me dit la vérité ? Et surtout, pourquoi est-ce si important ? Il y a beaucoup trop d'inconnues dans l'équation de ce début de soirée. J'accueille la lutine rousse avec plaisir et passe commande en espérant dévier la conversation, pour de bon cette fois.

À se demander si ce n'est pas moi qui ai pris un coup sur la tête, tout à l'heure. Ça expliquerait le cadre idyllique et la personne avec qui je le partage...

Je n'ai parlé à personne de ma soirée avec Rory (oui, j'arrive à l'appeler par son petit nom, maintenant). C'était un drôle de moment. Après le début bizarre, on a vite trouvé des tas de sujets de conversation. Et au moment du dessert, elle a même gagné des points en arrêtant de parler pour nous permettre d'apprécier pleinement l'assortiment de mini bûches. J'ai mal en pensant que ce restaurant fermera ses portes dès le 31 janvier. Et encore, je m'estime chanceuse qu'ils restent ouverts si longtemps après Noël. Est-ce que j'ai abusé de la nourriture et me sens lourde ce matin en gagnant les vestiaires ? Totalement. Est-ce que ça en valait la peine ? Tellement ! Mon coma digestif prolongé explique sûrement que je ne l'aie pas entendu approcher quand il m'entraîne dans la réserve.

Dès qu'il a fermé la porte et allumé, j'ai envie de me planquer. Peu importe l'absolution de la mère de Liam, j'ai déçu le père et c'est le seul qui compte vraiment à mes yeux.

– Je suis désolée qu'il se soit blessé pendant que je le surveillais et…

Cette manie de me faire taire en m'embrassant… ne me dérange pas du tout. Sa réaction me surprend, je ne vais pas prétendre le contraire. Pourtant le soulagement qui m'envahit en même temps que ses mains remontent le long de mes bras pour finalement se caler autour de mes joues est si puissant que je pourrais en pleurer de joie. Il ne me déteste pas ! Sauf si, en Écosse, fourrer sa langue dans la bouche de quelqu'un est une façon de lui faire des reproches. J'en doute, et je me laisse aller contre lui, mes inquiétudes fondant sous la tendresse de ce câlin inattendu.

Quand il libère mes lèvres, je reprends ma respiration du mieux que je peux et lâche :

– Salut…

– Je me suis comporté comme un con, encore. Je t'ai attendue, hier soir.

– Je suis rentrée tard.

– Je ne te demanderai pas où tu étais, ça ne me regarde pas, et…

– Avec Marjory, au restaurant. Puis elle m'a emmenée boire un verre dans un bar tout en glace. Ils te fournissent des manteaux et tout à l'entrée, tu connais ?

Je parle déjà trop au naturel, ajoutons la nervosité et je

m'autosoûle.

– Je connais. Elle t'a parlé ?

– Oui, on a papoté, et elle ne m'en veut pas, tu sais ?

Il a l'air peiné et me serre un peu plus dans ses bras.

– Je ne t'en veux pas non plus. J'ai eu peur, et quand j'ai peur, je deviens un abruti.

– Plus que quand tu n'as pas peur, tu veux dire ?

Il soupire. Pas sûre qu'il ait capté la plaisanterie.

– Tu en auras marre, Loreena. Un jour, je vais dire ou faire un truc tellement nul que tu me dégageras et tu auras raison.

Le pauvre homme n'a plus toute sa tête. Je sais que je ne devrais pas, mais je pourrais accepter beaucoup avant de décider qu'il n'est plus bon pour moi. Et puis il m'a demandé d'être patiente. Il a annoncé la couleur, à moi de déterminer ce que je suis prête à encaisser ou non.

– Comédie romantique chez moi, ce soir. Je ferai les chocolats et Liam sera avec nous. Ça te dit ?

– Avec plaisir, je murmure pour masquer l'émotion dans ma voix.

On a sûrement beaucoup à apprendre l'un sur l'autre, mais je sens qu'on progresse. À deux, on devrait s'en sortir, non ?

Madden n'a pas menti, il s'occupe de tout et se sent clairement coupable, d'après ses efforts pour que la soirée soit parfaite.

– Tu as mal ? je demande à Liam, une fois de trop, d'après

son air agacé.

– Maman m'a dit que tu culpabilisais. C'était pas ta faute, Nina. J'ai pas fait gaffe à la couverture, t'aurais rien pu faire.

– Si j'étais allée la chercher moi-même…

– N'importe quoi ! Je suis capable de… Enfin, normalement, je le suis, se reprend-il en réalisant ce qu'il dit.

– Mais tu es sûr que tu peux regarder la télé ?

– P'pa ! Aide-moi !

Madden arrive avec un plateau chargé de trois mugs et de biscuits en forme de sapins et glacés au sucre vert. Je reconnais les tasses : une grise avec une tête de Père Noël, une rouge avec un renne, et une blanche qui, elle, m'est étrangère. Je la tourne pour découvrir une poule rouge. Je ris en la faisant glisser pour attraper la grise : hors de question que je récolte celle en hommage à l'animal qui veut ma mort !

Je ne dis rien, je ne veux pas mettre Madden mal à l'aise, et il sort clairement de sa zone de confort anti-Noël pour me faire plaisir. Je ne veux pas abuser de sa culpabilité, maintenant que la roue a tourné. J'ai simplement envie d'un moment au calme près de Liam, afin de m'assurer qu'il va bien, et de son père qui ne me tient pas rigueur de l'incident.

Madden lance le film que nous avons choisi pendant que je le surveille du coin de l'œil. Il me regarde au même moment, Liam entre nous, et me sourit. Bon sang, ce que je suis amoureuse de lui… Je pourrais le lui dire, tant pis s'il prend peur. On ne devrait pas avoir à cacher nos sentiments comme s'ils étaient honteux, alors que c'est tout le contraire.

Je tâche de me concentrer sur les images à l'écran quand j'entends le portable de Mad vibrer. Je l'observe tandis qu'il lit le message reçu, fronce les sourcils puis range aussitôt son téléphone. Je me risque à lui demander :

– Tout va bien ?

Il ne me répond pas immédiatement. J'insiste et il semble sortir de ses pensées.

– Oui.

Le retour du patron laconique. C'est dingue, cette capacité à passer d'un état à l'autre en un claquement de doigts. À présent, je n'existe plus. Il m'ignore et fait semblant de s'intéresser à l'histoire alors qu'il est évident qu'il voudrait être ailleurs…

« Je te connais, Boulette, tu vas tomber follement amoureuse de lui et ça finira en Armageddon… Arrête immédiatement tant que ton cœur peut être sauvé, fais-le pour nous : on déteste te voir souffrir, et c'est la seule issue possible à cet arrangement. »

Trop tard, Bea, beaucoup trop tard…

CHAPITRE 26

– Tu es sûr que tu ne veux pas monter devant ? Tu es bien installé ? On aurait dû prendre un coussin…

– Papa, tu peux dire à Nina que je vais bien ?

– Loreena, Liam v…

– Je suis là, j'ai entendu, mais c'est juste que je ne suis pas sûre que…

– OK : stop !

Son ton autoritaire, qu'il emploie habituellement avec son fils, me fait sursauter. Je me rassois, droite sur le siège passager, et n'ose plus l'ouvrir. La dernière fois qu'on m'a parlé de cette façon, j'étais moi-même adolescente et ça venait de mon père.

Autant dire que c'est bizarre.

– Loreena, tu m'écoutes ?

– Non. Répète.

Madden ne soupire plus quand je me perds dans mes pensées, c'est bon signe, non ?

– Liam va bien, je suis désolé d'avoir exagéré, ce n'est pas de ta faute. Détends-toi.

– D'accord…

– Bien joué, P'pa, marmonne Liam depuis l'arrière, maintenant elle va bouder…

Nous sommes en route pour le marché de Noël le plus populaire à ma connaissance, qui se trouve à presque trois heures de route, et j'ai convaincu Madden de m'accompagner. Je n'avais pas prévu que le trajet serait sûrement trop pénible pour Liam qui s'est blessé il y a seulement trois jours. Ils ont beau me dire qu'il n'y a aucun souci, et encore moins de contre-indication à ce déplacement, je flippe. Et si, en fait, il avait une commotion cérébrale et qu'aucun médecin ne s'en était aperçu ? Ou pire ! Je dois regarder trop de séries médicales où des cas rares, voire uniques, sont traités… En attendant, je ne suis pas tranquille. Je vais me déclencher la nausée à force de me retourner pour vérifier que Liam est conscient.

La main de Mad sur mon genou m'ancre dans l'instant et m'apaise aussitôt. C'est étrange qu'un simple contact innocent ait ce pouvoir sur moi…

– Tu crois que je prendrais le risque, s'il y en avait un ? me demande-t-il en me jetant un bref regard.

– Non, t'as raison…

– Alors respire un coup et profite.

– Je mets mes écouteurs, j'entends plus si vous voulez me parler ! nous annonce l'adolescent blessé qui ne devrait peut-être pas écouter de la musique et…

C'est bon, j'ai compris, je dramatise et je deviens lourde, même pour mes pensées. Mais j'ai eu tellement peur en le voyant saigner de la tête… Pendant qu'il était sous ma responsabilité !

Madden déplace sa main sur ma nuque où il exerce une pression rassurante, avant de la ramener sur le volant.

– Je suis…

– Si tu me dis encore une fois que tu es désolée, je te laisse là, sur le bord de la route, et peut-être qu'on te récupère au retour. Pas sûr.

– Tu irais au marché de Noël sans moi ?

– Pour Liam.

– Ou alors, tu es curieux de voir tout ce dont je t'ai parlé, et tu commences à aimer Noël ! je chantonne en gigotant sur mon siège.

Au lieu de m'envoyer balader, il ne répond pas, et je prends ça pour une victoire. On se contente de ce qu'on peut !

En repensant à ce que j'ai pu lire sur Internet, je déclare :

– J'ai prévu de goûter à tout ce que les stands proposent !

Le marché est immense, et quand je dis immense, je parle de « on n'aura peut-être pas assez d'une journée pour le visiter ». On trouve des spécialités de tous les pays, à boire et à manger, sans parler des créations artisanales allant des décorations typiques des pays d'Europe centrale, à des artistes locaux exposant des œuvres plus décalées. Mais c'est surtout la nourriture qui m'intéresse, je l'avoue. Cette sortie est très importante pour plusieurs raisons. D'abord, j'ai l'impression que c'est un moment en famille. Bien sûr, je me suis incrustée dans *leur* petite famille, n'empêche que c'est agréable. Avec la mienne, c'est tout de suite le bazar : passer du temps avec Mad et Liam est reposant. Ensuite, Madden semble peu à peu se faire à l'idée de fêter Noël. D'ailleurs, l'organisation de la soirée chez McCarty's avance bien et il ne reste que quelques détails à régler. J'ai même réussi à convaincre mon patron de la faire le 25 pour permettre aux gens de passer le réveillon et le jour J avec leurs proches. Ainsi, on s'assure une plus grande fréquentation des lieux, et pas uniquement les solitaires.

Je suis fière de mon travail car, en peu de temps, Mad a beaucoup évolué sur sa manière de voir les choses. Il y a encore du boulot, et si j'osais envisager notre relation sur le long terme, je penserais à tout ce qui changera encore d'ici l'an prochain.

En attendant, Liam et lui sont prêts à rouler six heures pour profiter d'un marché de Noël sur mes conseils. C'est déjà pas mal, comme victoire.

Quand nous avons parcouru la moitié du chemin, je propose à Madden :

– Je peux prendre le relai pour conduire..

– Non, c'est bon.

– Tu n'es pas fatigué ?

– Non.

– Tu devrais au moins faire une pause.

– Pourquoi ?

– Ben, ça se fait, c'est plus prudent.

– Il me faut surtout un écriteau : « Merci de ne pas parler au conducteur. »

Je décèle l'humour dans son ton et décide de ne pas tenir compte de ce faux avertissement.

– Trop tard, soit tu en trouves un au marché, soit tu subis !

– Je dois être masochiste.

– Euh, en fait, j'entends quand même un peu, signale Liam sans masquer son dégoût.

Je ris à la grimace de Madden, comprenant le double sens de son histoire de masochisme.

– Vous savez ce qu'on faisait quand j'étais petite et qu'on partait en road-trip avec mes parents ?

– Laisse-moi deviner : ta mère te filait du sirop pour la toux avant le départ pour que tu roupilles à l'arrière ?

– Hilarant. On chantait ! je m'enthousiasme.

Seule. Car je ne sais pas ce qui est le plus désespérant : l'air effrayé de Liam ou celui, fermé, de son père.

J'insiste en me tournant pour les voir tous les deux :

– Allez ! C'est funky les chants de Noël.

– Liam ? lui demande Madden.

– Reçu cinq sur cinq.

– Je commence et vous pouvez vous joindre à moi quand vous voulez !

Je n'ai pas une voix magnifique, mais je n'ai pas non plus à en rougir de honte. J'ai bien assez de tares pour ne pas en ajouter. Je chante vaguement juste, et pour ce type de chanson, surtout en voiture, ça suffit. J'entame donc *Jingle Bells Rock* et, très vite, j'inclus une petite chorégraphie que l'espace réduit me permet. Comme je le craignais, ni l'un ni l'autre ne joue le jeu. Tant pis, je suis partie et on ne m'arrêtera plus ! Lorsque je termine, le sourire aux lèvres et ravie qu'ils n'aient lancé aucun commentaire et ne m'aient pas interrompue, je vérifie leurs expressions… et c'est à ce moment que je note le portable de Madden, dans les mains de Liam, pointé sur moi. Je comprends mieux leur dernier échange que j'avais pris pour un encouragement, les judas.

– Si tu me dis que tu es en direct sur le compte de ton père, je te… je te… Attends, réponds d'abord. Que je ne menace pas un mineur devant des tas d'inconnus.

– P'pa ?

– Les abonnés t'adorent ! se justifie le traître.

En fait, je m'en fiche ! Je n'ai plus rien à cacher à des gens qui m'ont vue dans mes pyjamas thématiques et ne sont personne à mes yeux. Si ça peut aider Madden à faire vivre ses réseaux sociaux, je suis prête à me ridiculiser plus encore. Et à utiliser cette arme contre lui.

– Y a des commentaires ? je demande innocemment en prenant une pose nonchalante.

Ce qui n'est pas chose aisée dans la voiture, mais je m'en sors plutôt pas mal, je trouve.

– Oui, regarde.

Liam me tend le portable sans réaliser qu'il me confie une grenade dégoupillée. Je parcours rapidement les messages postés et s'il y a quelques critiques blessantes, je me focalise sur les encouragements et les remarques sur ma bonne humeur communicative. Je suis meilleure qu'un antidépresseur, nous dit AlexaL123456, ce qui est peut-être le plus beau compliment reçu de la part de la communauté de Madden. C'est à présent lui qui apparaît sur l'écran puisque j'oriente la caméra dans sa direction.

– Liam, je me demandais, tu crois que les followers de ton père aimeraient qu'il chante lui aussi un chant de Noël ?

Le gamin éclate de rire en comprenant où je veux en venir, Mad beaucoup moins. Il pourrait me rembarrer comme il le ferait en temps normal, mais il ne s'y risquerait pas en live, j'en suis convaincue. Il offre un regard suggestif qui ferait se pâmer n'importe laquelle de ses fans (moi la première) et hausse une épaule.

– Alors, ils disent quoi ?

Je ne lis pas les réactions, je prends l'initiative de la décision.

– Ils votent pour, à l'unanimité !

– Quelle chanson ?

– La même que moi, bien sûr ! Et ils demandent à ce que Liam se joigne à toi.

Je me retiens de rire devant l'air à présent paniqué de l'ado.

– Après, si vous préférez les décevoir… Je comprends que vous ayez peur de la comparaison : j'ai grave assuré.

– Liam ?

– Ouais, OK… Mais tu filmes papa, pas moi.

– Aucun souci ! Allez, les gars : un, deux, trois, quatre !

L'euphorie de la fin du trajet retombe comme un soufflé quand nous découvrons le spectacle désolant de l'entrée du marché de Noël. Nous sommes loin d'être les seuls à assister à la fin de l'intervention des pompiers. Un incendie s'est déclaré dans un stand de marrons grillés et, à cause du vent, s'est étendu aux chalets des exposants voisins. Une annonce tourne en boucle dans les haut-parleurs pour signifier la fermeture du marché, au moins pour la journée. Notre escapade est annulée, et j'ai mal au cœur en songeant à tous ces commerçants qui ont perdu leur stock.

Sans un mot, défaits et résignés, nous retournons à la voiture garée à quelques centaines de mètres.

– Y a rien d'autre à faire dans le coin ? demande Liam après un moment.

Je dégaine mon portable et vais sur le site de l'office du tourisme qui n'annonce que des randonnées estivales. Le marché de Noël est le point culminant des activités locales, le reste se déroulant à d'autres moments de l'année et ne dépassant pas le niveau de la fête de la myrtille.

Dépitée, je réplique :

– Non, rien.

– On rentre, déclare Madden.

Il n'a pas l'air perturbé, ni satisfait. Je crois que ça le laisse indifférent, et son absence de compassion m'agace pour une raison qui m'échappe. Je suis ingrate, c'est sûr, car il a pris sa journée pour suivre mon idée, et ça devrait me suffire. Son téléphone vibre et, comme je marche à côté de lui, je vois sans le faire exprès que c'est un SMS de Marjory. Aussitôt qu'il l'a lu, Madden se ferme. Son humeur chute de plusieurs niveaux et déjà pas très bavard au naturel, il se mure dans le silence en accélérant le pas. Je n'ose pas lui demander si ça va. La dernière fois qu'il a reçu un message le perturbant, il n'a pas voulu en parler. Liam ne se rend compte de rien, il est occupé à tchatter avec Lily. Depuis qu'il s'est blessé, elle a cessé son petit jeu pour le rendre jaloux et ils ont retrouvé leur équilibre.

J'aimerais que ce soit aussi simple pour Madden et moi. Sauf qu'on n'a jamais vraiment eu d'équilibre, si je suis honnête. Sûrement parce que j'étais déjà amoureuse de lui. Rien que là, l'avoir si près de moi sans laisser libre cours à mes envies est difficile à vivre. Si je m'écoutais, je prendrais sa main sans me poser de questions, je l'embrasserais chastement sans m'inquiéter de sa réaction ou de me faire refouler. Il mettrait un bras autour de ma taille, me taquinerait comme il le fait parfois lorsque nous sommes seuls, et déposerait un baiser sur mon front parce qu'il ne peut pas s'en empêcher. Il attendrait aussi qu'on soit seuls pour me confier ce qui le tracasse, et je l'aiderais à gérer ses soucis, il m'écouterait râler au sujet de mes sœurs en me disant que j'ai de la chance de les avoir...

Je m'arrête, comprenant ce qu'elles avaient anticipé et tenté de me dire sans que je sois prête à l'entendre. Ma relation avec Madden est basée sur un fantasme. Une utopie qui a pris racine en moi bien avant que je sois plus qu'une employée à ses yeux.

– Loreena ?

Je vois qu'il m'attend, inquiet. Je pourrais lui dire ce qui me travaille, partager avec lui mes préoccupations et chercher cet équilibre... Mais le fera-t-il en retour ? Je ne crois pas.

Je l'ai poussé dans cette histoire, il s'en est accommodé, et a eu envie de nous donner une véritable chance... Oui, et si ça n'était pas suffisant ?

– Ça va ? insiste-t-il quand je me contente de le fixer sans rien dire.

Je sors de mes réflexions et hoche la tête sans chercher à le rassurer. J'avance et le dépasse, consciente de ses yeux sur moi, et plus encore de ce clivage qui a toujours été présent entre nous et que je me suis appliquée à ignorer. C'était plus facile… mais pas moins douloureux.

Le retour est morose, personne ne parle, on chante encore moins, et quand Madden nous dépose à la maison trois heures plus tard, pour filer faire une course sans nous donner de détails, je sais qu'il me cache quelque chose. Loin d'être sereine sur notre relation, je prends sur moi afin de ne pas pleurer devant Liam qui me propose de boire un chocolat chaud, comme c'est devenu notre tradition. Pourtant, à l'intérieur, j'ai envie de me rouler en boule dans un coin et de me traiter d'imbécile pour avoir cru qu'il suffirait de quelques décorations et d'un peu de magie pour que Madden McCarty rejoigne mes sentiments.

Je croyais qu'en prenant une place plus importante dans sa vie, ça me suffirait. Je me suis trompée. Et je n'ai aucune idée de la façon de rectifier le tir. Même la boisson réconfortante que nous sirotons devant une émission sur Noël ne parvient pas à me réchauffer…

Madden n'est pas Noah…

Je me le répète en me rappelant toutes les raisons pour lesquelles la situation est différente. Mais rien ne m'ôte de l'idée que quelque chose cloche, et j'ai déjà vécu ça.

CHAPITRE 27

– Quelle journée de merde ! commente Bea depuis le tabouret où elle est perchée.

Elle s'est autoproclamée barmaid, ce soir. Hailey, Mag et moi sommes installées de l'autre côté de mon comptoir et sirotons notre cocktail pendant que je leur raconte les mésaventures de la virée « marché de Noël ».

– Un truc me chafouine, intervient Hale. Ton mec te souffle le chaud et le froid : pourquoi tu ne lui demandes pas une bonne fois pour toutes quel est son souci ?

– Carrément ! N'oublie pas, Boulette, les gens te traitent comme tu les laisses te traiter ! déclare Mag.

Je soupire de découragement.

– J'entends bien tout ça, mais… Si le souci venait de moi ? Et puis il m'a demandé du temps.

Elles échangent un regard que je ne parviens pas à déchiffrer et que je suis de toute façon trop épuisée pour analyser.

– J'ai compris, je me sacrifie, lance Hailey avant de vider son verre d'une traite et de se hisser sur le comptoir afin d'être plus haute que nous.

La vie entière est une scène de théâtre, pour elle. J'aimerais avoir autant d'aisance que ma sœur, n'importe où, n'importe quand.

– Nina, tu dois tout de suite arrêter de te dévaloriser. En plus, c'est un poil agaçant, ça donne l'impression que tu cours après les compliments. Attends ! poursuit-elle en levant une main vers moi pour m'empêcher de protester. On sait que tu ne pratiques pas la fausse modestie pour récolter des louanges. Mais quand on ne te connaît pas comme nous depuis toujours, ça peut donner cette image de toi. Passons, car le plus important est que tu prennes enfin confiance en toi. Concrètement, qu'aurais-tu fait pour pousser Madden à se comporter comme un petit con avec toi, ma Boulette ?

Je réfléchis sérieusement à sa question sous leur attention. J'aime savoir qu'elles se préoccupent de moi, au point de lâcher leurs plans un samedi soir, à la dernière minute, pour participer à cette réunion d'urgence que j'ai convoquée dès que Liam est parti chez son grand-père. Mad n'est pas revenu de sa mystérieuse sortie, et ne m'a pas non plus donné signe de vie. Il a simplement dit à son fils de préparer ses affaires pour passer la nuit chez monsieur McCarty.

– Je l'ai d'abord embarqué dans cette histoire de faux petit ami, je commence par énumérer.

– Nope ! crie Hailey, fière de son effet quand la surprise me fait sursauter et que quelques gouttes de ma Margarita m'éclaboussent.

Je ne m'y ferai jamais, pire qu'un chat qui ne comprend pas qu'il court après sa queue !

– Quand Maman est venue le voir, il a décidé de jouer le jeu au lieu de balancer le mensonge de Nina, enchaîne Bea. Tu ne lui as pas mis le couteau sous la gorge, que je sache. S'il n'a pas démenti, tu ne t'es pas dit qu'il y avait une bonne raison à ça ?

En allant récupérer l'éponge dans l'évier, je tente :

– L'altruisme ?

– Conneries ! reprend Hailey. Je suis sûre que ça l'arrangeait parce qu'il a envie de toi depuis le jour où tu as passé ton entretien d'embauche !

– Non ! je m'agace en retournant à ma place. Suis un peu, il a raconté ça pour vous faire croire qu'on filait le parfait amour. Depuis, on a arrêté de faire semblant et vous n'avez plus besoin de gober cette fable.

– Mais qu'elle est fatigante..., soupire Mag qui se faisait discrète jusque-là. Tu permets ? interroge-t-elle Hailey qui lui fait signe de prendre la parole.

– Boulette, je t'aime, tu sais que je t'aime du plus profond de mon cœur et que je ferais tout pour toi. *Nous* ferions tout pour toi, répète-t-elle suite au toussotement subtil de Bea. Mais tu es parfois si stupide que je me demande s'il est possible de t'offrir une greffe de neurones... On doit être compatibles, non ?

– Attendez, je ne dis pas qu'il ne m'apprécie pas, mais si je n'avais pas menti à notre sujet, il serait juste mon patron et mon propriétaire, rien de plus !

– Oh purée, si elle commence avec les « si », je vous préviens, je risque de la frapper, grogne Hailey en descendant de son perchoir.

J'insiste en haussant le ton :

– Je ne me dévalorise pas. Je suis capable de voir que je suis jolie, peut-être pas aussi bien foutue que son ex, OK, loin de là même, mais j'ai d'autres qualités ! Je suis rigolote, généreuse, organisée et en mesure de parler de tous les sujets si on n'est pas en période de Noël ! Alors mince, pourquoi il ne se confie pas sur ce qui le dérange ?

– Ah ! ben voilà, c'était pas compliqué, non ? s'exclame Bea en commençant à applaudir.

Les deux autres l'imitent aussitôt et je reprends confiance en moi. En fait, il suffisait qu'on me secoue pour me faire réagir. Je suis vite découragée, mais tout aussi rapidement remise sur les rails.

– OK, c'est quoi le plan maintenant, du coup ?

– Tu travailles demain ? m'interroge Mag.

– Oui, je suis du service de midi.

– On a donc encore quelques heures pour picoler, te rappeler que tu mérites mieux qu'un mec qui t'ignore et te convaincre que tu n'as pas besoin de plan !

– Je n'aurais pas mieux dit ! s'emballe Bea en commençant à préparer les prochains cocktails.

Les quatre mini blenders colorés devant elle (que j'ai dénichés grâce à une pub Instagram à force de me connecter pour suivre Madden) sont remplis et allumés en même temps, provoquant un bourdonnement qui me permet bizarrement de m'échapper quelques secondes dans mes pensées.

Elles ont raison, je m'inquiète sûrement trop. Pourtant je n'arrive pas à m'ôter de l'esprit qu'il pourrait me quitter du jour au lendemain pour mille prétextes. Noah craignait de s'ennuyer, par exemple, c'est bien que je dois manquer d'intérêt. Je peux améliorer ça, non ? Me rendre plus captivante, changer mes habitudes ou...

Une minute !

Je me lève d'un coup en secouant la tête : pourquoi ce serait à moi de modifier qui je suis ? Pourquoi ne pourrait-il pas faire d'autres efforts pour notre relation que d'accepter quelques guirlandes dans son bar ? A-t-il seulement envie de nous donner une chance ?

– Boulette, tu fais une attaque ? Parce que je te préviens, on a toutes trop bu et on est venues en Uber pour anticiper le retour, s'inquiète Bea.

Je la rassure en agitant la main :

– J'ai une épiphanie.

– Alléluia ! hurle Hailey.

Cette fois, je l'ai senti venir et je ne suis presque pas surprise.

– Vous savez quoi ? Je vais lui parler !

– Maintenant ? s'étonne Mag.

– Non, il n'a qu'à mariner un peu, lui aussi !

– *Go sista !* s'écrie Bea, imitée par les autres.

Qu'est-ce que je ferais sans ces folasses ? Pas besoin de me trouver des amies, j'ai un lot deux en un que je ne troquerais pour rien au monde. Et si jamais ça doit capoter avec Madden, je sais qu'elles m'aideront à me relever. Les comédies romantiques de Noël peuvent mettre en avant les liens familiaux tant qu'elles veulent, pour nous, ils sont valables toute l'année. À commencer par ce soir où les cocktails délient les langues qui n'avaient pas besoin de l'être, et la conversation dévie sur l'aspect tyrannique ou non de Bea.

Et même si Madden reste dans un coin de mon esprit jusqu'à ce que je me couche, vers 2 heures du matin, mes sœurs m'ont apaisée et je suis déterminée à ne pas subir la situation. Et à lever le pied sur l'alcool, aussi, c'est mal. Le mal suprême. D'ailleurs, ce serait bien que les mini dramas se calment, car je suis convaincue que sans eux, on n'aurait pas tendance à autant remplir nos verres ! Si je commence à avoir un problème de boisson, on pourra considérer que Mad en est la cause et donc le responsable ! J'ajoute ça à la liste de tout ce qui doit être réglé, avant de me laisser emporter par le sommeil.

Ma détermination me semble lointaine devant l'indifférence de mon patron, ce matin au travail. À dire vrai, je ne le prends pas personnellement parce qu'il est encore plus froid que d'habitude avec tout le monde. Ce n'est déjà pas évident, en temps normal, d'encaisser son ton expéditif, mais alors là... Pas besoin d'aller dans un super bar glacé avec Marjory pour me dépayser : il règne un froid polaire dans tout McCarty's.

– Tu as mis un shoot dans sa poule, ou quoi ? marmonne

Holly quand on le voit de loin engueuler le livreur de pâtisseries du jour pour le restaurant.

Au bar, c'est plus simple, on achète du sous vide, en dehors de mes petits sablés. Je n'ai pas eu le temps, ni l'envie, d'en refaire et les clients sont un peu déçus. Je ferai en sorte d'y remédier dès ce soir, il faut dire que j'avais la tête ailleurs. J'en déduis à son air grognon lorsqu'il repart dans son bureau que ça ne va pas s'arranger tout de suite. Je suis légèrement poussée sur le côté et remarque seulement maintenant que les serveuses et une partie du personnel de l'étage se tiennent derrière Holly, à l'origine du mouvement.

– Quoi ?

– Nous avons voté, annonce mon amie.

– À quel sujet ?

– Tu es sa fiancée, et il est infect avec tout le monde. C'est ta mission de lui demander de baisser d'un ton. Enfin, dis-le-lui autrement, hein. Je n'ai pas envie d'avoir à retrouver les morceaux éparpillés de ton corps quand il en aura terminé avec toi si tu lui balances ça direct.

Je retire, elle n'est pas mon amie, elle ne vaut pas mieux que cette bande de froussards !

– Pourquoi je serais en première ligne ? je réplique en croisant les bras. Il n'est pas plus aimable avec moi. Je vous rappelle qu'ici, je suis son employée au même titre que vous.

– Mais tu as des armes supplémentaires, intervient Carina.

Inutile d'avoir les sous-titres pour comprendre qu'elle parle de sexe. Quand n'évoque-t-elle pas ce sujet, d'ailleurs ? Bref.

– On peut aussi se taire, subir et attendre qu'il redevienne moins... plus... lui, je bafouille.

Difficile de lui trouver des excuses quand son mode par défaut est d'être efficace sans s'embêter avec l'amabilité.

– Tu n'étais pas là quand il est arrivé pour la mise en place, m'informe Katy, une des serveuses du restaurant. On a peut-être perdu un fournisseur à cause de son pétage de plombs.

Là, ça devient sérieux. Ce n'est toujours pas ma responsabilité, mais ça fait bien longtemps que j'ai été choisie comme déléguée officieuse du personnel. Avant même que Madden et moi ne sortions ensemble, je me sacrifiais pour le bien commun. Je n'ai plus qu'à enfiler mon costume blindé et partir au front. Je soupire, vaincue, et m'apprête à contourner le comptoir quand Holly m'arrête.

– Si j'étais toi, j'irais sans le bonnet de Noël.

– Note qu'il est adorable, c'est la première fois que j'en vois un rose, ajoute Liliane, la cheffe de la brigade du resto. Mais en effet, à mon avis, ce serait agiter un tissu rouge devant un taureau.

Je retire mon accessoire festif et le tends à ma collègue pour qu'elle le garde le temps que j'aille en prendre plein la tête au nom de tous les employés. Car je ne me berce d'aucune illusion : je vais récolter une gueulante et je ne suis pas certaine que mon intervention fasse une différence. Armée de ce sentiment défaitiste, je traverse la salle et tape trois coups à la porte.

– Quoi ?

Ça démarre bien. Une grande inspiration plus tard, j'entre et prends soin de bien refermer avant de m'exprimer. Après, s'il décide de crier, ce n'est pas cette ridicule cloison qui fera la différence.

– Salut…, je tente en restant à l'entrée.

– J'ai du travail, Loreena.

– Tu pourrais peut-être me dire bonjour, ce serait un bon début et ça figure dans le premier chapitre du guide *Les Codes sociaux pour les nuls*.

Au temps pour ma volonté de rester zen et d'éviter le conflit : il me tape déjà sur les nerfs.

– Je n'ai pas le temps pour…

– Mais tu vois, c'est ça le souci, Madden ! Tu n'as jamais le temps pour mettre les formes ni pour traiter correctement tes employés quand tu as les couilles à l'envers comme ce matin ! Tu n'as pas le temps non plus pour m'embrasser en me larguant devant chez toi avant de partir je ne sais où ! Tu n'as même pas le temps de prendre ton putain de téléphone pour m'envoyer un SMS et me rassurer quand je n'ai aucune idée d'où tu te trouves ni de ce que tu fais ! Tu n'as pas le temps, mais tu m'en demandes !

Pour le coup, je suis sûre que mes collègues n'ont rien loupé de ma crise. Mad me fixe sévèrement en crispant les mâchoires. Il laisse passer quelques secondes, et tel que je le connais, c'est pour ne pas me répondre en hurlant.

– Tu jures, maintenant ? finit-il par lâcher.

Il est sérieux ? Je vide mon sac et il s'attarde sur quelques pauvres grossièretés ?

– Madden, j'ai du mal à te suivre.

– Je t'ai demandé d'être patiente.

– Patiente ou de tout encaisser sans broncher ? Tu peux aussi communiquer ! Un petit peu suffirait ! Et être aimable, bon sang ! Il y a une mutinerie dans ta brasserie et ils m'envoient en éclaireuse pour essayer de savoir ce qui se passe !

– Pas maintenant, d'accord ?

– Non, pas d'accord, je réplique en serrant les poings le long de mon corps.

Ça m'aide à contenir la déception et les larmes livrées avec.

– Nina...

Je souffle d'une voix tremblante :

– Tu ne m'appelles jamais Nina...

Il se passe une main sur la nuque et se lève enfin de derrière son bureau que je vois comme une distance supplémentaire entre nous. Un rappel de nos places dans cette relation : lui le boss, moi... Je ne sais pas ce que je suis censée être.

– C'est compliqué, en ce moment, poursuit-il en s'arrêtant à quelques pas de moi.

– Tu pourrais m'en parler.

– Non, je ne peux pas.

– Et tu vas continuer à t'en prendre à tout le monde ?

– Je pense qu'on devrait faire une pause, lance-t-il soudain.

Pas si soudainement, d'ailleurs, puisque si je suis honnête, je l'ai senti venir. Il s'éloigne de moi depuis des jours et ce n'est pas vraiment une surprise.

– Une pause ? je bugue comme un robot, aucune émotion dans la voix.

Il semble hésiter, c'est trop tard : l'histoire se répète presque et je n'apprendrai jamais. Donner son cœur à l'autre, c'est lui permettre de le piétiner, ce qui finit systématiquement par se produire.

– J'ai des congés en retard, je prends ma journée.

Je ne lui laisse pas l'occasion de répondre, et surtout, je ne veux pas être témoin de son absence de réaction. Je m'échappe pour enfin autoriser mes larmes à couler.

CHAPITRE 28

Prendre le train est une plaie, prendre le train en pleurant, avec un bonnet de Noël rose sur la tête (par esprit de rébellion contre les empêcheurs de célébrer la nativité en paix) est une plaie multipliée par dix. Je ne suis pas repassée par chez moi, j'ai attrapé un bus, puis le premier trajet en direction de chez mes parents. C'est fou comme on peut attendre impatiemment son indépendance, chérir son appartement et sa liberté, jurer ses grands dieux qu'on ne pourrait pas vivre de nouveau en famille, et se précipiter dans son cocon rassurant quand tout s'écroule autour de soi.

Depuis mon siège isolé dans un wagon presque désert,

j'écoute ma playlist festive qui ne parvient pas à me tirer un battement de cœur enthousiaste. Je sais que je surréagis, d'autant que j'aurais dû voir venir cette issue depuis longtemps si j'avais voulu ouvrir les yeux. C'est tellement plus confortable de se concentrer sur ce qui nous arrange. Pendant un moment, car tôt ou tard, la réalité te marave la face avec des coups de boule bien sentis et tu dois sortir la tête du sable pour l'affronter.

Ce n'est pas la fin du monde, j'ai déjà surmonté ce genre de rupture. Car je ne me fais plus d'illusion : si *lui* veut une pause, en ce qui me concerne, c'est tout ou rien. Pas de tiédeur, je déteste la demi-mesure en amour. Ça présage de l'ennui et une absence de passion dont je refuse de me contenter. Je suis prête à beaucoup de concessions, mais pas vivre à moitié pour arranger l'autre. Rien n'est insurmontable, la partie rationnelle de mon cerveau le sait. L'autre, plus fleur bleue et stupide, pense que les quatre cavaliers de l'Apocalypse convergent dans ma direction et que je vais périr sous les sabots de leurs destriers dans d'atroces souffrances. Oh ça va, si on ne peut pas dramatiser un peu quand on se fait jeter à quelques jours du réveillon, hein, quand en a-t-on le droit ?

Mon téléphone sonne et quand je vois le nom de Madden s'afficher, je prends une mesure drastique et l'éteins. C'est tellement rare de ne pas avoir son portable sous la main, de nos jours, qu'une partie de moi se met en veille lorsque je fais glisser le bouton rouge de gauche à droite pour confirmer ma décision. Au lieu de paniquer, une curieuse sérénité s'empare de mon être et, même privée de ma musique, je profite bien mieux de la suite du court voyage. Impossible de demander à mes pensées de suivre l'exemple de mon portable et de me fiche la paix, alors je les laisse aller et venir en essayant de ne pas m'y arrêter. Surtout qu'elles me rappellent ces signes qui étaient pourtant visibles. Je n'en veux pas à Madden : ça n'est pas sa faute s'il est resté fidèle à sa personnalité alors que j'en attendais plus. Il ne savait pas que je suis tombée amoureuse il y a des mois et que l'espoir d'une histoire idyllique avait corrompu ma vision d'une relation.

Il voudrait du temps, et moi je voudrais qu'il n'ait pas à se forcer pour s'ouvrir à moi, que ça lui vienne naturellement. Il m'a filé entre les doigts aussi vite qu'il est devenu mon petit ami. Un courant d'air qui ne devrait pas autant m'affecter. Je savais que c'était risqué de me complaire dans cette situation. Ça ne m'a pas empêchée d'en savourer chaque seconde, et maintenant que la facture m'est présentée, elle est plus salée que je l'avais imaginé. Ou alors, je me suis bercée d'illusions en sachant que ça finirait mal et je n'ai pas voulu y prêter attention. Peut-être qu'un jour, je me dirai que c'était bien, le temps que ça a duré, et que je dois chérir ces souvenirs, comme je l'ai déjà pensé. C'est trop tôt pour ça et la douleur dans ma poitrine me rappelle ce que j'ai perdu.

Le front appuyé contre la vitre, je regarde le paysage défiler en me rapprochant de la maison qui m'a vue grandir. Comment se fait-il que mes pas m'aient guidée là ? Je souris tristement : ma mère s'occupera de moi, et pour une fois, j'ai envie qu'elle me chouchoute. Qu'elle s'inquiète de mon appétit, m'apporte une couverture et fasse chauffer du lait dans une casserole pour préparer le chocolat traditionnel de mon enfance. Égoïstement, je veux qu'on me plaigne. Pas longtemps, un jour suffira. Après, j'affronterai la suite, mais bien mieux armée.

Je descends à l'arrêt de mon village natal et me rends directement à l'épicerie de mes parents. Là aussi, un goût de nostalgie m'envahit lorsque j'approche de la devanture. J'ai passé tant d'heures à aider mon père à remplir les rayons et ma mère à servir les clients, qu'à peine la porte franchie au son du carillon, je me sens mieux. C'est encore une illusion qui ne durera pas, pourtant j'ai l'intention de l'entretenir jusqu'à mon départ, demain.

– Ma Boulette ! s'écrie ma mère en m'apercevant depuis son comptoir.

À l'ancienne, ici, pas de caisse enregistreuse sophistiquée et encore moins de tapis roulant. Elle contourne le meuble usé et s'approche en ouvrant les bras. Elle a immédiatement vu que quelque chose n'allait pas et je n'attends pas pour la rejoindre et enfin éclater en sanglots. J'essaie de lui expliquer la raison de ma présence, elle ne comprend rien puisque je renifle en pleurant toutes les larmes de mon corps. Mais que c'est bon d'être consolée par ma maman !

– Nina ! Calme-toi et raconte-moi !

Son ton autoritaire et doux à la fois est précisément ce qu'il me faut pour canaliser les émotions se bousculant dans mon cœur et au bord de mes lèvres. Je prends une profonde inspiration pendant qu'elle essuie mes joues, puis murmure :

– J'ai quitté Madden parce qu'il ne m'aime pas et c'est difficile de me dire que j'ai pris la bonne décision.

– Tous les couples se disputent, Boulette, ça ne veut pas forcément dire que c'est terminé.

Je secoue la tête et elle m'attire à nouveau contre elle.

– Devine qui est arrivé ce matin ?

– Mamina ? je souffle en comprenant tout de suite à qui elle fait allusion.

– Et si tu allais la voir ? Je te retrouve dans un instant, le temps de fermer.

– Non, reste : c'est votre meilleure journée, j'ajoute en réalisant que nous sommes loin d'être seules.

Heureusement, ici, tout le monde se connaît et les clients nous ont laissé de l'espace. Oh, je ne m'illusionne pas : ils parleront très vite de la scène que je viens de leur offrir. Ils sont bavards et adorent les commérages, oui, mais ils sont respectueux et ne pensent pas à mal.

– Ma fille a besoin de moi, je ferme ! insiste ma mère.

– Si tu fermes, je repars direct, je la préviens.

– Nina...

J'affirme en souriant :

– Je me sens déjà mieux.

Le résultat ne doit pas être à la hauteur de ce que j'espérais, car elle me répond par une moue sceptique.

– Je vais voir Mamina et tu nous rejoins ce soir, d'accord ?

Elle hésite et j'ajoute pour boucler le deal :

– On te fait des sablés.

– Tu es fourbe, Boulette... Vendu !

Elle m'embrasse sur les joues et me serre une dernière fois dans ses bras avant de me libérer. Elle m'accompagne sur le trottoir et attend que j'aie tourné au coin de la rue pour rentrer, comme lorsque j'étais petite et que j'empruntais ce chemin pour rendre visite à ma grand-mère.

Je me sens déjà plus légère de savoir qu'elle est revenue de son dernier voyage. Je ne crois pas beaucoup aux coïncidences en temps normal, et aujourd'hui encore moins.

– Tu sais que je t'aime, Boulette.

Quand Mamina démarre comme ça, je le sens mal. Déjà, ça résonne trop avec ce que mes sœurs m'ont dit pas plus tard qu'hier soir. Et ma grand-mère est du genre à foncer dans le tas. Assise en face d'elle à la table de sa cuisine, je l'observe attentivement, ne l'ayant pas vue depuis des mois. Son teint est hâlé, facile quand on revient d'un séjour à Madagascar. Elle est en forme, ses cheveux sont aussi sauvages qu'à sa dernière visite, parsemés de dreadlocks naturelles, et lui arrivent à la taille, libres et d'un gris argenté qu'aucun coloriste ne saurait imiter. Ses yeux clairs pétillent autant que sur les photos de sa jeunesse accrochées aux murs de son salon que je connais par cœur pour y avoir passé de longues heures, gamine. La robe longue qu'elle porte n'est absolument pas raccord avec la saison, pourtant elle correspond au look que je lui ai toujours connu : baba cool et authentique.

– Tu as déconné, y a pas à tortiller du cul pour chier droit.

Ah oui, et son langage est aussi fleuri que son sac à main...

– Te méprends pas, il mériterait quelques baffes pour arrêter de se regarder le nombril, celui-ci, mais je t'ai connue moins lâche, Loreena.

Lorsque Madden utilise mon prénom entier, presque tout le temps donc, j'apprécie car il est le seul à s'embêter à prononcer les trois syllabes. Quand mes proches le font, en revanche, ce n'est pas bon signe.

Je marmonne, vexée :

– Je suis venue chercher du réconfort.

– Tu t'es trompée de porte alors, parce que je te soutiendrai toujours, mais pour la complaisance, c'est chez ton autre grand-mère.

J'adore ma grand-mère paternelle. Elles sont toutes les deux très différentes dans leur caractère, mais pas dans mon cœur. Et elle a raison, pour me faire plaindre, c'est chez Mémé Bell que je dois aller. Chez Mamina, je cite : « On se sort les doigts du cul et on s'active. » Ce n'est pas un hasard si je suis venue la voir dès que j'ai su qu'elle était rentrée, j'ai besoin de son tempérament et de ses conseils efficaces.

– Tu n'aurais pas dû partir comme ça, tu me fais honte !

– Quoi, tu aurais voulu que je m'écrase et...

– Ah non ! Ne me fais pas dire ce que je n'ai pas dit ! S'écraser devant qui que ce soit ? Jamais ! On les emmerde, ceux qui veulent te changer et te dominer, et bien profond !

Je la sens partie dans un de ses discours rebelles et révolutionnaires, alors je ramène le sujet :

– Mamina, tu crois que j'aurais dû insister ? J'ai essayé, pourtant...

– Tu aurais surtout dû lui laisser le temps d'assimiler et de s'expliquer. Là, tu lui as dit ce que tu avais sur le cœur et tu t'es barrée ! Alors que ton Madden, c'est sûr qu'il est lent à la comprenette ! Faut pas le brusquer et attendre que ça monte au cerveau.

– Mais ça fait des...

Je m'interromps en comptant mentalement... Des jours. À peine quelques semaines. Mince, elle a raison : j'attends de lui qu'il y voie clair, alors qu'on est ensemble depuis moins d'un mois !

– Je vois que tu commences à comprendre. Franchement, c'est à se demander comment vous survivez, tes sœurs et toi, pendant mon absence...

– Elles savent que tu es de retour ?

– Bah, ta mère finira par le leur dire.

– Tu restes pour Noël, hein ?

– Bien sûr ! C'est le gamin qui est tombé ou toi, pour me poser des questions connes comme ça ?

– Hé, ne plaisante pas avec ça ! Je ne t'ai pas tout raconté pour que tu l'utilises contre moi !

Elle sourit sans répondre, nous savons toutes les deux qu'elle n'en fera qu'à sa tête.

– J'ai promis des sablés à maman, je l'informe en souriant.

– À mon âge, si c'est pas honteux de me mettre aux fourneaux dès mon retour !

– Arrête de jouer la vieille grabataire, tu as plus d'énergie que moi. Je me demande si tu ne tournes pas à quelque chose, genre... de l'acide ?

Elle éclate de rire et nous commençons à sortir les ingrédients. Elle est arrivée ce matin, mais elle prévient toujours sa voisine à l'avance pour les courses et le ménage. Elle la paie assez cher pour l'entretien de sa maison, et l'avantage est qu'elle n'a plus qu'à se poser et profiter. Ou faire de la pâtisserie avec sa petite-fille. Tout en préparant la pâte, je réfléchis et, entre deux étapes de la recette, je rallume mon téléphone sous le regard approbateur de Mamina. Elle déteste qu'on fuie une situation, qu'elle soit douloureuse ou non. J'ai paniqué, je le reconnais, et il est temps de redevenir adulte. L'interlude aura été beaucoup plus court que prévu.

J'ouvre la discussion avec Madden et il y a un seul nouveau SMS de sa part.

McTrouDeBalle : « Je suis désolé d'être con. Reviens ? »

Il l'a envoyé il y a plusieurs heures, et depuis, il a téléphoné trois fois.

Moi : « Moi aussi, je suis désolée que tu sois con. »

Moi : « Je rentre demain. »

Moi : « Je viendrai travailler et il faudra qu'on parle, Madden. »

Aussitôt, les trois petits points m'indiquant qu'il écrit sa réponse s'affichent à l'écran. Je n'attends pas longtemps le nouveau message.

McTrouDeBalle : « OK. »

J'éclate de rire, ce laconisme lui ressemble tellement. Puis je jette un œil à mes autres notifications.

– Alors ?

– Alors on va discuter. Ce soir, tu manges avec nous chez papa et maman, et demain, tu me raccompagnes ?

– Tu sais que papillonner de tes yeux de biche n'a jamais fonctionné avec moi, Boulette. Mais t'as de la chance, je dois aller en ville dans l'après-midi.

– Je travaille à 11 heures...

– Et ma grasse matinée ?

Elle proteste tout en sachant qu'elle me reconduira chez moi, parce qu'elle a une grande gueule et jure comme un poissonnier, mais elle ne nous refuse jamais rien. Mon sourire s'efface lorsque je découvre un des e-mails reçus durant mon silence radio. Le pseudo de l'expéditeur n'est même pas caché, AshLey_2609 : l'abonnée qui envoie son string à mon mec. J'ouvre la pièce jointe et reconnais la tenue que portait Madden hier, il est dans la rue, Marjory lovée dans ses bras et il l'embrasse sur la tête. Comme il le fait parfois avec moi, dans un mouvement de tendresse que je croyais n'appartenir qu'à nous. Ils ont l'air bien plus proches que Mad et moi ne l'avons jamais été en public. Et tellement mieux assortis…

Je transfère la photo à Madden sans message, un simple amas de pixels pour lui dire : « Je sais », sans avoir à le dire vraiment.

Et sinon, à un moment, on arrête de creuser ou le fond est comme le sac de Mary Poppins ?

CHAPITRE 29

– Est-ce que quelqu'un lui dit d'aller prendre une douche ou je m'y colle ?

Hailey et sa délicatesse mixée à son exagération ne parviennent pas à me tirer ne serait-ce qu'un soupir d'exaspération. Je suis propre, en plus, j'ai simplement déniché des vêtements de quand j'étais ado. Un pantalon de sport que je n'ai jamais porté pour en faire vraiment, et un peu serré à la taille, par-dessus lequel j'ai passé un t-shirt de mon père. Un de ceux utilisés pour le bricolage et qui était sûrement déjà périmé avant ma naissance. Alors oui, le tout me donne une allure miséreuse. Est-ce que ça me préoccupe ? Absolument pas.

J'interpelle mes sœurs qui s'installent dans le salon de mes parents :

– Qu'est-ce que vous faites là ?

– Réunion d'urgence, déclare Bea, mais sans alcool : je récupère les filles à l'école tout à l'heure. Et même si picoler m'aiderait à supporter les super mamans parfaites devant le portail, je ne peux pas faire honte à ma descendance, elle me renierait.

– Elle te renie déjà, remarque Mag avant de reporter son attention sur moi. Cette photo, Boulette, il t'a expliqué les circonstances dans lesquelles elle a été prise ?

– J'en sais rien, j'ai coupé mon portable.

– On s'en est rendu compte, merci, marmonne Hailey qui ne supporte pas d'être réduite au silence.

Je n'imagine pas le nombre de messages vocaux qu'elle a dû me laisser, c'est le genre de détails qui ne me motivent pas spécialement à rallumer l'appareil diabolique.

– Tu ne vas plus travailler, alors ? me demande Bea en posant la main sur mon genou.

– J'ai pris les jours de congé que j'avais en retard.

– Et la soirée au McCarty's ? s'enquiert Mag. Tu étais tellement contente de l'organiser, tout était prêt : tu laisses tomber ?

– Ce n'est pas ma priorité, je grogne en me renfonçant contre le dossier.

Mes fesses ont dû laisser une empreinte sur le coussin depuis que je squatte le sofa pour mater des films et des séries sans vraiment les voir, tout en m'apitoyant sur mon sort. J'avais décidé de rentrer hier matin et de reprendre ma vie comme si de rien n'était, après une discussion avec Madden sur l'importance de communiquer et de mettre les formes quand on s'adresse à sa moitié. Ou à n'importe qui, d'ailleurs. Quoi qu'il en soit, recevoir cette photo m'a beaucoup trop blessée pour mettre ce plan à exécution. J'ai opté pour la facilité, au grand dégoût de Mamina qui a honte de mon attitude (ce qu'elle m'a dit, mais dans d'autres termes, bien sûr).

– Vous n'avez rien de mieux à faire un mardi midi que d'assister à ma déchéance ?

– Si, justement. Du coup, ce serait bien que tu te bouges, qu'on puisse retourner à nos vies, s'impatiente Hailey.

– Est-ce que j'ai le droit de déprimer en paix ?! je crie en levant les bras que je laisse retomber faute d'énergie, même pour une dose de drama queen.

– Non ! répondent mes sœurs en chœur.

– Certainement pas, ajoute ma grand-mère en arrivant à son tour.

– Mamina, fais quelque chose ou je balance ta dernière petite-fille par la fenêtre, lâche Hailey entre ses dents.

– Va t'habiller, jeune demoiselle. Et par pitié, arrange-moi cette tignasse.

J'écarquille les yeux : alors là, c'est l'hôpital qui se fout de la charité ! Avec la façon dont elle se coiffe, je n'en reviens pas qu'elle... Un instant : mes cheveux sont pires que les siens ? Je me lève d'un bond pour me placer devant le grand miroir du vestibule et recule d'un pas en découvrant mon allure. J'avoue ne pas avoir mesuré la gravité de la situation. À présent que je sais, je n'ai plus d'excuse. Je n'ai pas non plus un entrain débordant, mais au moins, je vais limiter la casse. Je me rends à la salle de bain pour me redonner forme humaine et, après un bon quart d'heure de douche, brossages divers et léger maquillage, force est de constater que pour les yeux bouffis et les cernes, en dehors d'une paire de lunettes de soleil, rien n'y fait.

Lorsque je rejoins les filles au salon, ma mère s'est greffée au groupe d'intervention. Si je n'étais pas autant au bout du rouleau émotionnel, je pourrais rire du tableau qu'elles offrent. Pas une ne semble réellement inquiète, elles papotent comme si de rien n'était. Je préfère, ça détourne l'attention de ce qui occupe déjà assez mes pensées pour que je doive en plus en parler non-stop.

– Ben voilà, quand tu veux ! lance Mag en m'apercevant.

Je suis tentée de lui tirer la langue, mais il paraît qu'après 6 ans, ce n'est plus mignon mais terriblement agaçant. Je ne vais pas jusqu'à lui tendre mon majeur, ce serait mesquin, même de ma part. Je me contente donc de hausser une épaule. Hailey se lève, sûrement pour nous servir un de ses monologues de circonstance, quand on sonne à la porte. On se regarde, chacune se disant : « On est toutes là, qui ça peut bien être ? », et je me dévoue pour aller ouvrir puisque je suis la plus proche de l'entrée.

– Liam ?

L'ado se tient sur le perron, son sac de cours à ses pieds, les joues rougies par le froid et l'air inquiet.

– Il y a un souci ? Ton père ? Poulette ?

Il fronce les sourcils et un immense sourire illumine lentement son visage.

– Tu vois que tu l'aimes ! Tu demandes de ses nouvelles !

Je ne me renseigne pas de qui il parle, il précise de lui-même :

– Poulette va super bien, elle ne sort plus trop de son poulailler, il fait trop froid. Pourquoi t'es partie ?

– J'avais des congés à poser, je réplique mon excuse depuis trois jours.

– C'était pas prévu, on devait faire plein de trucs ensemble et t'es partie.

– Entre, tu vas te transformer en Mister Freeze et ton père va vouloir ma peau, je marmonne en m'écartant du passage.

Je le guide jusqu'au salon où ma famille lui saute dessus, y compris ma grand-mère qui ne l'a jamais rencontré mais sait parfaitement qui il est. Une fois qu'elles se sont toutes assurées qu'il va bien, qu'il a une tasse de chocolat fumant dans les mains et une assiette de sablés, je fais taire les pies et essaie de comprendre ce qu'il fait là.

– Liam, comment es-tu venu ?

– Ben, j'ai pris le train.

– Tu ne poses pas les bonnes questions, intervient Hailey qui prend le relai. T'as pas classe ? Ton père est au courant ?

– Non, on finissait tôt pour pouvoir préparer Noël.

– Réponds à la deuxième question, insiste ma sœur.

Inutile, le fait qu'il élude nous prouve que non, Madden n'a aucune idée de l'endroit où se trouve son fils.

– Tu lui as dit quoi ? je l'interroge en soupirant.

Combien on parie que, quoi qu'il arrive, ça va être de ma faute ?

– Il croit que j'suis à la bibliothèque.

– On vous libère à l'avance et ton père gobe que tu études

au lieu de glander ? se marre Mag.

– Il a une immense confiance en son autorité ! Va falloir ramper, mon petit !

Mamina met son grain de sel, même si Madden est effectivement crédule, et que les torts sont partagés entre son fils et lui.

– Mamina ! On ne dit pas ça à un ado qui vient de désobéir et de mentir ! je m'insurge.

Elle hausse les épaules et ressemble elle-même étrangement à une adolescente quand elle se comporte ainsi.

– J'appelle ton père.

Je vais chercher mon portable à l'étage, dans ma chambre. J'ignore les notifications clignotantes qui rendraient n'importe qui épileptique et passe direct mon coup de fil.

– Loreena ! T'es où, putain ?

Charmant, comme accueil. Et on s'étonne que j'aie préféré faire l'autruche…

– Chez mes parents, et ton fils aussi. Je n'y suis pour rien, il a débarqué il y a cinq minutes, je te préviens aussi vite que j'ai pu. Je le raccompagne chez toi, je voulais juste que tu saches où il se trouvait. Je t'envoie un SMS dès qu'il est chez vous.

Je raccroche sans lui donner l'opportunité de répondre : j'ai dit ce que je voulais, le reste n'est pas à l'ordre du jour. Et je mets mon téléphone sur silencieux pour faire comme s'il ne me rappelait pas aussitôt. À plusieurs reprises. Je rassemble mes quelques affaires et redescends en lançant :

– Mamina ! Tu nous déposes ?

– Ah, là tu as besoin de moi, hein ? L'ingratitude de ta génération ne finira jamais de m'étonner ! Et crois-moi, je surveille mon langage ! Ce n'est pas du tout comme ça que je l'aurais formulé si ce gamin n'était pas là.

– Je ne suis plus vraiment un gamin, rétorque Liam qui fait la même taille que ma grand-mère.

Je crois même qu'il la dépasse légèrement...

– Quand tu auras mon âge, petit, la plupart des autres seront des gamins à tes yeux. Bon, on y va ? J'ai une séance de Krav Maga à 17 heures et je ne veux pas la louper !

– Merci.

Je l'embrasse sur la joue avant de me tourner vers Liam en prenant l'air le plus sévère que j'ai en stock. J'imagine que les yeux bouffis et les cernes ont enfin trouvé une utilité : il est moins sûr de lui, d'un coup.

– Ton père sera sûrement très en colère, alors je serais toi, je préparerais une bonne excuse pour être parti sans le prévenir.

– J'ai pas besoin d'une excuse, je suis venu te chercher. Et ça a marché, tu rentres avec moi, tu vas voir papa, vous allez arrêter de vous faire la tronche et on va recommencer comme avant. Il a même pas fait son live dimanche, c'est la première fois qu'il le loupe ! Il déprime trop, faut que tu reviennes.

J'ai un pincement au cœur en l'entendant me dire ce que je voudrais tant qu'il se produise. Je chasse cette utopie de ma tête : j'en ai terminé avec les fantasmes, j'ai donné et c'était loin d'être une réussite. À partir de maintenant, je joue dans l'équipe des réalistes !

Je regarde la voiture de ma grand-mère s'éloigner et soupire en réalisant que j'ai bien fait de rester, mais que ce n'est pas facile pour autant. Avoir une conscience n'est pas ce qu'il y a de plus pratique quand on cherche à éviter son ex, qui se trouve être le père de l'ado qu'on ne s'est pas résigné à laisser seul.

– Tu viens pas à la maison ? me demande-t-il quand je prends le chemin de mon appartement.

– *Tu* viens chez moi, je précise en zieutant du côté du poulailler. T'es sûr qu'elle va bien ? C'est la première fois qu'elle n'essaie pas de me tuer quand je passe par ici...

– Poulette n'a jamais essayé de te tuer, t'es parano. Mais on peut aller voir, si ça te rassure.

– Oh moi, tu sais, c'est juste pour éviter d'attirer les charognards avec sa carcasse !

– T'es pas sympa avec elle, tu m'étonnes qu'elle essaie de te tuer, marmonne Liam en me doublant.

– Hé ! Tu disais que j'étais parano ! Tu m'as menti !

Il ouvre la cabane, beaucoup trop grande à mon avis pour une seule bestiole, et me fait signe d'approcher. Les décorations que nous avons installées ensemble sont toujours en place et j'aime l'idée que, même pendant mon absence, l'ambiance de Noël est maintenue, au moins en apparence. La bête est installée dans son sauna personnel. Quand je pense au pognon investi dans sa suite de luxe, c'est honteux. Rassurée, j'ouvre la marche et nous montons chez moi. Il fait bon, je n'avais pas prévu de partir, et le chauffage est resté allumé. Si Madden s'en était rendu compte, il m'aurait engueulée. Ce qu'il a peut-être fait, puisque je n'ai pas écouté un seul vocal ni lu ses textos. D'ailleurs, dès que nous sommes installés au salon, au milieu du mini village de Noël qui s'est naturellement formé à force d'y ajouter des éléments, je rédige un message stipulant que nous sommes rentrés et que je m'occupe de Liam jusqu'à son retour. Je m'applique à ne pas lire les précédents SMS de la conversation. OK, je mets ma main devant l'écran et ne vérifie pas l'orthographe de mon texte, tant pis, j'envoie. Question de survie.

Je demande à mon invité :

– J'ai des choses à faire, t'as ta console ?

– Ouais, mais j'peux t'aider ? On n'a jamais fini les sucettes de pain d'épices, en plus...

Ce gosse me crève le cœur. Et cette bouille, là, je fais comment pour y résister ?

– Va chercher la préparation, je vais vérifier si j'ai reçu les bâtonnets que j'ai commandés.

C'est comme ça que je me retrouve à improviser un atelier pseudo-culinaire au lieu de commencer à trier mes affaires en vue du déménagement imminent. Car il est hors de question que je m'inflige le supplice de vivre si près de Madden. Quelques heures plus tard, alors que nous avons réussi une poignée sucettes et en avons loupé un paquet, on tape à la porte. C'est bizarre de reconnaître quelqu'un à sa façon de toquer ?

J'enfile mon costume invisible de super héroïne moderne et indépendante pour aller ouvrir, culotte par-dessus les collants incluse. Je n'ai pas le temps de me dire que c'est douloureux de le revoir sans pouvoir le toucher ou l'embrasser, il fonce dans l'appartement, un papier à la main, et pivote pour me faire face.

– Tu te souviens de ta pétition pour les décos de Noël ?

Même combat pour ta démission !

Il déchire la feuille en tellement de morceaux que j'ai perdu le compte et me contente de répondre :

– Tu as imprimé exprès mon e-mail pour pouvoir le réduire en confettis ?

Il ne dit rien et croise les bras en me fusillant du regard. Même cette attitude m'avait manqué, et je ne suis pas partie trois jours complets... C'est désespérant.

– Je sais que j'agis comme un con et que tu mérites mieux, mais ne pars plus comme ça, ne me vire plus de ta vie !

– P'pa... on n'avait pas dit que tu serais gentil pour lui donner envie de revenir ?

– Toi, descends préparer le repas, je m'occuperai ensuite de ton cas.

En ouvrant la porte pour les laisser sortir, je lance :

– Tu devrais y aller avec lui.

– Non.

Laconique et efficace... Oui, mon masochisme ressort en sa présence. Et je referme derrière Liam, déjà fatiguée de la lutte qui s'annonce.

CHAPITRE 30

– Tu n'aurais pas dû t'en aller.

Ma patience est déjà à bout. Je ne le frappe pas, une histoire de valeurs pacifistes, tout ça... Bon, aussi parce que je ne ferais pas le poids. Mais il n'est pas loin d'un uppercut. Enfin, de l'idée que je m'en fais, je n'ai jamais testé. Il ne le remarque pas car il s'approche, et je m'écarte avant qu'il ait le temps de me bloquer contre la porte. Pas question de me laisser avoir par une diversion, cette fois. On en finit, salut, chacun reprend sa vie. C'est le plan et je vais faire le maximum pour m'y tenir.

– Loreena...

– Non, Madden. Toi, tu n'aurais pas dû faire et dire tout un tas de trucs ! Ne me reproche pas la seule bonne décision que j'ai prise depuis que je te connais !

Je m'installe à la cuisine, derrière le comptoir : s'il veut qu'on discute, il peut choisir un tabouret de l'autre côté. Il hésite, mon regard doit le convaincre parce qu'il s'assoit en face de moi. Le plan de travail entre nous n'est pas superflu, car on a beau savoir qu'il faut arrêter, ça n'éteint pas les sentiments dans la foulée. J'ai envie de le toucher, de glisser les doigts dans ses cheveux, de le tenir contre moi et sentir son souffle sur mes lèvres… Tout ce à quoi je n'ai plus droit. À cause de lui.

– La photo, tu l'as eue où ?

Je rêve ou je décèle une accusation ? Il se radoucit en réalisant que je suis passée un cran au-dessus en matière d'agacement.

– Juste… qui te l'a envoyée ?

– La folle aux strings.

Il jure et je l'observe taper un message sur son portable. Je ne cache pas ma surprise lorsqu'il m'explique de lui-même ce qu'il fait.

– J'ai porté plainte contre elle, la photo est une preuve. Elle a dû me suivre.

C'est plus grave que je le pensais. Je n'ai pas le temps de lui en demander plus sur la situation, il enchaîne :

– Rory a besoin de moi.

– Moi aussi, j'avais besoin de toi.

– Mais elle encore plus…

Je retiens mes larmes. J'en suis capable, et je refuse de craquer devant lui quand il fait preuve d'aussi peu de compassion.

– Loreena, on n'est pas ensemble, Marjory et moi. On ne l'a jamais été et on ne le sera pas non plus.

– Ça se voit, j'ironise. D'abord vous êtes hyper bien assortis, ensuite, vous avez un enfant, et maintenant tu me plantes pour la rejoindre sans me le dire. Pourtant je te crois quand tu me dis qu'il n'y a rien entre vous, je te fais confiance. Alors pourquoi tu ne m'expliques pas ? Pourquoi tu te casses en me laissant imaginer le pire ?

– La raison ne m'appartient pas, ce n'est pas à moi de t'en parler.

– Tu sais que plus tu essaies de te justifier, moins ce que tu dis a de sens ?

– Tu es partie.

– Tu me parles comme à une sous-merde et tu t'étonnes que je m'en aille ?

– Non, j'ai mérité ça. Mais tu ne me donnes pas l'opportunité de... de te dire...

– De t'excuser, Madden, ce n'est pas si compliqué, et me présenter des excuses ne te provoquera pas d'aphte, promis.

– Ce n'est pas ça, enfin si, bien sûr que je dois te demander pardon, je le sais ! Mais je fais comment pour me racheter si tu me bloques partout ?

– Pas mon problème.

Il serre les mâchoires, c'est la première fois que je le vois si tendu. Et avec lui, ce n'est pas peu dire : c'est l'inventeur de l'expression « crispé ».

– Tu démissionnes vraiment ?

– Oui. Je te rendrai l'appartement bientôt, j'ai besoin d'un délai pour m'organiser et...

– Non, tu ne peux pas me donner envie de plus puis te tirer comme ça !

Sa violence me fait reculer. Ce n'est pas contre moi, j'en ai la conviction. Il n'empêche qu'il pète les plombs. Je veux dire, pour de bon. Habituellement, je lui tape sur les nerfs, il m'envoie balader et on n'en parle plus. Cette fois, il a atteint un extrême. *Bienvenue au club, Mad...*

Je contre :

– Évidemment que je peux !

– Donne-moi un peu de temps, merde ! J'ai aucune idée de comment me comporter en couple !

– À ton âge, il serait judicieux d'apprendre.

Son regard me fuit et il s'agrippe si fort au comptoir que ses phalanges blanchissent. Je l'observe et il a l'air au bout du rouleau. Pas « mannequin à cran », mais bien « être humain au bord de la crise de nerfs ». Je le vois différemment dans le silence qui s'installe et je me rappelle la discussion avec mes sœurs, puis avec Mamina. Notre relation est neuve, toute fraîche. Je l'ai toujours vu comme l'homme de qui j'étais tombée amoureuse, c'est une évidence pour moi et ça ne l'est pas pour lui.

– Tu es ma première relation, avoue-t-il finalement, me coupant l'herbe sous le pied.

Je le fixe, la bouche légèrement entrouverte et les yeux sûrement aussi grands que des soucoupes. Il est sérieux ? Mince alors, il l'est !

– Mais tu... tu es... Tu es *toi* ! je lâche sans dissimuler ma surprise.

Il me regarde droit dans les yeux, toute forme d'embarras

envolée aussi vite qu'elle s'était installée avant sa confession. Je lui demande doucement :

– Madden, pourquoi tu ne peux pas être aussi ouvert avec moi que tu l'es avec tes abonnés ?

Il secoue la tête et se lève pour me rejoindre. Je le laisse venir à moi, il s'arrête à quelques pas et je tourne sur mon tabouret pour lui faire face.

– Avec eux, je ne suis pas moi. Je suis un produit que je vends. Avec toi, je m'autorise à ne pas jouer un rôle.

– Je ne peux pas croire que tu sois un gros connard au naturel.

– C'est comme ça que tu me vois ?

Je l'ai blessé, mais il faut qu'il réalise la portée de ses paroles et de ses actes.

– Quand tu m'envoies sèchement balader, Mad, tu l'es. Quand tu refuses le dialogue, tu l'es encore. Et dès que tu me tiens à distance et me caches des choses, tu l'es aussi. Ce n'est pas ce que je veux.

– Et tu veux quoi ? Des scènes tirées des films mielleux que tu regardes en boucle ? Une romance parfaite pour ton Noël ? Tu savais dès le départ que je suis cash, qu'est-ce qui a changé ?

– Rien. Tu as raison, c'est pas toi, c'est moi.

Je souris. C'est un coup bas de dégainer ce cliché, il ne mord pas à l'hameçon et s'approche encore un peu.

– Quand je suis expéditif au travail, c'est pour être efficace, et tu le sais.

– Et quand tu ne me dis pas où tu vas ? Quand tu me gardes dans l'ombre, c'est pour quelle raison ?

– Je te le répète : la véritable raison ne m'appartient pas.

– Alors, demande-lui de m'en parler.

– À Rory ?

– Oui, appelle-la maintenant et dis-lui que l'avenir de ton couple dépend de ça.

– C'est ce que tu penses ?

– Si on ne se dit pas tout, je préfère qu'on ne se dise rien.

– Tu me quittes, Loreena ?

– Je t'ai déjà quitté, Mad, à toi de décider si tu veux une autre chance. Mais je te préviens, ce serait la dernière. Je mérite mieux. Et ça n'a rien à voir avec mon envie d'un Noël romantique.

– Tu es têtue, tu prends des initiatives au travail sans m'en parler, tu fais des caprices comme une ado et tu ne vois pas ce que tu as sous le nez, lâche-t-il d'une traite.

– Si c'est ta technique pour me motiver à revenir, je te le dis tout de suite : tu t'y prends comme un manche.

– On a tous les deux des défauts. Je t'aime avec les tiens et je ne te demande pas de changer qui tu es.

Je me fige et le regarde avancer vers moi, incapable de parler ou de bouger. Quand il est assez près pour poser le dos de ses doigts sur ma joue dans un geste qui m'est devenu essentiel et familier en si peu de temps, je retrouve ma voix.

– Tu…

Pas beaucoup, car elle s'étrangle. Je n'arrive même pas à répéter ses mots.

– Depuis plus longtemps que tu l'imagines, ajoute-t-il en écartant mes jambes pour se caler entre mes cuisses.

L'index sous mon menton, il m'incite à relever la tête et ses lèvres sont déjà presque sur les miennes quand il reprend :

– Si tu me laisses une petite chance, juste une, Loreena, je saurai te donner envie de m'aimer.

Il ne m'embrasse pas, je ne lui dis pas que je l'aime déjà, et je ne le retiens pas quand il s'éloigne. Je ne réponds pas non plus lorsqu'il me demande de l'attendre, de lui faire confiance et de nous la donner, cette chance. Je le regarde sortir pour rejoindre son fils, et je relâche une longue expiration en me retenant au comptoir.

Madden est amoureux de moi.

Je suis amoureuse de lui.

Et pourtant, ça ne semble pas suffire. Alors qu'on devrait y arriver, non ?

– J'espère que tu as une bonne raison pour faire se déplacer une vieille femme deux fois dans la même journée !

– Tu adores conduire, je fais remarquer à Mamina. Tu es sur la route dix mois sur douze. Et je t'ai préparé un Bloody Mary.

Je lui tends son verre.

Chacune son cocktail, ça a toujours été notre truc. J'en ai goûté un paquet, à l'époque, pour déterminer lequel serait mon préféré parmi ceux encore disponibles, puisque la tradition veut que chacune ait sa boisson attitrée. Ma grand-mère s'assoit sur mon canapé et je la rejoins avec ma boisson et lui annonce en souriant :

– J'ai réfléchi.

Elle ricane, et j'anticipe la vanne qu'elle ne tarde pas à

lancer :

– C'est dangereux quand on n'a pas l'habitude, ma Boulette.

Je la rassure en levant les yeux au ciel :

– T'inquiète, ça n'a pas duré. Je veux me lancer. Tu m'avais dit de te prévenir le jour où je me sentirais prête à ouvrir mon entreprise : je le suis.

– Bien, il était temps ! J'ai cru mourir de vieillesse avant que tu te sortes la tête du cul !

– Mamina ! On ne parle pas de mourir, enfin !

– Qu'est-ce qui t'a décidée ?

– Madden.

Elle hausse un sourcil pour m'inviter à poursuivre.

– En quittant mon emploi, je nous rends service : je ne serai plus son employée, il ne pourra plus m'envoyer balader. En tout cas, il n'aura plus d'excuse pour le faire. Et je serai obligée de... ce que tu as dit et que je suis bien trop polie pour répéter.

– Et pour ton couple, ma chérie ?

– Je lui dois des excuses. J'attendais trop de lui et j'ai fui au lieu d'affronter les soucis. Lui m'a déjà présenté les siennes, je vais le retrouver à mi-chemin.

– Tu avais sûrement besoin de t'éloigner de lui pour y voir plus clair.

Elle boit une gorgée et approuve d'un hochement de tête. Je la crois capable de me le vider au visage s'il n'est pas à son goût. C'est d'elle que Hailey tient son penchant pour la mise en scène.

– Et cette histoire de photo ?

– Je ne sais pas, et je m'en fous. Il m'aime !

Je sens mes lèvres s'étirer plus encore. Si ça continue, je vais me luxer un muscle facial. Mais en pensant à ce que je dois dire à ma grand-mère, je perds mon enthousiasme.

– Allez, crache le morceau, je vois bien que tu as quelque chose de désagréable à m'annoncer.

– Mamina, j'ai un énorme service à te demander, et ça implique de faire barrage entre le reste de la famille et moi.

Je lui explique mon plan et son rôle à jouer. Elle m'observe quelques secondes sans rien dire et finit par poser son verre sur la table basse et me faire signe d'approcher. Je me love dans ses bras. Elle tapote mon dos et murmure :

– J'espère vraiment qu'il te mérite, Nina, parce que tu es une merveilleuse jeune femme. Et aussi parce que s'il te fait encore souffrir, je lui arrache les couilles avec un recourbe-cils.

Je frémis contre elle en visualisant cette image peu engageante, mais réplique aussitôt :

– Il me mérite, Mamina, on se mérite l'un l'autre, promis.

– Je m'occupe de la famille. Toi, commence à vivre, ma Boulette.

Je m'apprête à lui promettre de tout donner quand mon portable sonne. Je m'extirpe à regret de notre câlin pour attraper mon téléphone dans ma poche arrière, et fronce les sourcils en voyant l'identité de ma correspondante. Rory s'affiche sur l'écran. Maintenant que j'ai rangé toutes les pensées dans ma tête, j'ai presque peur de répondre... J'ai eu assez de twist pour une vie, j'espère qu'elle ne va pas chambouler mes nouvelles résolutions !

CHAPITRE 31

Je n'ai pas vu le temps passer. Entre le coup de fil de Rory, l'organisation de ma nouvelle vie, ma détermination à rendre l'appartement et l'envie de voir Madden, je n'ai pas eu une seconde pour me poser et analyser la situation. Ce qui est sûrement mieux, ça m'évite de paniquer. Et là, pour le coup, j'ai d'excellentes raisons de céder au stress. Surtout sans savoir comment Mad va accueillir ma proposition… Rory m'a dit que Liam serait avec elle, ce soir, après m'avoir expliqué beaucoup de choses qui ne me concernaient pas, mais m'ont plus rassurée que je le pensais. Les moments qu'elle traverse sont compliqués et ont ravivé les blessures de Madden qui n'avaient jamais vraiment cicatrisé. Je m'en veux d'avoir été jalouse et égoïste. J'ai des circonstances atténuantes, mais j'aurais dû faire confiance à Madden. Ne pas essayer de le faire parler. Il avait ses raisons, et à présent que je les connais, rien ne pourrait me convaincre de rester loin de lui. J'avais déjà pris ma décision, parler avec Rory m'a confortée dans cette voie.

Je tape à la porte, les boîtes en équilibre sur un bras et le pack de bières fraîches à mes pieds. On trouve des pizzas avec une facilité déconcertante un 24 décembre. Voir les restaurants ouverts est même triste pour ceux qui y travaillent.

Après mon départ précipité, j'imagine que McCarty's a annulé la soirée que je devais organiser et que mon ancien patron m'en veut du manque à gagner que ça représente. Je n'ai pas le temps de tout relancer pour que ce soit prêt demain. Il m'aura fallu longtemps pour en arriver à cette conclusion, et je suis du genre à foncer, une fois déterminée. J'ai quand même de sérieux doutes sur tout ce que mon changement de cap occasionne, et ma respiration devient plus courte.

Ça va le faire, Nina. Tu as réussi à avancer sur des patins à glace : plus rien ne peut t'arrêter !

Il ouvre la porte et je le découvre… en kilt ?

– Euh… j'interromps une petite soirée en tête-à-tête avec toi-même ?

– Qu'est-ce que tu fais là ? Tu ne devais pas être chez tes parents ?

Pourquoi il panique ? J'ai un timing pourri et il planque une femme dans sa maison ? Je lève piteusement mes pizzas et lâche :

– Tadam ! Je voulais te proposer de ne pas fêter Noël avec

moi, te dire que je te donnerai tout le temps qu'il te faudra si on avance ensemble, et te demander pardon pour avoir attendu de toi que tu tombes amoureux de moi aussi vite que je t'ai aimé, mais j'arrive un peu tard. Parce que cette tenue, c'est pour célébrer quelque chose, non ?

Je laisse courir mes yeux sur son corps, et toutes les romances historiques que je peux lire ne rendront jamais justice à l'homme qu'il est. Le kilt en tartan rouge s'arrête juste sous ses genoux, il porte des Rangers on ne peut moins traditionnelles, sans surprise. Madden n'est pas traditionnel. Enfin, j'espère un peu quand même, car s'il ne veut pas insulter son pays d'origine, il n'est pas censé avoir quoi que ce soit sous son kilt, il me semble… Note pour plus tard : trouver une bouche d'aération et l'y guider pour revisiter la scène de Marilyn.

– Tu n'interromps rien, entre. Je faisais des essais pour une séance photo.

– Oh…

Ça, c'est triste ! Même si nous n'allons pas avoir droit à un réveillon dans le sens festif du terme, je préfère qu'on partage une pizza plutôt qu'il en soit réduit à travailler ce soir.

Il ne bouge pas et je reste plantée sur le perron, me demandant si je me suis trompée sur toute la ligne. Je me rappelle mon texte et démarre :

– J'ai été injuste avec toi et tu as été désagréable. Je propose qu'on mette tout ça derrière nous et qu'on reparte à zéro. Je ne travaillerai plus pour toi, tu n'auras ainsi plus aucune excuse, et si tu me parles mal de nouveau, on aura un gros souci. Et je ne te demanderai plus d'avancer au même rythme que moi, je comprends qu'on ne puisse pas toujours être synchro. Mais tu as dit que tu m'aimes, et je t'aime aussi, alors ne fêtons pas Noël ensemble, mangeons des pizzas bientôt froides avec de la bière qui doit être hyper fraîche, et regardons un film d'action avec des explosions et des morts partout, sans une seule allusion à Noël !

– Tu manques ton réveillon en famille pour moi ?

– Mamina me couvre, tu ne la connais pas encore mais elle sait tout de toi. Enfin presque tout, même si je la soupçonne de te suivre sur Instagram, ce qui ne me met pas franchement à l'aise. Passons, je n'aurai pas d'ennuis avec mes parents et mes sœurs, et je préfère de loin rester avec toi ce soir à ne rien faire d'autre que te parler, et si possible t'embrasser, même si être ensemble me suffit. Pas pour tout le temps, hein ? À un moment, je voudrai qu'on s'embrasse, pas forcément ce soir si c'est trop connoté Noël, tout ça...

– Respire, Loreena...

Il a raison, je veux tellement lui balancer tout ce que j'ai compris ces quelques jours loin de lui, que j'ai pris le débit d'un commentateur de courses hippiques.

– J'ai oublié quelque chose à la brasserie, j'allais y faire un saut quand tu es arrivée. Mettons les pizzas dans le four, les bières au frigo, et accompagne-moi ?

Je hoche la tête et le laisse ranger le repas, puis je réalise qu'il enfile un manteau sans se changer.

– Tu sors comme ça ?

– Oui.

– T'as pas peur de perdre un attribut, avec ce froid ?

Il sourit sans répondre et je le suis jusqu'à sa voiture.

J'aimerais qu'il dise quelque chose, lui aussi, ça fait partie de ce que je voudrais réussir à obtenir de lui : plus de confiance, la certitude qu'il peut me parler de tout. D'un autre côté, j'ai aussi pris la décision de ne pas le bousculer, qu'il avance à son propre tempo sans aller contre ses envies.

Une fois installés dans la voiture, il monte le chauffage pendant que je poursuis ma logorrhée impossible à contrôler, il semblerait.

– J'ai réalisé que pour que ça fonctionne, toi et moi, il faut des compromis. Je peux en attendre moins et tu peux en donner un peu plus, et à force, on se retrouvera au milieu, Mad. Tu crois que c'est possible ?

– Je pense, oui.

– Ça signifie qu'il faudrait que tu sois un peu plus loquace. Je ne veux pas te changer, promis, je t'aime comme tu es et…

– Tu m'aimes.

Ce n'est pas dit sur le ton d'une question, je prends pourtant l'initiative d'y répondre :

– Oui, je t'aime, depuis que je me suis assise pour mon entretien d'embauche et que je t'ai menti en prétendant que j'avais déjà travaillé dans la restauration.

– Je savais que tu mentais, glisse-t-il quand je reprends mon souffle.

– Mais là, je ne mens pas.

– Je le sais aussi.

– Et toi non plus ?

– Non, moi non plus.

– Alors si on s'aime, on peut tout surmonter, tu ne crois pas ?

– Si.

Il pose la main sur ma nuque et son contact me donne l'impression d'être rentrée à la maison. Nous sommes dehors le soir du réveillon pour aller récupérer des papiers qui auraient sûrement pu attendre demain, Madden est en kilt après avoir pris des photos, et de la pizza froide nous attend : c'est surréaliste. Mais je ne voudrais rien d'autre, car ma perfection n'est pas dans l'idée du romantisme de cette fête, ni dans le fait d'être en couple et encore moins dans les activités à deux. Non, ma perfection, c'est lui. Peu importe où, comment, dans quel contexte et tout le reste : si nous sommes ensemble, je l'ai, ma romance de Noël parfaite.

Le parking est loin d'être vide, c'est toujours le cas dès que la brasserie est fermée puisqu'elle est en centre-ville où il est compliqué de se garer. Madden trouve malgré tout une place près de l'entrée.

– Tu m'accompagnes ?

– OK.

Je souris en sortant et il est déjà à ma portière, entrelaçant nos doigts et m'entraînant à sa suite. Il passe par l'arrière, mais s'arrête avant d'ouvrir la porte de service pour me faire face. Il pose ses mains froides et pourtant réconfortantes sur mes joues et s'assure d'avoir mon attention en inclinant mon visage vers le sien.

– Loreena, je suis fier que tu lances ton entreprise. Je suis heureux que tu nous donnes une nouvelle chance, et vraiment touché que tu renonces à ton Noël pour moi.

– Je ne renonce pas, j'ai choisi, c'est différent. Je te veux, toi.

– Tu m'as. Je te parlerai à l'avenir, et je ferai attention à mettre les formes, parce que je déteste te blesser. Je me planterai, je m'énerverai sûrement encore, et je te demanderai pardon chaque fois que je serai con. Je te promets de t'aimer : maladroitement et imparfaitement, mais je m'améliorerai pour te mériter.

Je le rassure, j'ai eu presque un an pour me faire à l'idée :

– C'est normal. Dans quelque temps, on trouvera notre équilibre et...

– Non, tu ne comprends pas : je suis tombé amoureux de toi dès ton entretien d'embauche. J'ai eu le coup de foudre, me répète-t-il comme lors de la conversation avec mes sœurs.

– Mais tu avais dit ça pour...

– Parce que c'est vrai. Je suis long à la détente et j'ai eu besoin de te perdre pour comprendre que ça n'a jamais été faux...

Il m'embrasse enfin, dehors, alors que le vent se lève et fait chuter de quelques degrés la température déjà basse. Il plaque la paume de sa main sur l'arrière de ma tête pour me maintenir contre lui, et dès que sa langue chatouille mes lèvres, je les entrouvre pour le sentir plus près de moi encore. J'ai à peine le temps de profiter de son corps contre le mien, de ce retour à cette normalité si récente et pourtant rassurante, qu'il s'éloigne pour déverrouiller. Nous entrons nous mettre à l'abri de la météo annonciatrice de neige, et mon sang bat encore à toute allure dans mes tympans lorsqu'il s'arrête en entrant dans la brasserie. Il se décale et tout bascule.

– Joyeux Noël !

Le cri poussé par trop de monde à la fois me fait reculer jusqu'à sentir Madden dans mon dos. Mon cœur a fait un tel bond qu'il s'est cogné à ma glotte avant de retomber ! Mad entoure ma taille de ses bras et murmure à mon oreille :

– Merci de ne pas vouloir fêter Noël avec moi, mais je préfère le fêter avec toi…

– … et les trois quarts de la ville, non ? je termine pour lui en souriant.

Mes sœurs sont là avec leurs moitiés et enfants, mes parents et Liam aussi, tout le personnel de McCarty's et probablement leurs familles respectives, le père de Madden se fait discret dans un coin, une coupe de champagne à la main, alors que Mamina s'approche de lui pour entamer la conversation (le pauvre n'a aucune chance). Marjory me sourit depuis le bar où elle est assise. J'ai envie d'aller la prendre dans mes bras et de lui dire que ça va aller, mais je ne veux pas la mettre mal à l'aise, alors je mets dans mon regard tout ce que je veux exprimer. Il y a beaucoup de monde, et je me retrouve rapidement engloutie dans la foule. Madden ne me lâche pas, il me tient contre lui et il n'est même pas tendu, lui qui n'est pas tellement social. Et puis d'un coup, j'observe la brasserie et réalise ce qui ne m'a pas sauté aux yeux alors que c'est flagrant. Justement, Holly s'approche, ChaudCommeLaBraise sur ses talons, leurs mains jointes. Je pourrais jubiler, hurler un : « Je le savais ! » modeste, mais je me contente de lui demander :

– Tu as fini de mettre la soirée de Noël sur pied ?

– Non, tu avais tout fait. Le boss a demandé des volontaires, et on s'y est tous mis. Facile, t'avais laissé ton classeur dans ton vestiaire. Ça nous a aidés pour les derniers détails.

– Vous êtes…

– Du coup, c'est quoi votre nom de *ship* ? Maddena ?

Je grimace, elle rit et enchaîne :

– Lorren, alors ? C'était le destin, non ?

Je vais pleurer. De joie, mais je vais quand même pleurer. Comme s'il me savait à fleur de peau, le responsable de cet énorme réveillon à l'image de ce que j'avais prévu me fait pivoter et m'enlace. Je me tords le cou pour admirer le résultat des préparatifs que je pensais avoir abandonnés, sans chercher à m'extraire d'une étreinte que j'apprécie trop pour m'en passer.

Des cartes de vœux sont disposées un peu partout, rappelant cette tradition importante en Écosse. Je souris en repensant à cette idée qui m'est venue quand Madden m'a demandé de me charger de la soirée : puisqu'il me donnait le feu vert, j'allais recréer un peu de la magie de l'époque où sa mère préparait Noël en rendant hommage à leurs origines. Je vois des stylos disséminés sur les tables, comme prévu, et déjà plusieurs personnes ont commencé à s'approprier et signer les cartes.

Bien sûr, les dizaines de mètres de guirlandes lumineuses sont accrochés comme je le souhaitais et l'avais vaguement dessiné sur un plan grossier, mais visiblement efficace, car le résultat dépasse mes prévisions. Des *Christmas crackers* sont ouverts et je tourne la tête pour voir Hailey en sortir le chapeau de papier qu'elle n'hésite pas à mettre sur sa tête, puis elle grimpe sur une chaise avec l'aide de son mec et crie :

– Qui n'a pas mis son chapeau ?

Elle déclenche une agitation où chacun récupère un *cracker* et Liam m'en apporte un, m'obligeant à lâcher son père pour jouer le jeu. Je ne sais plus où poser les yeux, à qui répondre, que boire ou manger parmi les plats traditionnels qu'on m'apporte… C'est un tourbillon féerique et je comprends mieux le port du kilt de Madden vers qui je me tourne.

– Tu as tout prévu depuis quand ?

– Dès que tu es partie.

– Comment tu as su que je serais ici ? Je devais être à une heure et demie de route ! je m'étonne.

– Ta famille était dans le coup, mais tu nous as simplifié les choses.

– Tu es surprenant, Madden.

– C'était l'ultime argument pour te convaincre de me donner une chance.

– *Nous* donner une chance.

– Ça fonctionne ?

– Tu avais déjà gagné, je réplique en me hissant sur la pointe des pieds.

– J'ai gagné depuis que je t'ai embauchée, ajoute-t-il avant de m'embrasser.

Pendant un instant, c'est comme si le bruit et tout le reste disparaissaient pour nous offrir une parenthèse rien qu'à nous. Il me garde près de lui et je referme les doigts sur sa chemise alors que ses lèvres butinent les miennes. Délicatement, nous profitons l'un de l'autre avec des promesses tacites de retrouvailles plus intimes lorsque nous serons seuls. Puis je m'écarte assez pour lui demander :

– Tu t'inquiétais pour Rory ? C'est pour ça que tu étais distant ?

Il prend mes joues en coupe et je ne me lasserai jamais de la sensation de sa peau sur la mienne. Un soupir de contentement m'échappe. Il me rassure :

– Désolé.

– C'est dur pour toi aussi.

– Je t'ai, j'ai Liam et Rory… Je suis désolé, répète-t-il sans me quitter des yeux.

Je lui souris, des tas de mots au bout de la langue, mais ce n'est pas le moment et je me contente de le serrer fort dans mes bras, une promesse muette que ça ira.

– On a fait le sapin avec tout le monde ! s'incruste Liam, fier de lui.

L'immense arbre décoré trône dans le coin le mieux exposé de la salle, et au pied de celui-ci sont disposés des cadeaux qui n'étaient pas au programme dans mon classeur.

– Il est canon, Liam.

– J'ai fait comme t'avais dit : que des guirlandes de lumières et des suspensions. Mais on t'attendait pour ça.

Il me tend une magnifique étoile dorée, simple et élégante tout en étant majestueuse. Elle aurait pu habiller le sapin à elle seule. Il m'entraîne par la main et je grimace en me rendant compte de la hauteur du sommet.

– Monte.

Madden s'accroupit devant moi et je n'hésite pas à m'installer sur ses épaules, tant pis si je suis lourde, j'ai trop envie d'ajouter la touche finale à cette décoration ! Dès que l'étoile est en place, la musique démarre et *Jingle Bells Rock* résonne dans ce bar où j'ai travaillé moins d'un an, et où je ne me suis jamais sentie autant chez moi que ce soir. De nouveau les pieds au sol, je saute dans les bras de Madden qui me soulève et je l'embrasse pour le remercier, bousculant des branches dans la manœuvre et faisant tomber plusieurs décorations. Tant pis, ce ne sera pas parfait, mais la perfection est si prévisible !

Je chuchote pour que lui seul entende :

– Mad..., t'as quoi sous ton kilt ?

Il éclate de rire sans répondre, mais sa façon de me fixer est un défi que j'ai bien l'intention de relever. Demain, car ce soir, nous créons une nouvelle tradition et, comme dirait Holly : c'est le début du reste de ma vie, et j'ai bien l'intention de profiter du voyage !

Mais pour le moment, je réfléchis déjà à comment agacer Madden, au moins un peu, pour qu'il roule encore les « r », surtout habillé comme ça !

MOT DE L'AUTRICE

J'adore écrire sur la période de Noël, et m'amuser avec les codes du genre. J'espère que cette histoire t'a permis de passer un agréable moment, dans une ambiance cosy et un peu décalée à la fois ^^

Si tu souhaites en découvrir un peu plus sur Rory, la maman de Liam, je t'offre la novella retraçant sa propre histoire d'amour. Pour la retrouver, rendez-vous à la page suivante !

Merci à toi d'avoir pris le temps de lire cette comédie romantique !

Découvre l'histoire de Rory sur fleurhana.fr/espace-vip/

Ou en scannant le code suivant avec
l'appareil photo de ton téléphone :

REMERCIEMENTS

Merci à toutes mes lectrices, qui me suivent toujours dans mes histoires, même quand je les entraîne à l'opposé de ce à quoi je les ai habituées ! Sans elles, je n'aurais pas pu convertir ma passion en métier et mon métier en passion ^^

Merci à la team habituelle qui accompagne chacun de mes manuscrits : Sonia, Francette, Alexis, Élanor, Chewbacca, Sherry, Jenny, Joy, les Fleurettes, les Queenies, et toutes les fana de Noël, comme moi !

PS : savais-tu que les poules sont des dinosaures ?

Printed in France by Amazon
Brétigny-sur-Orge, FR

14709944R00189